늑대가 운다

늑대가 운다

안영실 소설

문이당

작가의 말

소설은 이야기가 아니다.

이야기가 이야기가 아니라면 도대체 무엇이란 말인가? 이 질문이 지금까지 나를 걷게 했다. 내게 소설은 이야기가 이야기이면서 이야기가 아니어야 하고, 이 세계이면서 이 세계가 아니어야만 했기에 늘 도전이었다. 이야기를 걷고 보면 진실의 층이 드러난다. 겹겹의 진실을 받치고 있는 건 이 세계의 호모 비아토르다.

소설은 문장이다.

스승님의 이 말씀을 손끝에 새겼지만, 여전히 나는 그 뜻을 찾으러 걷는 사람이다. 묘사도 부르짖음도 아닌 문장, 내가 물러난 자리에 스스로 걸어 나와 우뚝 서는 문장을 간절히 그리워하며, 나는 계속 걷고 또 걸을 뿐이다.

삼십삼 년 만에 다시 만난 내 친구는 몇 달째 히말라야를 걷는 중이다. 그가 새 신발이 닳도록 히말라야를 누비고 다닐 때, 나는 내 안에 펼쳐진 가르왈 히말라야와 강 린포체를 맨발로 걷는다. 그는 밖에서부터 안으로 걷고 나는 안에서부터 밖으로 걷는다. 그는 보고 느끼고 나는 느끼며 쓴다. 나는 그와 동행하고 있다는 묘한 기분에 젖는다. 내가 그토록 가고 싶었던 히말라야를 걷는 그의 발걸음이 이 작품집에 깃들어 있는 것만 같다.

그가 다시는 도전하기 어려울 걸음을 고되게 걷는 동안 나도 어려운 길을 택했다. 그곳은 안개가 들어차 앞이 잘 보이지 않는 계곡이고, 칼바람이 볼을 에이며, 수만 년 된 빙산이 갑자기 코앞으로 미끄러져 떨어지는 곳이다. 그곳에서 나는 문득 얼음을 뚫고 자란 설국 한 송이를 발견한다. 경이로운 향기에 나는 걸음을 멈추고 분필을 들어 꽃 주위로 흰 금을 긋는다. 이 흰 선 하나가 무슨 의미가 될까 묻지는 않는다. 거대하고 조화로운 자연 속에서 나는 잠깐 앉아 주위를 둘러본다.

이번 작품집은 인간으로 사는 일을 방해하는 폭력의 얼굴을 살폈다. 글쓰기와 작가로서의 삶에 대한 중의적 의미로 읽히길 바란 글도 있지만, 읽는 사람들은 저마다 필요한 정거장에서 내리고 자신만의 길을 가게 되리라는 것을 안다.

가겠다고 마음먹었던 길들을 내 맨발이 완주할 수 있기를 바라며.

2024년 초겨울에
안 영 실

차례

작가의 말

별의 왈츠

1

버스에서 내린 그녀는 집으로 향하는 언덕길을 올려다보았다. 어릴 때는 늘 오가던 곳인데, 길은 좁아진 느낌이고 풍경은 낯가림하듯 뒤로 물러섰다. 길 양쪽으로 미용실과 보습학원, 철물점과 대장간이 어깨를 겯고 늘어선 모습은 예전과 별반 다르지 않았다. 초저녁이라서 귀가하는 사람들과 술을 마시는 사람들로 흥청거릴 시간인데도, 길에는 오가는 사람이 없었다. 그녀는 점점 가빠지는 자신의 숨소리와 구두 굽 소리를 느끼며 걸었다. 손에 든 비닐봉지가 걸음에 맞춰 허벅지를 툭툭 쳤다. 그녀는 오랜만에 오르는 언덕길이 슬그머니 자신을 밀어내는 듯한 기분을 느꼈다. 이 길을 다시 걷기 위해서 그녀에겐 긴 시간이 필요했다. 터미널에 내린 후에도 그녀는 곧장 집으로 가지 않았다. 중동 성당을 둘러보고 공산성까지 걸어가서 카페에 종일 앉아 있었다. 해가 기운 후에야 그녀는 집으로 가는 버스를 탔다.

언덕을 반쯤 걸었을 때 문득 가로등이 켜졌다. 불빛은 쇠락한 변두리의 한적하고 그늘진 풍경을 단숨에 밀어냈다. 골목길은 스톱, 땡 주문에서 풀려난 듯 갑자기 움직이기 시작했다. 바람은 그동안 할 일을 잊었다는 듯, 귓가를 스치며 언덕 아래로 내달렸다. 미용실 간판에는 불을 밝힌 사인볼이 돌아가고, 언덕을 오르는 사람도 두엇 나타났다. 보습학원에서 예닐곱 명의 아이들이 박쥐처럼 괴성을 지르며 뛰어나왔다. 아이들은 빨리 달리는 걸 배우기라도 한 듯 서로 밀치며 달렸다. 얼굴이 거무스레한 운전기사가 소리를 지르자 아이들은 뒤통수를 보이며 버스에 올라탔다. 버스가 길모퉁이를 돌아 사라지자 갑자기 요란한 쇠망치 소리가 들렸다. 이마를 때리는 듯한 쇳소리가 계속되는가 싶더니 곧 만둣집의 문이 열렸다. 희고 높은 모자를 쓴 남자가 나와서 커다란 솥뚜껑을 열었다. 솥이 열리자 엄청난 양의 김이 남자를 쓰다듬으며 냄새를 풀어놓았다. 뽀얀 수증기가 골목에 저녁다운 아늑함을 부풀렸다. 채소와 고기가 익어가는 구수하고 들척지근한 냄새가 허기를 자극했다. 그녀는 따뜻하고 폭신하며 육즙이 풍부했던 할머니의 만두를 기억하면서 찜통을 향해 다가갔다.

만두 봉지를 받아 들면서 그녀는 문득 엄마가 만두를 좋아했던가, 생각했지만 기억나지 않았다. 그녀의 기억 속에는 엄마가 먹는 모습도 요리하는 장면도 없었다. 부엌일은 할머니 손안

12

에 있었다. 그녀는 할머니의 거칠고 투박스러우며 예스러운 음식을 먹고 자랐다. 음식이란 추억이고 기억인데, 그 안에 엄마는 존재하지 않았다. 엄마가 등장하는 장면은 머리를 땋아주거나 옷을 입혀주는 손길, 거울 속에서 서로를 바라보던 모습 같은 것이었다. 학교에 갈 때 잡았던 엄마의 축축하고 차가운 손도 기억났다. 팔을 심하게 앞뒤로 크게 흔들며 걷던 엄마의 들뜬 표정을 보면서, 그녀는 소풍 가는 기분이 되었다.

전화기 저편 엄마의 목소리는 쉬고 갈라져 다른 사람처럼 들렸다.

"네 아버지가 돌아왔다."

엄마의 음성은 반 옥타브쯤 높아 설렘이 묻어 있었다.

"아버지가요?"

"그래, 올 때 모과를 좀 사 왔으면 싶은데."

그녀는 그동안 감감무소식이었던 아버지가 왜 다시 돌아왔는지, 엄마는 괜찮은 건지, 여름에 모과는 왜 찾는지를 묻고 싶었지만 그만두었다. 아버지는 그녀가 초등학교 2학년 때 집을 나갔다. 그녀는 할머니와 함께 공주로 이사했다. 엄마와는 가끔 만나서 자장면을 먹었지만, 아버지는 만나지 못했다. 할머니는 젖은 눈으로 그녀의 머리를 쓰다듬으며 말했다.

"늬 아버지는 부평초 같은 사주를 갖고 태어났어야, 그러니 가

고픈 곳으로 갔을 거여. 아버질 찾으려는 생각은 말아라. 돌아오고 싶으면 언제라도 올 사람이니."

가쁜 숨을 고르며 그녀는 몸을 돌려 언덕 아래를 내려다보았다. 어깨를 이웃한 건물들과 움직이는 사람들이 먼 꿈처럼 아득하고 멀었다.

2

잠결에 그녀는 현관 문고리가 달그락거리는 소리를 들었다. 아래층 남자는 가끔 그녀의 집 앞에서 얼쩡거렸다. 코가 비뚤어지도록 마신 남자가 더디게 숫자를 찍을 때마다 그녀의 현관 도어록에서는 오류 신호가 울렸다.

"섬민아 문 여더, 문!"

갑자기 남자가 소리를 지르며 문을 두드렸다. 성민이는 아래층 꼬마의 이름이었다. 남자의 혀 짧은소리에 윗집 아랫집 개들이 모두 짖으며, 밤의 고요는 힘없이 부서졌다.

"내 술 쫌 뭇다. 문 쫌 여더, 도……."

거친 된소리로 시작한 남자의 비음이 꼬리가 꺾일 때쯤, 아래층 문이 요란스럽게 닫히는 소리가 들렸고, 굽이 무거운 슬리퍼가 목탁 소리를 내며 비상계단을 올라왔다. 여자의 슬리퍼는 계단을 오르면서 하려던 말을 대신하는 것 같았다. 슬리퍼 소리가

14

멈추자 남자의 목소리는 더 고부라졌다.

"술 쫌 먹은 기, 뭐가 챙피시럽다고, 난리가, 니, 내가 챙피하다, 그 말이가?"

복도 이곳저곳으로 남자의 목소리가 부딪치며 울렸다. 여러 방향의 콘크리트 덩어리들이 내뱉는 소리가 으르렁대며 우는 곡哭소리로 일그러졌다. 무슨 상황인지 알면서도 그녀는 가슴이 쿵쾅거렸고 잠은 멀리 달아났다.

한동안 뒤척이던 그녀가 간신히 잠의 동굴로 들어섰는데, 또 도어록을 누르는 소리가 들렸다. 이번에는 규칙적으로 누르는 소리였다. 그녀는 몸을 일으켰다. 연우는 스스럼없이 현관으로 들어서더니 소파에 주저앉았다. 검은색 야구 모자를 푹 눌러쓰고 있어서 표정은 보이지 않았다. 그녀는 오른쪽 챙이 닳은 그의 야구모자를 물끄러미 바라보았다.

"이상하게 네 된장찌개가 생각나더라."

그는 변명도 없이, 다리를 뻗고 길게 누었다. 그녀는 그가 떠나고 칠 년이 넘도록 이사하지 않고 그대로 살았던 것도, 현관 비밀번호가 그대로인 사실도 끔찍하다는 생각이 들었다. 그는 놀라고 어수선한 그녀의 마음은 아랑곳하지 않고 그대로 곯아떨어졌다. 땟국으로 얼룩진 맨발을 드러낸 그에게선 땀 냄새가 물큰했다.

칠 년 전 그날, 그녀가 퇴근하고 돌아왔을 때 집은 난장판이었다. 그의 옷가지며 물건들이 없어졌고, 거실부터 현관까지 바퀴 자국이 이어져 있었다. 그가 아끼던 구상나무 분재를 원예용 카트에 싣고 나간 흔적이었다. 작별의 말이라도 하고 갔더라면 좀 나았을 텐데, 그녀는 심상한 표정으로 옷가지들을 정리하고 물걸레로 거실을 닦았다. 집 안은 말끔하게 정리되었고 바퀴 자국도 지워졌지만, 사람이 떠나면서 푹 패어버린 자리는 쉽게 회복되지 않았다. 몇 달 후 그가 결혼하기 위해 태평양을 건너갔다는 소식을 들었다. 참 너다운 선택이구나. 이제 좀 행복하니? 그녀는 가끔 허공을 향하여 그렇게 물었다.

한숨 자고 나면 내보내야지. 그녀는 숨을 몰아쉬었다. 그녀는 주방으로 가서 쌀을 씻었다. 그녀는 음식을 만들면서 뒤죽박죽된 생각을 가지런히 하는 습관이 있었다. 감자를 깎고 호박과 부추를 단정하게 잘랐다. 두부는 반을 자른 후에 다시 반으로, 또 반을 같은 크기로 잘라 다른 재료와 함께 가지런히 놓았다. 멸치와 디포리, 다시마와 파 뿌리를 넣고 밑 국물을 우려내다가 그녀는 문득 중얼거렸다.

'그땐 왜 그랬을까? 사랑 따위가 뭐라고.'

된장 냄새가 집안에 퍼지기 시작했다.

난 널 기다리지 않았어. 그냥 가만히 살았던 거야. 그녀는 류에게 하지 못한 말을 중얼거리며, 그와의 시간에 동그라미를 얻으려 애쓰던 기억을 가만히 떠올렸다.

16

류를 만났을 때 그녀는 갓 스물이었다. 사랑을 위해서라면 무엇이든 내어줄 준비가 되어있던 나이였다. 그녀는 높은 곳에 성城을 쌓았다. 사람에게는 진실한 사랑을 찾을 소명이 있고, 모두를 던져서라도 그곳에 도달할 수 있다고 믿었다. 그녀는 인내하고 희생하는 것이 사랑의 유일한 방법이라고 믿었다.

'나를 그렇게 모두 내어주는 게 아니었는데.'

그가 자신을 대했던 태도를 떠올릴 때마다 그녀는 복부에 날카로운 통증이 지나갔다. 그것은 그가 식물을 대하는 방식과 비슷했다. 그는 그녀가 다니던 학교 앞에서 아버지가 물려준 화원을 운영하며 꽃과 나무와 분재를 만들어 팔았다. 그는 나뭇가지를 철사로 감아 묶어 조금씩 비틀어서 성장 속도와 방향과 크기를 왜곡되게 변형시켰다. 나무가 가진 성질과는 다르게 작고 기괴한 모습으로 키워진 분재일수록 비싸게 팔려나갔다. 그녀는 그가 만든 분재들이 엎드려 슬픔을 참는 것처럼 보였다. 그는 그녀도 자신이 디자인한 수형樹形으로, 엎드려 살기를 바랐다. 남녀 사이를 권력 관계로 이해하는 그의 요구를 들어주기 위해 그녀는 늘 고개를 숙였고 하려던 말을 참았다. 한 사람의 요구에는 의견만이 아니라 그가 품은 욕구와 불만, 기대 등도 함께 담겼다는 걸 몰랐던 그녀는 그를 행복하게 하지 못했다. 그는 밥상을 아무리 잘 차려도 불만이었다. 처음에는 반찬 타박으로 시작되는데, 사실 그가 하려던 말은 밥상에 대한 말이 아니었을 것이다. 그가 술을 핑계로 젊은 나이에 화원에 처박힌 자신을 향해 으르렁거릴 때면, 폭풍이 그녀에게도 몰아쳤다. 제때 공부하기보다는 아버지의 사업을 잇는 쪽을 택한 건 그 자신이면서도, 그 분노는 항상 그녀에게로 향했다. 그녀는 숨을 죽이고 그의 분노가 무사히 지나가길 기다렸다. 그가 화내고 손찌검하는 이유가 자신 때문인 줄 알았다. 그녀는 자신이 희귀한 나무가 아니라서, 원하는 분재가 되지 못해서, 요리 솜씨가 좋지 못해서, 키가 작아서, 혹은 턱선이 날렵하지 않아서 그가 화를 낸다며 자책했다.

'나는 팔다리가 묶인 채로 살 수 없었어.'

시간이 지난 뒤에 그녀는 가끔 후회했다. 지금의 그녀라면 사랑 따윈 곁눈질하지도 않고 할 일이나 차곡차곡했을 텐데, 안타깝게도 이십 대의 그녀는 달랐다. 슬퍼도 시간은 흘러갔고, 행복하지 않아도 괜찮다고 속삭이면서 거친 시간을 견뎠다. 그녀는 자신이 견딘 시간이 사랑을 푸르게 살아남게 하리라 믿었다. 믿음에는 진실과 사실만이 아니라 바람이나 희망, 혹은 절망하지 않으려는 몸부림까지 깃들 수 있다는 걸 알지 못했다. 그녀는 울음을 삼키며 견뎠던 그 시간이, 엄마의 스타카토와 닮았음을 어렴풋이 짐작하고 있었다. 그녀가 그의 분노를 피하려고 끊임없이 그의 기분에 맞추며 애썼던 것도, 참고 복종하는 일이 사랑을 지키는 방법이라 여겼던 것도, 엄마가 보여줬던 태도와 어쩐지 비슷했다.

3

언덕의 경사는 조금 더 가팔라졌으며 그녀는 숨이 더 가빠졌
다. 모과와 만두를 든 봉지가 점점 더 빠르게 허벅지를 툭툭 쳤
다. 그러자 굵고 푸른 멍으로 얼룩덜룩했던 엄마의 허벅지가 생
각났고, 덮어뒀던 기억이 스르르 일어섰다.

기억 속의 엄마는 아버지를 피해 도망가는 모습으로 남아 있
었다. 아버지 앞에서 엄마는 움츠렸고 제발 그만두라며 웅얼거렸
다. 곧 그 소리는 잘못했다고 이젠 다시 안 그러겠다며 비는 소리
로 바뀌었다. 엄마는 무엇을 잘못했던 것일까? 아버지의 매질은
집요했다. 갑자기 화풀이할 대상을 찾는 남자들과는 차원이 달라
서, 엄격한 순서에 따라 진행되었다. 싸리나무 잔가지를 정리하
여 회초리를 만드는 일이 그 시작이었다. 싸리나무가 공기를 가
르며 경쾌하고도 날카롭게 '이응'과 '히읗'의 중간 소리를 내면,
아버지는 신부님이 영성체를 봉송할 때처럼 경직된 어깨로 방으
로 향했다. 둔탁한 소리를 내면서 문이 닫힌 후에 달그락 소리를
내며 걸쇠가 걸렸고, 곧이어 단정한 리듬의 회초리 소리가 이어
졌다가 끊어졌고, 또 이어졌다. 그녀는 그것이 두 분 만의 제의祭
儀 같은 것인 줄 믿었다. 싸리나무가 공기를 가르며 내는 규칙적
인 소리를 들으면 그녀는 시고 떫은 침이 고였다. 그 위에 얹힌
엄마의 짧은 스타카토. 그녀는 사람들이 숨죽인 엄마의 비명을

듣지 않기를 바랐다. 그녀는 흙마루 아래에 앉아서 공깃돌을 던져 올리며 큰소리로 노래했다. '퐁당퐁당 돌을 던지자. 누나 몰래 돌을 던지자. 냇물아, 퍼져라. 멀리멀리 퍼져라.' 이곳은 스타카토로 연주해 보자. 자, 들어봐. 물이 퐁퐁 튀는 소리 같지? 선생님은 피아노 옆구리를 손으로 치며 박자를 맞춰줬다. 퐁당퐁당, 손을 통통 튀기듯이 그렇게, 옳지! 어린 그녀는 엄마의 비명이 통통 튀는 물방울, 스타카토를 닮았다고 느꼈다.

아버지가 사라지던 해에 집 안에 있던 우물이 말랐고, 대추나무는 미쳐버렸다. 대추나무는 가지마다 수백 개의 새로운 곁가지가 생기면서 성장하지 못했는데, 할머니는 그것을 보고 대추나무가 미쳤다고 했다. 해마다 한 말쯤 되는 대추가 열리던 나무가 그해엔 꽃도 열매도 없었다. 할머니는 가뭄과 말라버린 우물에 대해서는 걱정하면서도, 대추나무가 미쳐버린 일은 언급하지 않았다. 무슨 일인지 엄마도 머리를 풀어헤친 채 넋이 나간 표정이었다. 그녀가 엄마에게 말을 걸기라도 하면 할머니는 아서라, 엄마는 아프다며 가까이 가지 못하게 했다.

"대추나무가 미치면 집안에 변고가 생긴다더니, 아버지는 나가버리고 엄마까지 병에 걸렸구나. 금지야, 넌 걱정하지 마라, 이 할미가 꼭 대학까지는 보내주마."

그 해에 할머니는 공주 시내로 이사했다. 그녀는 할머니와 함께 살면서 학교에 다녔다. 엄마와는 일 년에 한 번쯤 만나 자장면을 먹었다. 그녀의 입가에 묻은 자장면을 손으로 훑으면서 엄마는 너만 괜찮으면 다 괜찮다고 말했다.

작년 할머니의 장례미사에는 아버지도 엄마도 나타나지 않았다. 그녀는 가족도 없이 홀로 할머니를 배웅했다. 나중에야 그때 엄마가 신장 수술을 받고 입원했었다는 걸 알았지만, 아버지는 할머니가 돌아가신 사실도 모르고 이십 오 년 동안이나 어디서 무얼 했는지는 알 수 없었다. 아버지는 어디로 갔던 걸까? 하루가 멀다 하게 회초리 소리와 비명이 낭자했으니, 그 일로 감옥이라도 갔던 것일까? 언덕을 오르는 그녀의 걸음은 자꾸 더뎌졌다. 아버지는 왜 이제야 나타났을까? 그녀는 무거운 짐을 짊어진 듯 발걸음이 무거웠다. 어깨에 얹힌 수백 개의 추가 달린 그물이 따라오며 덜그럭거렸다. 발은 계속 집을 향해 걷는데, 그럴수록 집은 아득히, 자꾸 더 멀어졌다.

4

이십 대의 그녀는 말랑말랑했고 눈물이 많았다. 류와의 습관적인 결별과 만남으로 힘들 때마다 그녀는 할머니에게 달려갔다. 그녀가 대학에 입학하여 서울로 떠난 후에 할머니는 시골집을 사서 홀로 지냈다. 언덕에 올라 실눈을 뜨면 멀리 오래되고 허물어진 산성이 보이는 곳이었다. 이상하게도 할머니 집에 가면 잠이 쏟아졌다. 그녀는 할머니의 스웨터에 한바탕 눈물을 쏟아내고 따뜻한 구들장에 다리를 뻗고 잤다. 퉁퉁 부은 눈으로 일어나면 할머니는 개다리소반에 저녁을 차려 들어왔다. 그녀는 입맛이 없어 간신히 숟가락을 들었다가도 밥 한 공기를 다 먹곤 했다. 호박과 감자와 두부가 들어간 할머니의 특별할 것도 없는 된장찌개는, 밖에서 먹는 들척지근한 맛과는 달라, 쿰쿰하고 쌉싸래하여 묘한 감칠맛이 있었다.

울어서 부은 얼굴로 간신히 멋쩍게 웃는 그녀에게, 할머니는 "몸이 징하다, 정이란 게 젤로 무섭다." 하며 중얼거렸다. 그녀는 할머니가 말하는 '정'이란 고려가요 '만전춘별사'에 등장하는 주인공처럼, 목숨을 건 열정이며 몸이 어우러지는 한판의 운우지정이리라 짐작했다. 그녀에겐 얼음 위에 댓잎을 깔고 누워서 얼어 죽더라도 임과 함께라면 견뎌보겠다는 '만전춘별사'의 가사가, 애타는 몸의 노래로 들렸다.

"금지야, 왜 그런 작자를……. 내가 얼마나 기대를 했는데."

처음 연우를 보고 할머니는 그렇게 울먹였다.

"마음은 여린 사람이야, 할머니는 알지도 못하면서 괜히."

사실 그녀도 짐작하고 있었다. 결국에는 상처만 남을 관계라는 걸. 알면서도 벗어나지 못했던 건 사랑이라 믿었던 시간을 버릴 수 없어서였다.

어스름 저녁 그녀가 선잠에서 깨려고 할 때, 이상한 일이 일어났다. 일어나려는데 가위눌림처럼 몸이 움직여지지 않았다. 매캐한 향냄새가 나고 목이 싸했다. 할머니가 곁에서 뭔가 중얼거리는 소리가 들렸다. 이상한 일은 정신은 깨었는데 몸이 방바닥에 붙박이고 사지가 무언가에 붙들린 듯 움직여지지 않았다. 할머니의 더운 숨소리와 뜨거운 입김이 귓가로 다가왔다.

"보소, 내 새끼는 그만 놓아주고 가실 길을 가시우, 어미도 애비도 없는 게나 진배없는 불쌍한 아이인디, 어째 그리하오? 내 새끼한테 더 붙어있을 생각일랑 말고 어서 당신 갈 길을 가시구려 이? 풀지 못한 맴이 있다면 멀리멀리 날려 버리시고, 얼어붙은 원한이 있다면 태우시고, 갈 길 따라 어서 가소, 내 새끼 힘들게 하덜 말고 이? 무거운 발을 들어 한 걸음 두 걸음 세 걸음, 옳지 옳아 그래 가소, 그래 가면 되는 거요, 뒤돌지 말고 어서 가소, 방문을 넘고 토방을 넘어 울타리를 지고 개울을 건너서, 숲길을 지나면 내를 건너시오, 냇물이 차가운 건 옛 기억일뿐, 이제 무엇도 당신을 해치지는 못한다오, 어여 언덕을 향해 가소, 내를 건너 갈 길을 가소. 어여, 그렇지 그래. 그래 가문 되는 게요……."

할머니가 방문을 여는 소리가 들렸고, 그녀의 몸에 깃들었던 뭔가 어둡고 무거운 무엇이 꿀렁거리며 움직이는 기척이 느껴졌다. 어깨를 짓누르는 무거운 기운에 그녀는 옴짝달싹하지 못했다. 숨이 막혀 죽을 것 같았다. 뜨끈한 게 볼 가까이 다가왔다. 냄새로 보아 향불이었다. 갑자기 무겁고 습한 구름 같은 것이 스르륵 움직이더니 몸에서 휙 떨어져 나갔다. 바람이 작은 구멍을 통해 빠져나가듯 가는 휘파람 소리가 났고, 그녀는 병마개를 딴 콜라병처럼 가득 찼던 뭔가가 빠져나가, 갑자기 가볍고 시원해졌다. 눈을 뜨자 사납고 거무스레한 구름이 주변을 돌고 있었다. 비린 갯내가 풍겼다. 방을 몇 번 느슨하게 도는가 싶던 그것은 천장 구석에서 나쁜 이야기들처럼 웅성거리더니 밖으로 휙 나가버렸다. 검은 구름 같으며 구석에 뒹구는 먼지 덩이 같고 타다 남은 짚북데기 같은 그것을 향하여, 할머니는 손님을 배웅하듯 손짓하고 있었다. 그녀가 섬돌 아래로 내려섰을 때, 마당에서 뭔가를 태우는 불꽃이 할머니의 얼굴에 주황빛 가면을 씌웠다.

"할머니, 경을 외우셨던 거예요?"

"아니다. 뭘 좀 하고 있었다."

부삽 위에서 타던 것은 재만 남아 바람에 흩날렸다.

"할머니가 경을 외울 때, 컴컴한 구름 같은 게 몸에서 쑥 빠져나갔어요."

할머니는 눈을 크게 뜨며 정말 그랬냐고 물었다.

"만신의 처방대로 했을 뿐인데, 어떻게 네가 그걸 알아챘을까나! 그 만신이 참말로 용한 사람이구나. 너한테 몽달귀신이 씌여사는 게 복잡스럽다고 하잖냐. 그게 자꾸 나쁜 인연을 끌어들인

다더라. 그게 빠져나갔다면 이젠 괜찮아지겠다. 다시는 네 인생에 지분대는 나쁜 인연은 없을 테니 안심하거라."

할머니가 더 이상의 말을 해주지 않아서 그녀는 할머니가 외운 주문이 무엇인지, 자신이 느낀 이상한 느낌은 뭔지 정확히 알지 못했다. 다만 자신이 콜라병이 되어 뻥 하고 마개를 딴 것 같던 순간과, 사납게 투덜거리던 어두운 구름에 대한 기억은 오래도록 남았다.

5

연우는 꼬박 하루 반나절을 자고 나서 발을 씻었다. 된장찌개를 목구멍으로 쓸어 넣듯이 밥을 먹어치우더니, 갑자기 이별 여행을 가자고 했다.

"이별은 무슨."

그녀는 여행이라는 말 대신 이별이라 했음을 깨닫고 멋쩍은 표정을 지었다.

"새삼스럽게 여행이라니."

이번엔 이별 대신 여행이라는 말을 썼음을 알고 입술을 깨물었다.

"너 아일랜드 가고 싶다고 하지 않았어? 그냥 가자. 예전처럼."

"예전처럼? 넌 내가 이별의 이유도 모른 채 홀로 견딘 시간을 알기나 하니? 우리는 이미 헤어진 사이잖아. 인제 그만 가."

그는 천연덕스럽게 비행기 표를 내밀었다. 몇 차례 실랑이가 벌어졌지만, 며칠 후 그녀는 방수 패딩을 꺼내왔다. 오래전 그가 사줬는데, 입으면 버스럭거리는 소리가 거슬리는 옷이었다.

부슬비가 내리던 날 그녀는 그랜달록 호수를 걸었다. 둥근 탑처럼 생긴 고대 수도원이 묵상하는 표정으로 어퍼 호수를 바라보고 있었다. 호수가 피워 올리는 신비로운 물안개가 지지고 볶던 것을 고요하게 만들었다. 아침에 입은 방수 패딩이 걸을 때마다 버스럭거리는 것만 빼면 평화스러웠다. 길은 옳고 그른 판단이 필요하지 않은데 항상 발이 망설인다. 발은 이 길인가 싶으면서 다른 쪽도 기웃거린다. 가늘게 잇던 헤아림도 정적 속에 녹아들어, 생각조차 필요하지 않은 고요가 찾아왔다. 그녀는 무거웠던 어제와 주름들에도 조금 너그러워져서, 이 세상 여행객으로 만나 발걸음을 나눴으니, 연우와는 그것으로 되었다 싶었다. 용서든 이해든 추억이든 여기서 멈출 수 있겠다 싶어졌을 때, 갑자기 비가 쏟아졌다. 그녀는 그랜달록 호텔로 뛰어들었다.

"아일랜드 봄은 참 사랑스러워. 뭐랄까, 요정의 즐거운 웃음소리 같아."

스콘을 자르면서 그가 말했다. 빗줄기는 점점 더 세찬 기세로

빗금을 내리그었고, 골짜기에서는 안개가 피어올랐다.

"와, 이 스콘 정말 맛있네. 내가 먹어본 것 중에 최고야!"

갓 구운 스콘은 따뜻하고 다정했다. 겉은 바삭한데 안은 촉촉해서 입에서 사르르 녹았다. 저절로 입꼬리가 올라가는 맛이었다.

"스콘은 지나치게 달기 쉬운데 정말 간이 딱 맞네. 밖에는 비가 내리고, 커피 향도 끝내주는데, 스콘은 또 이렇게 맛있어. 이만하면 행복한 건가?"

그가 물었다. 그녀는 잠깐 당황해서, 행복하지 않아도 괜찮다고 답했다.

"너란 사람은, 참, 시도 때도 없이 진지하지."

그가 맥없이 중얼거렸다.

"매 순간 할 일을 하면 그뿐이지. 굳이 행복하려고 기 쓸 필요가 있어?"

사랑이 없어도, 행복하지 않아도 괜찮다고 덧붙이려 했지만 그러지 않았다. 그녀는 조금 느긋해져서 스콘을 또 주문하는 그를 향해 웃어 보였다. 스콘을 자르면서 그는 또 간이 맞다며 혼잣말을 했다. 그녀는 이상하게도 그 말이 목에 걸렸다. 그게 가시처럼 자꾸 속살을 찔렀는데, 그녀는 그 이유를 몰랐다.

모허 절벽으로 가는 길은 두 갈래였다. 한쪽은 폐허가 된 성城이었고 다른 한쪽은 절벽으로 가는 길이었다. 이별 여행자들답게 그는 폐허 쪽을, 그녀는 반대편으로 향했다. 누구라도 자신의 끝, 그 절벽을 마주하게 될 그런 풍경이 눈앞에 펼쳐졌다. 옛날 사람들은 이곳이 세상의 끝인 줄 알았다는, 그렇게 이해할 수밖에 없는 풍경이 펼쳐졌다. 바람은 막무가내로 옷깃을 잡아챘다. 세상의 끝에 서자 깊은 곳에 숨겨둔 절벽이 고스란히 드러났다. 안개가 걷히듯 그날이, 수치와 모멸감에 떨었던 그 일이 고스란히 기억났다. 왜 지금까지 그 일을 덮으려고만 했는지, 그 일이 일어났을 때 묻고 따졌어야 했는데. 그러지 못하고 쑤셔 넣은 가시가 그녀를 찔러댔다. 기차 안에서 그가 자신의 물건을 꺼내서 입에 물렸을 때 도망쳤어야 했다. 그랬었다면 그 가시가 지금까지 그녀를 찌르지는 않았을 것이다. 그가 점퍼로 그녀를 덮었지만, 그의 친구들이 주변에 서 있었다.

그는 왜 그런 짓을 저질렀을까? 야동으로 키운 성적 환상을 실현하고 싶었을까? 도대체 왜 나는 그 일을 덮었을까? 그가 자신을 함부로 대하지 않으며, 자신은 그런 수치스러운 짓을 당할 사람이 아니라는, 사실 아닌 사실을 보이고 싶었을까?

그녀를 팔꿈치로 눌러 꼼짝 못 하게 제압하고, 그가 바지의 지퍼를 내렸을 때 그녀는 경악했다. 그의 팔꿈치가 머리와 어깨를 짓이겨서 일어날 수도 없었다. 깃발처럼 일어선 그의 욕정을 채워줘야 하는 숨 막히는 시간이 지나갔나 싶었는데, 더 최악의 일이 남아 있었다. 그녀는 지치고 괴로운 심정으로 눈을 감은 채,

잊으려고 애쓰는데, 그가 친구들에게 떠벌리는 소리가 들렸다. 봤지? 간이 아주 딱 맞는다니까! 어떻게 그는 그런 말을 자랑스럽게 시시덕댈 수 있었을까? 그녀는 그 말을 못 들은 척했다. 그들의 농지거리에 오른 여자는 자신이 아니었다. 절대로 아니어야 했다. 그녀는 잠든 시늉으로 그 자리에서 최대한 멀리 도망쳤다.

그날 그가 술에 취했던가? 그랬는지도 모른다. 그는 취하면 거칠게 굴었고 아무나 붙들고 싸웠으며 그녀에게는 손찌검까지 했다. 다음 날에는 용서를 빌며 다정하게 굴면 묻어버린 일들. 다른 여자를 안고 들어온 날에도 그녀는 말없이 된장찌개를 끓였다. 데이트의 모든 비용을 부담하면서도 이상한 종속 관계가 계속되었던 시간과, 생활비 한 푼 내지 않으면서 제왕처럼 굴었던 그를, 나날이 첩첩산중이었던 그로 인해서 돌아서서 홀로 흘린 눈물을 그녀는 잊지 못했다. 술에 취하지 않았을 때 그는 수줍고 예의 바른 소년이었지만, 취하면 거친 야수로 돌변했다. 그는 그것이 남자다움이라고 배운 듯했고, 다른 연애를 몰랐던 그녀는 남자들은 그렇게 표현하는 줄로 알았다. 몸이 찢어질 것 같은 거친 섹스도, 여자는 제압할 존재라 여기는 태도도, 무슨 말이던 무시하며 자존심을 짓밟던 화법도 사랑의 제단에 놓기 위해서라면 다 참아야 한다고 믿었다. 이별보다 더 견디기 힘들었던 것은 칠 년 동안 쌓아온 세월, 그녀가 견딘 시간의 주름이었다. 사랑의 이름으로 지킨 마음이 하찮아지고 마는 거였다.

절벽 옆으로 들판에는 풀들이 허공에 난蘭을 치며 살고 있었다. 난을 치는 형식 따위는 바람에 맡기고 제멋대로 생동하면서. 난이면 어떻고 풀이면 또 어떠하리. 바람이 어화둥둥 좋은데. 바람에 몸을 맡기는 게 삶이야. 민들레는 바람에 머리채를 쥐어뜯기며, 언제 허물어질지 모를 절벽 끝에서도 악착같이 꽃을 피우며 살았다. 민들레는 그 무엇으로든 살기를 겁내지 않는 것 같았다. 그녀는 손을 뻗어 홀씨를 잡았다가 놓았다. 홀씨가 몸을 떨며 날아오를 때, 그녀는 버스럭거려서 거추장스러웠던 방수 패딩을 벗어 바람을 향하여 던졌다. 바다로 향하는 방수 패딩을 보자 그녀의 발바닥에서부터 등을 타고 아득한 간지러움이 올라왔다. 검정 방수 패딩은 바람을 품고 둥실 떠올랐다가 첩첩산중의 검은 새로 변했고, 부정형의 춤을 추면서 조금씩 바다로 향했다. 홀홀히 추락하던 검은 새는 뭔가 잊은 일이 있다는 듯 날개를 틀어 잠깐 이쪽을 돌아보는가 싶더니 다시 바다로 향했다.

6

집은 굽은 어깨로 서서 언덕을 올라오는 그녀를 가만히 맞았다. 오래된 회화나무가 세월의 흔적을 보탠 모습으로 검은 몸뚱이를 드러냈고, 스산한 바람이 그녀 뺨을 스쳤다. 외진 우듬지 깊고 으슥한 곳에서 뭔가 숨어서 이쪽을 엿보는 것 같아서 그녀는 걸음을 빨리했다. 회화나무 아래에는 아버지가 쓰던 작업실이 남아 있었다. 작업실 뒤쪽으로 가지가 모두 잘린 채 주저앉은 대추나무가 있었다. 이젠 작업실은 아니겠지, 하며 들여다보았더니 예전과 비슷했다. 삽이나 곡괭이, 드라이버나 망치 등의 도구가 가지런히 벽에 걸렸고 오랜 세월의 먼지가 켜켜이 덮여서, 마치 꾸며놓은 연극 무대처럼 보였다. 아버지가 연구했다는 '작은 사람'을 만드는 실험도구 같은 것은 눈에 띄지 않았다.

그녀는 아버지의 얼굴을 떠올리려고 애써봤지만, 전혀 생각나지 않았다. 다만 어느 가을날 저녁 밥상 앞에서의 노란 색깔만 선명했다. 아버지가 노랗게 잘 익은 모과를 집어 들고는 "모오 가아?"라고 말하며 눈을 커다랗게 뜨고 코미디언처럼 기이한 표정을 짓던 장면이었다. 할머니는 돌아서서 갑자기 터지려는 웃음을 간신히 참고, 엄마는 웃어야 할지 울어야 할지 어리둥절한 표정이었다. 그녀는 어른이 되어서야 그 순간만큼은 식구들을 즐겁게 하려던 아버지의 노력이었음을 짐작할 수 있었고, 미안하다는 말 대신이었으며, 어설픈 헛심이었다는 것을 알고, 뒤늦게 홀로 웃었다.

실종되기 전 아버지는 작은 사람이 되려 했다고 들었다. 그녀는 할머니에게 아버지는 왜 작아지려고 하는 거냐고 물었다.

"난들 알겠냐? 그 인간이 내 배에서 나왔다는 사실도 믿을 수가 없는데, 뭘 알겠니? 항상 늬 엄마하고 딱 붙어살고 싶댔으니,

혹시 엄마 호주머니 안에 들어가서 살고 싶었으려나……. 그 인간은 뭘 해도 황당한 생각뿐이라…….”

할머니는 그녀가 아버지에 대한 말을 꺼내지 못하게 단속했지만, 부지불식간에 찾아 깃드는 샛된 생각을 막지는 못했다. 그것은 아버지가 아주 작고 작은 사람이 되어 다시 할머니 배꼽으로 들어가는 상상이었다. 콩알만큼 혹은 먼지만큼 작아진 아버지가 제 자리를 찾으면 할머니는 문을 꽁꽁 잠가버리고, 그녀는 어미도 아비도 없는 천둥벌거숭이 알몸뚱이로 남는, 앞뒤를 재보지 않은 얄궂은 상상이었다. 그러면 스타카토가 잇단음표로 겹치는 비명은 애초에 없게 되는 거였다.

“그래도 그 인간이 늬 엄마는 정말 사랑했느니, 방법이 괴상해서 그렇지.”

할머니는 아버지를 용서해야 마음이 편해질 거라고 했다. 그녀는 아버지를 원망한 적도 미워한 적도 없었다. 기억 속에서 사라져 잊히길 바랐을 뿐이었다. 아버지가 사라진 지난 삼십 년 동안 그녀는 아버지로부터 멀리 있다고 믿었다. 그녀는 그거면 되었다고 여겼다.

대문을 열어준 사람은 도우미였다. 엄마의 품에는 얼굴이 빨간 어린애가 있었다.

“애는 누구야?”

그녀가 더 묻고 싶은 말을 애써 참는데, 어린애가 돌연 자지러지게 울며 엄마 품을 파고들었다. 엄마는 앞섶을 들추고 쪼그라진 젖을 주섬주섬 꺼냈다. 젖꼭지에는 상처로 말라붙어 헤진 흔적과 새로 상처가 난 핏자국이 보였다.

"약이라도 발라야지, 그런 젖꼭지로 무슨 젖을 물리겠다는 거야?"

"나는 괜찮아."

이미 폐경 된 지 오래인 엄마에게서 젖이 나올 리 없었다.

"어린애는 누구고 빈 젖은 왜 물리는 거야?"

그녀는 버둥거리는 어린애를 슬쩍 보며 퉁명스럽게 내뱉었다. 어린애의 얼굴이 이상했다. 뽀얗고 토실토실한 어린애가 아니라, 작은 늙은이 같았다. 괴물 같은 그것이 이상한 소리를 내면서 울기 시작했다. 그건 울음이 아니라 비명에 가까웠다. 엄마가 둥개둥개 비명을 얼렀다. 쪼그라진 어린애를 안은 엄마의 모습도 가관이었지만, 어린애가 키득키득 웃는 소리는 섬뜩했고 소름 끼쳤다.

"모과는 사 왔지?"

엄마가 묻는 말에 어린애는 그녀가 있는 쪽으로 고개를 돌렸다. 그리고 눈을 동그랗게 뜨더니 주둥이를 비틀면서 가늘고 높은 소리를 쥐어짰다.

"모오, 가아?"

녹슨 문이 열리는 듯한 소리였다. 그녀는 털썩 주저앉았다.

"아이구, 할머니는 왜 자꾸 남의 애를 안고 빈 젖을 물려요? 빈 젖을 물리면 애가 거짓말을 잘한다던데, 제발 그러지 좀 마세요."

젖을 뺏긴 어린애가 자지러지게 울었다. 엄마는 늘어진 젖통을 그대로 둔 채 홀린 듯 어린애를 바라보았다. 도우미 아줌마가 제 가슴을 열고 젖을 물리며 돌아앉았다.

"내 젖은 참젖이라 아이가 먹고도 넘쳐요. 빈 젖은 필요가 없다고요."

어린애는 빨간 얼굴로 젖을 빨며 다리를 버둥거렸다. 창밖 회화나무와 헝클어진 우듬지가 미친 듯이 술렁거렸다.

7

코크 항에서 성당을 가자고 이끈 사람은 연우였다. 좁은 골목길 입구 켈틱 십자가 아래에 '성 콜먼 성당'이라고 적힌 작은 팻말 하나가 바람에 달랑거렸다.

들끓는 그녀의 마음과 달리 성당 안은 차갑고 어두웠다. 성당은 네오 고딕 양식의 걸작이라는 만큼 첨탑과 스테인드글라스가 아름다웠다. 창을 통해 섬세하게 쪼개져서 들어온 빛이 색색이 펼쳐졌다. 그녀는 밀랍으로 만든 초를 사서 불을 밝혔다. 하나는 그녀 자신을 위하여, 다른 하나는 모허 절벽의 민들레를 위한 촛불이었다. 고해소의 문이 조금 열려 있었다. 미사 시간이 아니었기에 그녀는 그곳으로 몰래 숨어들었다. 관광객들이 여럿이라 혼자 있을 수 있는 곳은 그곳뿐이었다. 문득 어디로도 닿지 못한 서러움이 밀려왔다. 그녀는 성당 기도 의자 아래로 허물어졌다. 그녀는 주저앉아 눈물을 쏟았다.

"아시잖아요, 왜, 도대체 왜!"

그때였다. 달그락거리더니 손바닥만 한 창이 열리면서 누군가 말을 했다.

"So, now······ You are free······ You know."

신부가 말하는 긴 문장은 가운데가 뭉텅 잘렸고 앞과 뒤만 제대로 들렸다.

어쨌든 이제는······ 자유랍니다. 그걸 알아야 해요.

그녀는 허둥지둥 고해소를 빠져나와 제단 앞에 무릎을 꺾었다. 꺾인 무릎에 응답이라도 하듯, 바라보기에도 벅차게 아름답고 성스러운 빛들이 제 색깔을 확장하며 쏟아져 들어왔다. 눈을 감으니 알록달록한 빛이 마법처럼 눈앞에 잔상으로 남았다. 스테인드글라스는 눈을 떴을 때보다 눈을 감고 기도하는 순간을 위해, 저마다 별처럼 반짝이는 빛이 눈 속에도 있다는 걸 알게 하려고 만들어졌나 싶었다. 밀랍이 타는 촛불 냄새가 잔잔히 퍼졌고 어디선가 발을 끌며 걷는 소리가 들렸으며 빛의 잔상은 스며들듯 사라져 버렸다. 이제 그녀는 그에게 물어봐야 했다. 그때 내게 왜 그랬냐고. 그녀를 허물고 파괴했던 연애에 대해서. 우리가 사랑이긴 했었냐고. 그 황폐한 시간에 대해 짐작할 수 있냐고 물어야 했다.

눈을 뜨자 그가 헤더 다발을 내밀었다. 헤더는 아일랜드에서는 흔한 꽃이지만 꽃다발로 만들기는 쉽지 않았다. 멀리서 볼 때는 초록 풀밭 사이에 노란색 꽃들이 무더기로 예쁘다 싶은데, 가까이 가보면 가지에 가시가 많아서 꺾기 어려웠다.

"그 가시투성이 꽃을 주려고?"

"여긴 이 꽃밖에 없더라."

성당 안이라 그는 조그맣게 속삭였다.

"그걸 어떻게 들고 다녀? 가시가 많아서 손이 다 찔리겠어."

"하긴 꽃다발이라기엔 좀 심하지. 그래도 어쩌겠어? 가시가 많아도 꽃이고, 가시가 있는 게 헤더의 운명이거든."

그녀는 그의 손에 긁히고 찔린 핏자국들을 못 본 체했다. 그는 왜 저 가시 많은 꽃을 꺾었을까. 그녀가 견딘 사랑 또한 비슷했다. 찔리고 피투성이가 되는 일도 참았던 시간. 가시에 긁힌 그의 손을 가리키며 그녀가 말했다.

"에밀리의 장미보다 더 지독하다. 안 그래?"

"아, 그 포크너의 에밀리?"

"그래. 맞아. 난 에밀리처럼 널 기다리다가 스러지지는 않아."

"그래야지. 물론."

그가 불쑥, 고해성사라도 하듯 미안하다고 했다. 그 말에는 무언가 표현할 길 없는 아득함이 만져졌고, 그녀 안에서도 뭔가가 무릎을 꺾었다. 그녀는 어쩌면 그도 힘들었을지도 모른다는 생각이 들었다. 그 또한 내가 품은 가시에 찔리며 많이 애썼는지도 모르지. 내가 옳다는 생각은 너는 틀리고 나만 옳다는 함정에 빠지기 쉽다고 하던가. 자신이 알든 모르든 누구나 가시를 품고 산다는 사실을, 추억도 기억도 내가 선 방향으로 뒤틀려서 복원된다는 사실을 이제 그녀는 가만히 받아들이는 중이었다.

"가시 꽃다발을 받으라고 하진 않아. 그냥 내 마음이 그렇다고."

그가 열없이 웃으면서 헤더 다발을 등 뒤로 감췄다.

"그렇게 뾰족한 가시는 이곳에 봉헌하는 게 낫겠어."

그녀는 헤더 다발을 받아서 제단 위에 올려놓았다. 왜 그랬냐고, 정말 내게 왜 그랬냐고 묻고 싶었는데 질문은 저절로 스러져 말이 없었다. 성당을 나오면서 뒤를 돌아보았더니, 꽃다발은 작고 둥그런 봉분처럼 보였다. 멀어서 가시는 보이지 않았다. 그저 노랗고 환한 예쁜 꽃다발로 보였다. 가시가 봉헌된 무덤은 쏟아져 들어오는 빛을 후광으로 받아 알록달록하게 물들었다.

노을이 번지기 시작하는 시간, 조붓한 골목길을 내려오는데 갑자기 음악이 폭포처럼 어깨 위로 쏟아졌다. 아일랜드의 대기근

때 이민을 떠났던 사람들의 기부로 성당에 세워졌다는 마흔아홉 개의 카리용(23개 이상의 동제 종으로 구성된 악기)이 어울리는 소리였다. 반음과 온음이 서로 씨줄 날줄이 되어 어깨를 겯고 나아가는 음악의 길. 소리가 서로 맞물리며 연주되는 투명하면서도 깊은 색색의 음계. 그윽한 향이 얹힌 소리는 음이 여는 길을 향해 손을 뻗었다. 다른 음을 향해 손을 뻗은 음으로 인해 화음은 이루어지고 번져나갔다. 그녀는 발걸음을 멈추고 가만히 서서 온몸으로 성스러운 소리를 흠향했다. 코브 항의 물빛에는 노을이 번지기 시작했고, 정수리부터 발바닥을 타고 번지는 카리용의 신비스럽고 은은한 종소리가 온몸을 진동시켰다. 그녀는 잠깐 자신의 발자국에, 자신이 깃들었던 시간에 색색의 숭고한 빛이 얹히는 기분이 들었다. 카리용의 축복과 색유리의 마법에 홀려 그녀가 말했다.

"에밀리는 장미꽃 가시에 찔려 죽었대. 가시 많은 헤더로 꽃다발을 만든 이유가 그것 때문인가 궁금해서."

갑자기 그가 큰 소리로 웃었다. 웃음소리가 좁은 골목길에 반향을 일으키고 카리용의 선율과 함께 섞이고 묶이며 어우러졌다.

"그럼 이건 에밀리를 위한 왈츠라고 하자."

갑자기 그는 두 팔을 벌리더니, 중세의 기사처럼 한쪽 무릎을 꿇고 그녀의 손을 잡았다. 그리고 왈츠를 추듯 빙글빙글 돌기 시작했다.

"금지의 왈츠라고 할래. 할머니가 이젠 나쁜 인연은 없을 거라고 하셨거든."

그녀는 숨이 가빠질수록 어쩐지 분홍빛 뺨을 가진 소녀가 된 기분이 들었다.

"지금의 왈츠가 더 낫지 않을까?"

그가 소년처럼 씩 웃었다.

"이름을 바꿀까? '금지'보다는 '지금'이 좋긴 하다."

한때 모든 걸 던졌지만 결코 이를 수 없는 곳에 있던 그가 돌고 돌았다. 적금이 바닥날 때까지 헌신했던 그가 웃었다. 사랑이며 증오였고, 친구이고 괴물이었던 그가, 사랑과 상처의 주름살을 남겨준 그가 눈앞에서 돌고 돌았다.

바닥에 울퉁불퉁한 돌들이 박혀있는 좁은 골목길에 동그라미가 그려졌다. 골목길은 한 사람이 간신히 지나갈 만한 너비였다. 돌고 있는 둘의 몸이 벽에 부딪혀 찌그러지고 돌 때문에 발목이 삐끗하면서도, 동그랗다고 할 수도 없는 동그라미가 자꾸 그려졌다.

우리가 서로 아득히 멀 듯이
나조차 나로부터 아득함을
알리라
이 내 몸에

말가죽 쇠가죽이라도 매겨
찢어질 때까지 치고 또 치면
마침내 이르리라.
　－「길」윤후명

　둘은 사랑도 넘고 사랑하지 않음도 건너버린 사이가 되어, 아
득히 멀어졌다가 다시 가까워졌다. 원심력은 구심력처럼 실제로
작용하는 힘이 아니라 겉보기 힘이라던가. 그에게서 떨어지려고
했던 모든 시간은 어쩌면 가상의 시간이었는지도 모른다. 시간이
돌고 돌면 원願은 원圓이 된다. 삶은 가려던 방향과는 다른 길로
들어서서, 제 몫의 장소에 터를 잡고 동그라미를 그린다. 긴 서사
시를 남긴다. 그 시에 얹혀 시간은 다시 고이고 고인 시간에 얹혀
삶은 앞으로 나아간다. 스며든다. 주름을 만든다.
　사랑은 언제나 늦게야 알아차리게 된다던가. 그녀는 처녀가 되
어 활짝 웃었다. 어금니 안쪽으로 달크무레 침이 고였다. 골목길
에서 찌그러지며 만들어진 이 동그라미도 언젠가 꽃이었으면, 별
처럼 반짝이며 꽃 피우는 순간이 오면 좋겠다 싶었다. 그녀는 툭
터져 활짝 벙그는 꽃, 별이 왈츠를 추는 그런 시를 짓고 싶었다.
　'순간이 멈추어라, 너는 너무 아름답구나!'
　－ 괴테의 「파우스트」 중에서

그녀는 여행 책자 위에 엎드린 채로 눈을 떴다. 머핀이 맛있다는 그랜달록 호텔과 노을이 물든 코크 항의 풍경이 담긴 페이지가 펼쳐져 있었다. 꿈에서 깬 후에도 그녀는 아름다웠던 카리용의 선율과 환한 왈츠를 떠올리며, 어설프게 웃었다. 아마도 그는 잊고 떠났던 이별의 말을 하려고 잠시 들렀던 것 같았다. 꿈에라도 만나야 할 인연은 만나야 했던 것인가. 이유가 무엇이었든 이젠 상관없었다.

그녀는 의사의 소견을 따라서 엄마를 요양원에 입소시키고 집을 정리하여 매물로 내놓았다. 아버지의 작업실은 팔지 말라던 할머니의 유언을 지켜 그대로 두기로 했다. 미친 대추나무는 밑동만 잘라냈고 그 아래 땅은 파헤치지 않았다. 그녀는 왜 할머니가 대추나무 아래는 파지 말라고 했는지 궁금했지만, 어떤 것은 모르는 편이 좋다는 것쯤은 알았다. 가끔 그녀는 코크 항의 그 동그라미, '별의 왈츠'를 떠올리며 가만히 빙그레 웃었다. 아득하고 멀어 목마른 느낌이 들던 일그러진 원圓. 벙그는 꽃 같고 어금니에 달착지근하게 고이던, 그것이 정말 꿈이었을까?

늑대가 운다

눈을 뜨자 숙희가 우는 소리가 들렸다. 보일러가 망가져서 며칠째 방은 냉골이었다. 이불에 넣은 쪽은 견딜만한데 바깥으로 나온 다리는 얼음장이었다. 꿈속에서 너는 얼음 바늘이 몸을 찌르는 차가운 호수에 있었다. 육지는 멀고 헤엄쳐 가기는 불가능해 보였다. 그때 멀리 초원에서 늑대의 울음이 들렸고, 그 소리는 네가 기슭에 이르도록 힘을 보탰다.

에구머니나, 노마님 기저귀가 젖었을 텐데!

눈을 뜨자마자 너는 후다닥 일어나서 방문을 열었다. 방에는 환자용 침대만 덩그렇게 놓여 있다. 그제야 노마님이 없다는 사실을, 푹 젖은 기저귀도 없고, 먹고도 배고프다며 악을 쓸 사람도 없음을 알았다. 또 노마님이 이젠 시어머니인 것도.

네가 십일 년을 수발했던 시어머니가 돌아가시던 날, 너는 남

42

편보다 더 많이 울었다. 오줌똥을 받아내고 환자의 변덕과 심통을 견딜 수 있게 한 것은 네가 가진 측은지심이었다. 너는 네게 생명을 맡긴 사람의 인간다움을 지켜주려고 애썼다. 남편을 위해서도 아니었고 누가 알아주길 바란 것도 아니었다. 사람이므로 사람답게 살다가 죽을 수 있도록 도와줬을 뿐이었다.

또 숙희가 우는 소리가 들렸다. 해넘이가 될 때쯤 네가 사는 동네에서는 늑대가 울었다. 울음소리도 듣는 마음 따라 다르게 들렸는데, 가만히 귀를 기울이면 늑대들도 저마다 다른 소리를 낸다는 걸 알 수 있었다. 놈들도 사람처럼 성격과 제 깜냥에 따라 가볍고 무겁게, 쓸쓸하거나 지친 소리를 냈다. 울림통이 커서 힘 있는 저음으로 안개를 펼치는 듯한 소리를 내는 건 뒷집 개였다.

동네 개들이 모두 늑대처럼 울어대는 하울링은 뒷집 개가 먼저 시작했다. 놈은 늑대와 개의 교배로 태어난 잡종이라는데 늑대 쪽을 닮았고, 흰색 주둥이에 몸통은 검었다. 시베리안허스키 종의 장점을 그대로 이어받아 회색 눈에 몸매도 근사했다. 놈이 목줄을 팽팽하게 잡아당기며 주인보다 앞서 걷는 모습을 보면 어찌나 우아한지, 너는 일부러 창밖으로 고개를 빼고 내다보곤 했다. 놈은 길고 늘씬한 다리와 탄탄한 몸통, 완강한 목덜미가 품위 있는 늑대의 핏줄을 드러내고 있었다. 살짝 벌린 주둥이 사이에서 출렁이는 분홍색 혓바닥도 근사했지만, 이등변삼각형의 뾰족하고 당당한 귀는 완벽하게 수컷다웠다. 밝은 회색 눈을 둘러싼 검은색 털과 미간 주름처럼 보이는 흰색 털이 묘하게 우울한 표정으로 보였다.

늑대가 우는 시간은 네가 부엌에서 저녁을 준비하는 시간이었다. 처음에는 개들이 늑대처럼 운다고 생각했는데, 자주 듣다 보니 개의 탈을 쓰게 된 늑대의 울음으로 들렸다. 마녀의 저주에 걸린 진짜 늑대인지도 모른다는 생각마저 들었다. 늑대들이 서로 신호를 보내듯 개들이 앞서거니 뒤서거니 울어대면, 이상하게도 너는 묘한 긴장감을 느꼈다. 지금은 아침인데도 놈이, 숙희가 울고 있다.

너는 시어머니가 노마님이었던 시절이 더 좋았다. 그때는 할 일만 하고 나면 작은 골방에 들어가 잠을 잘 수가 있었다. 노마님이 벼락처럼 호통을 치기 전까지였지만, 그때까지는 방해하는 사람이 없었다. 지금처럼 밤마다 남편에게 시달리며 잠을 설칠 일도 없었다. 이미 밤일이 힘든 나이가 된 남편이 왜 그렇게 몸의 즐거움을 탐하는지 너는 알 수가 없다. 남편은 자신의 몸이 예전처럼 작동되지 않는다는 사실을 알고 더 재촉하며 조급해했다. 시어머니를 묻고 돌아온 날에도 남편은 너를 간고등어 굽듯 엎었다가 뒤집었다가 하면서 보챘다.

노마님의 간병인으로 있을 때만 해도 너는 일에 대한 보상을 받았다. 매달 통장으로 쏠쏠한 돈이 들어왔다. 너는 몸뚱이를 부려서 돈 버는 재미를 알았다. 그렇게 차곡차곡 모인 돈은 몽골의 가족들에게 보내졌다. 네 어머니는 그 돈으로 동생들을 학교에 보냈다. 어머니의 편지는 항상 미안하다는 말로 시작했다. 그런데 지금은 가족들에게 돈을 보내지 못하고 있었다. 결혼했기 때문이었다. 그럴 줄 알았다면 결혼하지 않았을 텐데, 발등을 찧고 싶었지만 돌이킬 수는 없었다.

취업비자로 한국에 왔던 너는 거주 규정을 어겨서 불법체류자가 되었다. 노마님의 아들이 그 사실을 알고 난 후로 네 월급은 세 번이나 깎았다. 다른 곳으로 갈 수도 없는 형편이었던 너는 어쩔 수 없이 그 조건을 받아들여야 했다. 당혹스러운 일은 더 있었다. 어느 날 노마님의 아들이(그때는 주인어른이라고 불렀다) 네가 자는 골방으로 들어왔다. 나이가 아버지뻘이라서 경계하지 않았고 방문을 단속하지 못한 잘못이었다. 주인어른은 네 귀에다 숨을 불어 넣으며 사랑한다고 속삭였고 함께 살자며 끌어안았다. 일만 하고 남자를 모르던 너는 그 품이 따뜻해서 기분이 좋았고 묘하게 간지러웠다. 그토록 간절히 원한다니 그를 도와주며 사는 건 좋은 일이라고 믿었다.

"내 어머니를 극진히 모시는 여자와 결혼하고 싶었어. 그게 바로 당신이지."

노마님이 끼었던 금 쌍가락지를 받고 너는 청혼을 받아들였다. 무엇보다 불법체류자 신분에서 정식으로 한국 사람이 될 테니, 마다할 이유가 없었다.

"나는 돈 벌어서 가족들을 책임져야 합니다."

너는 느슨한 한국어로 결혼의 조건을 설명했다. 그런데 남편은 몇 번 돈을 주더니 그만이었다. 남편의 변명을 들어보니, 이제는 고용인이 아니고 어엿한 마누라이기 때문에 돈을 주고 노동력을 사는 일은 윤리에 맞지 않는다는 설명이었다. 결혼했다고 일이 수월해지거나 재산을 따로 물려받은 것도 아닌데, 그럴 수는 없다고 주장했지만 받아들여지지 않았다. 너는 밤낮으로 시달릴 뿐 몽골에 돈을 보내지 못했다.

"내 재산은 나중에 다 당신이 받게 될 거야."

네가 말을 꺼낼 때마다 남편은 그렇게 말했다.

"나중은 싫습니다. 지금 필요합니다. 몽골에 돈을 보내지 않으면 동생들이 학교에 가지 못합니다."

너는 애원했지만, 남편의 태도는 냉정했다. 한국에서 시집간 여자는 친정에 속한 사람이 아니고 시집 식구이니, 친정에서 손을 벌리는 일은 옳지 않다는 논리였다. 몽골에서도 여자가 시집을 가면 '말 타고 떠난다.' 라고 했는데, 다시 돌아오지 못한다는 뜻이었다. 그래서 몽골의 어머니도 더는 돈에 대해서 말하지 않는 것 같았다. 너는 어쩐지 속았다는 기분이 들었다.

"그게 무슨 말입니까? 결혼, 안 합니다. 나는 돈이 필요합니다."

"했던 결혼을 물리자는 거야? 그럼 당장 불법체류자가 되어서 쫓겨날 텐데. 그래도 좋다면 해. 이혼 서류에 도장 찍는 건 쉬우니까. 그런데 이제 노마님도 안 계시니 살만하잖아. 내 돈은 다 당신 거야. 애들도 다 결혼했으니 내가 돈을 어디에 쓰겠어?"

너는 남편에게 묻고 싶었다. 왜 '노마님'이라는 호칭을 쓰라고 했는지. 그 말을 하려고 하면 가슴에 뭔가 울컥한 덩어리가 치받쳐서 입만 벙긋하다 말았다. '노마님'이란 호칭에 대해 알려준 사람은 이주여성 단체의 직원이었다. '노마님'은 신분 사회였던 조선 시대에 썼고 현재는 사용하지 않는 말이라고 했다. 당시에는 나이가 든 여주인을 종들이 그렇게 불렀다고 했다.

"아직도 노마님이라 부릅니까?"

내가 종입니까, 묻고 싶었지만 서툰 한국어는 매정하게도 제때 나오지 않았다. 한국어가 짧으니 너는 간신히 그렇게 말하고 물러섰는데, 남편의 눈이 커졌다. 허리에 손을 얹은 걸 보니 곧 침을 튀기면서 막말을 쏟아낼 기세였다.

한국에 온 지 십칠 년째였지만 너는 아직도 한국말이 어렵고 서툴렀다. 말은 입에서 뱅뱅 돌고 말이 되어 나오지 않았다. 급히 말을 꺼내거나 감정에 북받치면 더 그랬다. 그런 너의 약점을 이용하여 남편은 아무 때나 욕을 했고 심하게 몰아붙였다. 너는 한국어 욕을 다 알아듣지 못하는 게 가장 억울했다. 돌아서서 너는 생각했다. 들어봐야 마음 상할 말을 알아들어서 무엇하겠는가. 남편이 속사포처럼 해석도 힘든 욕을 쏟아내어 네 영혼을 짓밟을 때마다, 너는 슬픈 눈으로, 그 더러운 말이 나오는 입을 조용히 바라보았다. 찢긴 영혼은 찢어진 말을 한단다, 네 어머니는 그렇게 말했었지만, 욕을 듣는 사람도 영혼이 찢어진다는 것을 모르고 한 말이었다.

실컷 욕하고 화를 낸 다음 담배를 피우고 들어오는 남편의 납작한 뒤통수는 어쩐지 구차하고 쓸쓸해 보였다. 누구든 잠깐 멈춘다면 돌아볼 시간을 갖게 될 테니, 입으로 짓는 구업(입으로 짓는 죄)에 대한 반성이 있으리라 믿었다. 네 어머니는 또 말했었다. 욕을 먹은 사람보다 욕을 하는 사람이 더 아프고 슬픈 사람이라고. 너는 그 욕을 받지 않았다고 믿지만, 세상의 모든 에너지는 저절로 사라지지 않는 법이다. 멈추지 않는 남편의 욕은 네게 반란을 꿈꾸게 했다. 사실 그건 남편의 욕에서 시작되었다고 할 수는 없었다. 꼬리와 얼굴이 검고 몸뚱이에 누런 줄무늬가 있는 고양이로 인해 시작된 거였다.

그즈음 고양이들이 밤마다 섬뜩한 아기 울음소리를 냈다. 길고양이들이 많이 늘어나자, 먹이를 주는 캣맘과 고양이를 혐오하는 사람들 사이에 갈등이 잦아졌다. 양쪽에서 민원이 빗발치자, 시청에서 나서서 고양이들의 중성화 수술을 한다며 잡아갔다. 발정 난 놈들의 울음 때문에 너는 밤마다 잠을 설쳤다. 잠을 설치는 건 남편도 마찬가지여서, 그때마다 너는 네 배 위에서 잡을 수 없는 것을 잡겠다며 안달하는 남편까지 감당해야만 했다. 너는 잠을 자고 싶었다. 그날 밤 놈들의 교성을 참지 못한 너는, 캣맘들이 두고 간 먹이통을 멀찌감치 옮기려고 밖으로 나갔다. 깜깜한 뒷마당을 돌아가서 뒷문 근처에 있는 먹이통으로 다가가는 중이었는데, 어디선가 놈이 쏜살같이 달려들었다. 놈의 옆구리에 걸려 너는 꽈당 넘어졌다. 고양이와 함께 흙바닥에서 뒹굴 때만 해도 너는 그 일이 반란의 시작이 되리라곤 조금도 예상하지 못했다.

발정 난 고양이와 부딪친 후로 너는 한 번도 경험하지 못한 이상한 일을 겪었다. 뭔가가 몸 안에서 꿈틀댔고 터무니없이 달뜬 몸을 주체할 수 없었다. 찼다가 이지러지는 달을 바라보면서 들썩이며 뒤채는 몸속의 아우성을 견뎠다. 너는 그것이 교성을 질러대던 고양이 때문이라는 사실을 전혀 알아차리지 못했다.

너의 반란을 도운 사람은 택시 운전사였다. 남편은 어머니를 모시고 병원에 갈 때마다 택시를 불렀는데, 그때마다 오던 사람이었다. 어머니가 돌아가신 후로는 볼 일이 없었는데, 이주여성 단체에 갔다가 그를 만났다. 그는 택시 회사에서 퇴직한 후, 그곳에서 봉사활동을 한다며 반가워했다. 처음에는 커피를 마셨고,

다음에는 가락국수를 먹었는데, 다시 만나면 드라이브하자고 말했다. 포천에 넓은 호수가 있다고 했을 때 너는 눈을 반짝 떴지만, 곧 고개를 저었다. 네가 어디에 가는지 무엇을 하는지 늘 감시하고 조종하는 남편을 떠올리며, 그러기는 어렵겠다고 대답했다. 그 말을 들은 후로 너는 고향의 호수를 자주 떠올렸다. 할아버지와 아버지가 나고 자란 그곳, 어기 호수는 꿈에서나 볼 수 있는 풍경이었다. 꿈에서 너는 차가운 물에서 헤엄쳐야만 했는데, 기슭에 닿으면 펼쳐지는 넓디넓은 초원과 높디높은 하늘을 보면, 시름이 사라지고 묵은 긴장이 풀렸다. 어기 호수가 그리웠던 너는 이주여성 단체의 한국어 수업 시간을 빼먹고 그의 차에 올라탔다.

너는 그날 보았던 호수의 물빛이 마음에 들었다. 어기 호수처럼 깊고 넓지는 않았지만, 물빛을 보는 것만으로도 너는 마음이 녹아내렸다. 오랜 타향 생활에서도 잊을 수 없었던 고향을 떠올리며, 뭉클해진 너는 남자가 이끄는 대로 흘러갔다. 너는 조용하고 은밀하게 반란을 끝냈다. 그동안 욕바가지를 뒤집어쓰면서 비틀렸던 네 마음은 보상받았고, 무엇보다 남편은 그 사실을 전혀 모르고 있었다. 옆에 있는 사람이 가장 귀하다는데, 남편은 네게 그런 시늉조차 없었고 아직도 네 이름이 '웃음'이라는 것도 모르는 사람이었다. 그러니 그 호수에서의 일은 남편에게 주는 선물이고, 적당한 반란이었다. 이주여성 단체에 갈 때마다 너는 그 사람의 부드러운 말씨를 들었고, 자주 웃었다. 그는 네 이름이 '웃음'이라는 말을 듣고 참 예쁜 이름이고, 네게 잘 어울린다고 했다. 그에게 안길 때면 어머니가 끓여주던 따뜻한 수태차를 마시는 기분이 들었다.

놈은 수컷인데도 이름이 '숙희'였다. 사실 너는 놈의 이름을 정확히 알지 못했다. 저녁을 먹고 설거지를 할 때면 윗집 남자가 "숙희야, 숙희야……." 하고 부르는 소리를 들었다. 어쩌면 숙희가 아니고 다른 이름인지도 모르지만, 네겐 그렇게 들렸다. 남자가 개를 부르는 소리는 어떤 날은 다정하게 들렸고, 또 어떤 날은 "숙희야, 왜 말을 안 들어? 맞을래?" 하며 큰소리로 욕하는 소리로 들렸다. 어쩌면 그것은 남자가 크게 부르는 소리일 뿐, 한국말이 서툰 네가 잘못 들었을지도 모른다. 너는 큰 덩치의 숙희가 축 처진 표정으로 발을 떼는 모습을 볼 때마다 이상하게 화가 났다. 너는 왜 숙희가 주인의 말을 고분고분 듣는지 이해할 수가 없었다. 숙희는 덩치가 크고 젊어서 힘이 세니까 가고 싶은 곳으로 갈 수도 있는데, 왜 줄에 묶인 걸 받아들이는지, 왜 뛰지 않는지 마음을 졸였다. 언젠가 주인의 몽둥이에 맞고 숙희는 몇 번 자지러지게 우는 소리를 냈는데, 그 이후로 주인의 앞에서는 꼬리를 내리고 납작 엎드려야 한다는 걸 배운 것 같았다. 숙희처럼 너도 남편이 욕바가지를 쏟아낼 때면 꼬리를 내렸고, 욕이 바람처럼 멀리 날아가기를 기다렸다. 꼬리를 내렸다고 해서 너를 틀어쥐었다고 생각하면 그것은 착각이었다. 너는 꼬리를 내렸을지언정 엎드리지는 않았다. 늑대의 야성은 절대 길들지 않는 법이다.

"너는 푸른 늑대의 후손이다. 그것을 잊지 말아라."

네 아버지는 그렇게 말했었다. 그때 너는 어려서 그 뜻을 잘 이해하지 못했었다. 늑대 사냥을 하고 돌아온 날이면 아버지는 "신성한 탱그리(신성한 하늘에서 가장 높은 신)와 늑대의 피가 너와 함께 할 것이다." 하고 축복하면서 늑대의 피를 네 이마 위에 발라주었다.

네 아버지는 몽골의 초원에서 그대로 살았어야 했다. 어기 호수에서 관광객에게 말을 빌려주며 살던 삶을 버린 아버지는 잘못된 선택을 했다. 너의 아버지는 한국인 관광객들의 옷이 화려하고 깨끗한 것을 보고 돈을 벌어야겠다는 마음을 먹고, 한국으로 왔다. 아버지는 넓은 초원에 보호할 남자도 없이 여자와 아이들만 남겨두고 떠났다. 척박한 땅에 남겨진 식구들의 생활은 나날이 열악해졌다. 네가 아버지를 따라 한국으로 왔다가 불법체류자로 전락해서 남의집살이를 전전하게 된 것처럼, 너의 아버지도 비슷한 쇠락의 길을 걸었다. 그때 소녀였던 너는 이제 마흔이 가까운 나이가 되었다. 아버지를 잃은 뒤 너는 갖은 고생을 하면서 웃음을 잃었다. 그동안 너는 한국어를 배웠고 돈을 주는 사람의 눈치를 봐야 한다는 사실을 깨달았으며, 남자들은 밤에 갈급한 몸짓을 한다는 것을 알았다.

이녜드. 마니 녜르 이녜드.

내 이름은 이녜드. 너는 가만히 중얼거렸다. 태어날 때부터 방긋방긋 잘 웃어서 아버지는 너에게 웃음이라는 뜻의 이녜드라는 이름을 지어주었다. 힘들어도 웃고 멋쩍어도 웃어서, 어머니는 네가 웃음이 헤프다며 걱정했다. 이곳에 온 후로 너는 웃을 일이 거의 없었다. 근래에는 언제 웃었는지 기억나지도 않았다. 너의 이름은 이녜드. 너는 웃음인데 웃음을 잃었다. 늑대는 울음을 잃어버리지 않는다. 숙희도 제 주인 앞에서는 울지 않았다. 개와 늑대의 시간이 되어서야 숙희는 자신의 몸속에 간직된 제 울음을 잊지 않겠다는 듯 길게 울었다.

너는 남편이 자는 방문을 살짝 열어보았다. 옆으로 누운 남편은 오른쪽 등이 이불 밖으로 나와 있었다. 이불을 걷고 자면 몸이 추울 텐데, 덮어주어야 할까, 하다가 너는 그냥 돌아섰다. 거절당하고 배신당했던 순간들을 떠올리자, 네 심장은 다시 콩닥콩닥 뛰었다.

"그렇게 살면 안 돼!"

언젠가 네 중국인 친구 우기는 말했다.

"네 남편은 언젠가 너를 배신하고 말 거야. 유산을 받기는커녕 가진 재산을 자식들에게 다 빼돌릴 거야. 그때 가서 울지 말고 조금이라도 젊었을 때 이혼하고 집을 나와. 병원에 와서 간병인을 해보는 건 어때?."

'내가 이런 일을 당할 걸 우기는 어떻게 알았을까?'

우기의 조언이 아니라도 너는 이대로 살 수는 없어서 갈등하고 있었다.

네가 남편과 결혼한 이유는 불법체류자 신분을 벗으려는 목적이 있었지만, 이리저리 옮겨 다니며 일하는 유랑 생활을 끝내고 싶어서였다. 사실 노마님이 돌아가시면 요양 병원에 간병인으로 갈 계획이었다. 두 달만 학원에 다니면 요양보호사 자격증을 딸 수 있는데, 월급이 일반 가정의 간병인보다 높았다. 그런 만큼 일이 고되어서 한 사람이 다섯 명이나 여섯 명의 어르신을 보살펴야 한다고 했다. 우기도 삼 년 계약으로 일했는데, 쉬는 날도 없어서 춘절에도 집에 갈 수 없었다. 삼 년을 꼬박 병실에 묶여 있으면 얼마나 답답할까? 우기는 병실의 불편한 침대에서 토끼잠을 자면서, 낮이고 밤이고 환자들을 보살폈다. 항상 피로에 찌들어 눈이 빨갛던 우기는, 언제부터인가 흰자위가 검은 눈동자를 덮기 시작했다. 우기의 말로는 간단한 수술로 낫는 병이라는데, 일 때문에 집에도 가지 못하는 처지라서, 언제 수술을 받을 수 있을지 모른다는 것이었다.

"살 집을 얻는 비용은 들지 않으니까, 급여는 좋은 편이야. 한국인 간병인들은 우리보다 돈을 두 배는 더 받고 주말엔 집에도 가지만, 우린 외국인이니까 차이가 나지. 그래도 병원에서는 급여가 낮은 외국 노동자를 좋아하니까, 일자리는 널렸어."

우기는 개인 집에 입주하여 사는 간병인 노릇은 싫다고 했다. 간병인과 가사도우미 노릇까지 해야 하니 종일 삶에서 바람이 나도록 움직여야 하고, 항상 주시하고 감시하는 주인의 눈치를 봐야 해서 싫다고 했다. 너도 사실 노마님을 간호하는 일보다 가족의 식사 준비며 청소를 더 많이 했다. 우기처럼 병원의 딱딱한 침대 위에서 삼 년이나 선잠을 자며 버틸 일이 걱정이었는데, 주인 남자가 결혼하자고 해서 너는 기뻤고 다행이라고 생각했다.

그 기쁨은 오래가지 않았다. 결혼생활은 간병인으로 일할 때보다 더 많은 일이 너를 기다렸다. 살림과 시어머니, 시누이에 남편의 자식들, 네가 신경 쓰고 거둬야 할 사람이 많았다. 너는 발을 동동거리며 끝도 없이 이어지는 살림과 몽골의 가족들에 대한 걱정으로 애태우던 너는 덜컥 심장병까지 얻었다.

'돈을 아끼려고 결혼이라는 달콤한 맛으로 유혹했지? 당신이 나빠. 그러면서도 욕하고 윽박질렀어.'

자는 남편의 등은 평소처럼 고집스럽고 완강해 보였다.

'이제는 미루지 않아. 당신과는 끝이야.'

마음먹었을 때 바로 집을 나섰어야 했는데, 습관대로 주방으로 향한 것이 잘못이었다. 어제 설거지를 한 후에 엎어놓고 깜빡

늑대가 운다 55

잊은 그릇들과 물에 담가놓은 시래기와 콩이 네 눈에 띄었다. 주방의 가구와 집기들이 너의 지휘봉을 기다리고 있었다.

'그래도 밥은 해줘야지 아침을 거르게 할 수는 없잖아.'

너는 불린 콩으로 콩비지를 끓여 밥상을 차리기로 했다. 콩은 밤새 알맞게 불었다. 비지찌개를 끓일 때는 시간을 두고 콩을 지긋이, 하룻저녁쯤 물에 불려놓아야 한다. 마음먹었던 일을 시작하기 전에는 콩을 불리듯 준비하고 기다리는 시간이 필요하다. 언젠가 마음만 앞서 돈도 없이 몽골로 가는 비행기 표를 끊었던 일을 생각하면서 너는 믹서에 콩을 넣었다. 콩은 믹서 안에서 본모습을 잃으며 부서졌다. 너는 밤마다 귀찮게 너를 뒤집는 남편을 떠올리다가, 콩을 지나치게 곱게 갈고 말았다. 마음이 자꾸 뒤죽박죽 엉켰다.

사실 너는 남편에게 뒤통수를 맞은 일 따윈 잊고 살려고 했다. 기왕 결혼하여 가정을 꾸렸으니, 남편을 도와주려던 처음 마음 그대로 살면 되겠다 싶었다. 그런데 요즘 너는 남편만 보면 혈압이 오르고 눈에서 열이 났다. 네 몸은 이제 너의 의지와는 다르게 반응했다. 싫지만 참았고 알아도 모르는 체하며 속마음을 감추며 살았는데, 요즘은 이상하게도 네 몸이 스스로 자기주장을 했다. 내색하지 못하고 억울해도 참던 예전과는 달랐다. 너는 거절을 못 하고 싫은 소리도 하지 않는 성격인데, 이젠 몸이 나서서 좋고 싫음을 분명하게 가려냈다. 마음은 아무렇지도 않다며 다독거리는데 몸은 분노를 참지 못하고 떨었다. 몸이 마음과 분리되어 제 각각 주장하는 바가 다르니 너는 갈피를 잡을 수가 없었다.

'넌 이 집에서 그저 일하는 여자일 뿐이야. 이렇게 세월 다 보낼 수는 없어.'

너는 잔잔한데 몸은 분노하고 또 분노했다. 밥을 하다가도 그간의 세월을 무시하고 의뭉스럽게 널 배신한 남편이 자꾸 생각났다.

새집은 너와 남편이 함께 지었다. 집 짓는 삼 년 동안 너는 매일 인부들에게 새참을 지어냈다. 대부분 공사장의 식사와 새참은 식당에서 해결하는데도, 남편은 매일 새참을 만들라고 했다. 남편은 땅을 살 때부터 새집은 너와 공동명의로 하겠다며 철석같이 약속했다. 너는 매일 음식을 만드느라 헐떡거리면서도 좋기만 했다. 땅을 봐도 예뻤고 흘러가는 구름도 반갑기만 했다. 한국 땅에 내 집을 짓고 있으니 이제야 정말로 한국 사람이 되는가 싶었다. 너는 조금씩 올라가는 새집을 보면 안 먹어도 배가 불렀고, 텅 빈 지갑을 가졌어도 남부러울 게 없었다.

얼마 전 너는 남편이 자기 명의로 집 등기를 마쳤고, 상의도 없이 딸들에게만 재산을 증여했다는 사실을 알았다.

"당신 그러면 안 돼, 그러면 나쁜 사람이야!"

새된 비명을 지르다가 너는 기절했다. 자주 콩닥거리던 가슴이 심장병이었다는 것은 그때 알았다.

비지찌개의 콩은 삶지 않고 날콩을 갈아야만 입에서 씹는 식감이 좋다. 익은 콩을 갈면 두유 맛이 나고 찌개를 끓이면 텁텁해진다. 너는 콩을 조금 거칠게 갈아서 씹기에 좋은 정도로 맞췄다. 지나치게 상냥한 표정 뒤에는 뭔가 껄끄러움을 감췄을 것이라며, 네 순종적인 태도를 트집 잡아 빈정대는 친척도 있었다. 남편조차도 너의 부드러움과 노력이 뭔가 사특함을 감춘 행동이라 의심했다. "내 돈이 샘나니?" 남편은 가끔 그렇게 이죽거렸다. 네가 열심히 살았던 이유는, 살림이란 사람을 살리는 일이라고 가르쳤던 어머니 때문이었다. 남편은 어린 시절 겪었던 지독한 가난을 잊지 못해서 돈을 벌 줄만 알았지 양복 한 벌 사 입지 못하는 사람이었다. 너는 가난한 시절의 상처로 강밭게 사는 남편을 이해하려고 했다. 남편 자신도 알아차리지 못하는 아픔마저 품어주고 싶었다. 남편을 욕심 많은 이기주의자라고 했던 우기에게도, 그는 마음이 아픈 사람이라 이해하고 싶다고 말했다. 상처받은 늑대이기에 자신을 보호하려고 으르렁댔을 뿐이라고 변명해주기도 했다. 늑대들도 다친 동료에겐 상처를 핥아주며 애정으로 보살피면서 치유될 시간을 기다린다. 너는 사람 사이의 일도 크게 다르지 않다고 믿었다.

'진실은 배반하지 않는다는데, 결국은 선善이 승리하리라 믿었

건만……. 내가 곰처럼 멍청했던 거야.'

곰처럼 멍청하다는 건 남편이 네게 자주 하던 욕이었다. 자주 듣다 보니 너는 그 욕을 스스로 뒤집어쓰기에 이르렀다.

너는 유난히 집안 살림과 먹거리에 신경을 쓰고 헌신했다. 다른 사람들보다 식성이 까다롭고 성격마저 까다로운 남편에게 맞추려고 무척 애를 썼다. 몽골에서는 경험하지도 못했던 매운 한국 김치가 제일 먹기 어려웠다. 그런 네가 이제는 김치도 잘 담갔고, 동치미와 갓김치, 쪽파김치도 담갔다.

남편이 원하는 맛의 기준은 시어머니의 음식 맛이었다. 네가 아는 시어머니는 누워서 네게 몸을 맡긴 채 똥 기저귀를 내놓던 사람이었다. 너는 남편이 원하는 맛이 무엇인지 알 수가 없었다. 알지 못하는 그 맛을 복원하려고 너는 무척 노력했다. 이제 너는 한국식 간장 된장 고추장에 젓갈까지 담을 줄 알게 되고, 제법 남편의 식성에 맞는 밥상을 내놓을 수 있게 되었다. 살림도 결혼 전보다 많이 늘어나서, 공로로 따지면 네 몫을 주장할 만도 했다. 남편은 그 무엇도 허락하지 않았고 네 앞으로는 통장 하나도 없었다. 남편의 배신에 속이 끓어도, 너는 화를 내며 드잡이하는 성격도 아니고, 분노로 독기 가득한 밥상을 차리지도 못했다. 슬퍼도 화가 나도, 너는 밥을 짓는 순간만큼은, 네 안의 고결한 것을 꺼내어 밥상을 차렸다.

너는 취사 버튼을 누르고 큰 냄비를 꺼냈다. 비지찌개는 끓으면서 계속 거품을 일으키기 때문에 작은 냄비에 끓이면 거품이 끓어 넘칠 수 있다. 국물이 넘치면 냄비며 주방이 엉망이 되고, 콩의 맛있는 진액을 잃는다. 콩의 진정한 맛을 잃지 않으려면, 비지가 끓어올라서 넘치기 전에, 찬물을 조금씩 넣어주며 부글거리는 속을 진정하도록 타일러줘야만 한다. 버럭 화를 내며 끓어오르는 사람에게도 냉수만 한 것이 없다. 너는 부글거리는 속을 냉수 한 잔으로 달래며 조용히 비지찌개를 저었다.

이제 너는 몸이 분노를 감당할 수 없음을 알고 있었다. 슬픔도 지나친 기쁨도 화나는 일도 네 심장은 힘들어했다. 너는 살기 위해서 자신을 설득했다.

'이제 나는 간병인도 아니고 가사도우미도 아니야. 아내에게 살림이야 주어진 일이지. 저 사람이 아닌 다른 누구를 만났더라도 나는 열심히 음식을 만들고 그 사람을 살리려고 애를 썼을 거야. 이 집이 내 명의이든 아니든 뭐 어때. 죽을 때 집을 갖고 가는 사람은 없어. 몽골의 가족들은 동생이 일하게 되어 그럭저럭 살게 되었다잖아. 열심히 끓으며 살았으면 됐지, 보상하라며 운명에 손 내밀지는 말자. 살아 있으니 그것으로 됐어.'

창밖에 겨울새 한 쌍이 남천의 휘늘어진 가지 사이를 옮겨 다니며 지저귀는 소리가 들렸다. 남천의 빨간 열매를 톡톡 두드리는 새들을 보며 너는 마음이 조금 누그러졌다. 마니 녜르 이녜드. 네 이름은 웃음인데, 웃어보려고 했지만 잘되지 않았다.

숙희는 아직도 울고 있다. 뒷집 주인 남자는 새벽에 나갔다가 늦은 저녁에 돌아왔다. 주인이 올 때까지 긴 시간 동안 숙희는 홀로 집을 지켰다. 숙희는 마당을 뱅뱅 돌아다니며 끙끙거렸고, 너는 일하느라 부엌과 집안을 뱅뱅 돌면서 끙끙거렸다. 낮에 숙희가 하는 일 중에 그럴듯한 일이 있다면 동네로 들어오는 낯선 차와 낯선 사람을 발견하고 짖는 일뿐이었다. 네가 집을 치우고 정리하며 김치를 담그는 일 또한 크게 다르지 않았다. 지저분한 것을 버리고 먼지를 쓸고 닦으며 끝도 없는 집안일에 허둥대는 짓거리였다. 가끔 너는 몽골의 초원을 떠올렸다. 너는 할아버지가 불렀다는 흐미(몽골의 전통 가창법)의 가락을 기억해보려고 애를 썼다. 몽골 초원의 바람 소리, 늑대들의 울음을 닮은 흐미 연주. 너는 몽골의 넓은 초원에 바람이 불고 먼지가 날리는 풍경과 도저하게 흘러가는 바람을 닮은 흐미의 가락을 떠올렸다.

숙희의 짖는 소리를 유심히 살펴보면 경계하는 소리와 주인을 반기는 소리를 확실히 구별할 수 있었다. 숙희는 주인의 차가 언덕을 오르기도 전에 벌써 짖으면서 꼬리를 흔들며 주인을 반겨 맞았다. 너 또한 남편이 오는 소리가 들리면 문을 열고 반겼다. 물론 네 남편의 낡은 프라이드가 언덕을 올라오는 소리와 뒷집 남자의 번쩍이는 랜드로버가 내는 육중한 엔진 소리쯤은 구별할 줄 알았다.

　네 남편은 개를 싫어해서 키우지 않았다. 숙희는 개가 없는 너의 집도 자신의 영역으로 아는 듯했다. 숙희는 너의 집을 방문하는 사람에게도 맹렬하게 짖어대며 적의를 드러냈고, 울타리를 넘어와 마당에 영역 표시를 하며 돌아다녔다. 너도 가족이라 여기는지, 부르면 꼬리를 살랑살랑 흔들었다. 숙희의 주인이 알면 성인병에 걸린다며 놀라 자빠질지도 모르지만, 너는 자주 구운 돼지고기를 던져주며 계속 꼬리를 흔들게 했다. 누군가 저토록 친밀하게 꼬리를 흔들어 준다면 아까울 게 없을 것 같았다.

　어젯밤 너는 뒤꼍에서 숙희의 주인이 남편과 하는 얘기를 들었다. 개를 판 주인이 숙희를 돌려달라는 고소장을 제출했다는 거였다. 똥개로 알고 산 숙희가 사실은 시베리안허스키였다는 사실을 발견했는데, 직원이 새끼인 숙희를 알아보지 못하고 다른 개와 이름표를 바꿔 붙여서 일어난 일이라고 했다. 그는 술에 취해서 이제 와서 저 녀석을 잃어버릴 수는 없다며 으르렁거렸다. 너는 숙희의 우아한 걸음걸이가 진짜 시베리안허스키의 혈통의 흔적이라는 걸 알고 가만히 고개를 끄덕였다.

　숙희가 밤이나 낮이나 늘 묶여 지내는 처지가 된 것은, 줄을 풀어놓았을 때 지나가는 사람들을 위협했기 때문이었다. 사실 숙희는 사람을 위협하거나 물어뜯는 녀석은 아니었다. 덩치가 크고 검으니 사람들이 보고 지레 겁을 먹었을 테고, 놀란 사람이 뛰어가니 따라 뛰었을 뿐이었다. 시베리아 썰매 개의 혈통이니 사람들을 썰매에 태우고 광활한 들판을 향하여 달리고 싶었는지도 모른다. 그러나 동네에서는 문제를 제기했고, 숙희는 묶여버렸다. 한 달쯤 지나고 해가 뉘엿뉘엿 기울어질 때쯤이었다. 숙희가 갑자기 하늘을 우러르며 늑대처럼 울어대기 시작했다. 개들이 지루할 때 늑대처럼 짖는 하울링은 자주 목격된다는데, 숙희는 조금 달랐다. 거룩한 하늘을 향하여 외로운 경배를 드리는 듯 단정하고 엄숙한 무엇이 느껴졌다.

그뿐만이 아니었다. 숙희는 집집이 묶여 있는 동네 개들의 잠재한 늑대를 건드렸다. 숙희가 외로움을 길게 토해내면 동네의 다른 개들도 차례로 그 노래를 따라 했다. 그것은 고통스러운 침묵이 터지는 울음이었다. 개들은 조상의 조상을 무수히 거슬러 올라가 보니 늑대의 피가 흐르고 있다는 사실을 새삼 알았다는 듯 진지하게 울어댔다. 사실 숙희의 이름은 숙희가 아닐지도 몰랐다. 네가 숙희라고 이름 지었을 뿐. 숙희의 주인이 숙희를 어떻게 부르든 네게 속한 숙희는 항상 숙희였다. 네가 주민등록증에 새겨진 '황인자'라는 이름으로 불려도, 네 이름은 이녜드, 항상 이녜드, 웃음인 것처럼.

잠이 깬 남편이 부스스한 얼굴로 나왔다. 이상하게도 남편은 자고 나면 뒤통수에 까치집이 생겼다. 아침 바람이 제법 차가워졌기에 생강차를 준비했다. 대추와 잣 몇 알을 띄워 내밀었더니 남편은 밥이나 빨리 달라며 밀어냈다. 밤새 콩닥콩닥 끓었던 네 심사 따윈 모르는 말투였다. 비지찌개는 거품이 잦아들고 조용히 끓는 중이었다.

"오 분만 지나면 밥이 돼요."

오 분이라니! 오 분 후면 나는 안녕이다. 이렇게 말할 날이 과연 올까? 너는 거품이 잦아들어 성깔을 가라앉힌 비지찌개에 새우젓을 넣으며 그렇게 생각했다. 비지찌개에는 뭐니 뭐니 해도 잘 삭은 새우젓이 최고다. 소화도 돕고 영양에도 만점이니 둘의 궁합이 환상이다. 콩과 새우, 둘은 전혀 다른 조합인데 만나서 어떻게 이런 맛을 내는지. 이제 너는 한국 음식의 깊은 맛도 아는, 제법 한국 사람이 되었다.

너는 남편과 마주 앉아서 밥을 먹고 있다. 저 화상과는 더는 마주 앉지 않겠다던 결심 따위는 어디론가 사라지고 없는 것처럼. 아마도 오늘 비지찌개가 유난히 맛있게 끓여졌기 때문인가 보다. 찌개의 감칠맛과 고소함이 입안 가득 고였다. 남편은 TV 뉴스에 눈이 팔린 채로, 눈을 맞은 국화차가 심장과 혈압에 좋다던데, 눈 쌓인 산 중턱에 뭉텅이로 있더라며 일요일에 가보자고 했다.

"오늘 비지찌개는 간도 맞고 유난히 맛있습니다. 그렇지요?"

별스럽게도 네 목소리는 반 옥타브쯤 높아졌다. 그 꼴을 들여다 보려는지 창으로 아침 햇살이 가득 들어왔다. 봄이 온다는 조짐을 알아차린 새들이 번잡스레 떠들었다.

"내 이름이 이네드라는 건 아십니까? 웃음이라는 뜻입니다."

네가 말을 꺼냈지만, 남편은 TV에 눈을 고정한 채 시끄럽다며 소리를 지르더니 갑자기 병원에 갔다 온 이야기를 꺼냈다. 술과 담배를 즐기는 남편은 간과 폐 건강이 좋지 않았다.

"의사가 폐를 이식하는 수밖에 없대."

"어떤…… 폐를 이식한단 말입니까?"

"가족의 폐를 이식해야지. 내가 젊은 여자와 결혼한 덕을 보게 생겼어."

"살아 있는 내 폐를 잘라서 거기, 거기에 꿰매 잇는다는 말입니까?"

"두 개 중의 하나만 있어도 사는 덴 지장이 없대. 하늘 같은 남편에게 폐 한쪽쯤은 떼줘야지. 안 그래?"

너는 대답할 말을 고르지 못해, 떨리는 손으로 식탁을 치우고 화장실로 향했다. 이를 닦다가 거울을 보니 웬 낯선 여자가 어쩔 줄 모르겠다는 표정을 지었다.

마니 녜르 이네드.

입꼬리를 올리며 웃으려고 했지만, 여자는 웃지 못했다. 손가락으로 양 볼을 위로 잡아당기면서 너는 어떻게든 웃으려고, 웃음으로 살아남으려고 애를 썼다.

이네드, 웃어 봐. 네 이름은 웃음이야.

웃으려고 할수록 얼굴은 일그러졌다. 이름은 웃음이지만, 너는 웃음이 아니었다.

그날 해넘이가 시작될 때 너는 주방에서 가지찜을 만들고 있었다. 뒷집 숙희가 늑대의 소리로 울기 시작했다. 이상하게 너는 등이 후끈 달아올랐다. 너는 끌린 듯 주방 창가로 가서 창문을 열었다. 아직 추웠지만 대기 중에는 미세한 봄기운이 일렁거렸다. 우우우…… 늑대의 울음은 점점 리듬을 탔고, 흐미 가락을 얹기에 적당한 바람이 불었다. 너는 배운 바 없는 노래를 시작했다. 할아버지의 흐미는 배에서 나는 소리와 머리를 울리는 두성이 교차하며 높은음과 낮은음이 동시에 울리는 신비로운 노래였다. 너는 흐미라고도 노래라고 할 수도 없을 그 울림, 그 떨림을 흉내 내기 시작했다. 우루우루우루루. 그것은 네 안에 깃든 푸른 늑대가 울부짖는 소리였다. 늑대가 늑대를 부르는 소리였다. 늑대와 늑대가 어울리는 하모니였다. 네 울림은 가락을 찾고, 숙희가 안개 같은 울음을 언덕 아래로 펼쳤다. 곧 다른 늑대들도 하나둘 따라 노래를 밀어냈다. 산동네에는 늑대들의 대화가 길게 이어졌다.

푸른 늑대가 지독하고 긴 울음을 다 토해내면, 너는 웃게 될 거야. 마니 녜르 이네드. 네 이름은 웃음, 웃음이란다.

매미

매미 소리가 엄청나부네. 아주 속 창재기까정 다 끄집어냄스
로 우는개벼. 저 벗낭구는 봄에는 꽃 피고 여름에는 까만 눈물
을 떨구더니 가을이 가차우니께 목소리까정 가졌구마, 피 터지
게 울매, 집으로 돌아가소 소를 타고 집으로 돌아가소 외치는 거
이 말여. 저건 우짜믄 늰네(노인네의 방언)가 이승에서 마지막으
로 내는 신음인지도 모르제. 우짜믄 울음이 아니고 웃음일랑가
도 모르제.

내가 이렇게 늰네 집 앞에 퍼질러 앉아 있다고 신경 쓰덜 말
어. 그려, 내는 암시랑토 않으, 암시랑토 않응게, 암시랑토 않으
블랑게, 걱정일랑 붙들어 매고 이 탁배기 한 잔 걸치고 어서 갈
길 가소. 잔이라고 해봐야 찌그러진 스뎅 곱뿌지만, 아 우리가 매

일 묵던 그럭 아녀. 거그 엉거주춤 서 있덜 말고 어서 드소. 그라
고 미련이랄 갖덜 말고 훠이훠이 가버리소. 땅을 볿든 허공을 딛
든 발은 없는 거 맹키로 날개가 달린 거 맹키로 훠이훠이 가버리
소. 아주 갈 뿐 다시 오덜 마시씨요. 무거운 몸일랑 벗어 뿔고 밝
은 자리 딛으매 가시씨요. 아쉬워 뒤돌지도 마시씨고, 그리워 주
저앉지 마시씨고, 누구도 무엇도 다 놓아주시씨고, 선걸음에 털
레털레 가뻐리소. 여긴 괜찮웅게, 난 암시랑토 않웅게, 정말 암
시랑토 않으블랑게. 그리 알고 어서, 어서 가소. 여그 뿌연 막걸
리 한 잔 따라 놨웅게, 입 축이고 어서 가서 편히 쉬소. 이제 잃
을 것도 얻을 것도 없웅게, 그래 아프던 몸뚱이도 다 털어버렸웅
게 가볍고 또 가볍잖여.

  그란디, 뭣 땀시 젊은이는, 시방 남의 초상집 앞에 뽀짝 서서
뙨잔뙨잔 기웃거리능 게라우? 뭐이라, 동사무소에서 나왔다고
라? 으잉, 그라제. 나가 뉜네와 제일 허물 읎는 사이었제. 나? 뉜
네가 아직 화장장엔 가덜 않았웅께 혼백이 여그 집 앞에서 어슬
렁거릴까 싶어서 들다보는 중이었제. 그리고 포리(파리)가 아즉
여그서 돌아댕기능가 궁금허기도 하고 말여.
  뉜네하고는 으뜨케 지냈냐고라? 가만있자, 긍게, 나가 뉜네 헌
티 아첨 밥상을 갖다 주기 시작헌 기 햇수로 오 년이나 지났구만
이라. 아녀, 시알리며 산 세월이 아닝께 고것이 오 년인지 육 년

인지 육시럴 년인지는 몰르제. 앗따 그 넘으 시간이 뭐시 중하것
소. 어차피 육시럴 년 뛰드끼 뜀박질을 허는 시월, 눈이 팽팽 돌
아가게끔 살았으니 말여.

　으째 내 나이는 묻소? 놀라기는. 무에 놀랄 일이고. 나가 나이
를 묵고자파서 묵었겄소? 고놈덜이 이 목구녕으로 꿀떡꿀떡 넘
어 들어오는 디 으찌 안 샘키고 배길 수 있소. 샘키다보니 일흔이
후딱 넘어부렀구먼. 모르긴혀도 댁도 꿀렁꿀렁 샘키믄서 살고 있
을 끌. 아족은 모를 나이인 긋 같긴 허구만. 허기사 그걸 알 때가
되문 나이가 어깨에 솔찮게 얹혔을 때란 말이지. 모라? 벌써 그
넘덜이 꼴락꼴락 넘어 들어오는 걸 느낀다고라? 아이구야, 그, 젊
은 사램이 일찌거니도 알아채렸끄만. 하긴 그건 알아묵던 못 알
아묵던 상관 읎이 밀고 들어오는 것잉께 따질 일도 아니긴 허제.
헌디, 자넨 모 허다가 그걸 그렇게 빨리 알게 되았당가? 너무 빨
르게 알아도 좋덜 않은디. 좋잖타기 보담은 쉽지 않타고 혀야 것
꼬, 심들어진다고 혀야 것제. 아모래도 걸 알게되문 사는 거이 무
거워진닥고 혀얄라나, 삶이 쬐매 슬퍼질 수가 있다고 허얄라나.
그렇다고 슬픈 기 뭐 나뿌다고 헐 수 만은 읎제. 기냥 그늘 빛을
알았다 생각하믄 그만이제. 그늘이 뭐이 나쁘것어? 나뿌고 말 것
도 없제. 그늘은 기양 그늘이제. 매양 팽팽한 뱥만 계속되간디
요, 뱥도 있고 그늘도 있고 그라지. 안 그릉감? 그라니 그늘을 알

었드래도 개안타 그말이시. 뭐, 그늘이 너무 짙어 슬프다고라? 뭐시 그러케 슬펐던 게라우? 초상집 앞에 쭈글치고 앉은 걸 봉께 아매도 그 닌네와 사연이 있었등가 보이. 그래도 이 댁 초상은 섧 다 헐 수만은 읎으. 호상이니께. 어디 초상엘 갔더니 호상이라고 자석들도 눈물 한 방울 안 흘립디어. 늙어 고부라져 죽으문 호상 인가, 죽는 걸 그래 말하기도 합뎌. 젊은이도 그늘이 슬프다고 하 는 걸 보니 아프게 곪았던 시상을 살았든 닌네의 삶을 아는갑네. 그래 내 모라 혔소, 꼴락꼴락 샘키야 살아지는 우짤 수 읎는 짓거 릴 젊은이가 너무 빨리 알아뿌릿다 안 하요.

날도 참 뻐드러지게 덥소, 안 그라요? 그날도 나가 새벽에 밥 을 가지고 갔더이만, 아 날이 더웅께 해 뜨기 전에 후딱 일을 해 치울라고 그라제, 그 닌네, 더워 죽겄담서 웃통을 활활 벗어뿔 고 있더만. 꺼죽만 남은 젖퉁이를 무슨 엉뚱한 두엄 자루처럼 배 꼽꺼정 늘어지게 다 내놓고 말여. 방충망도 안 닫았음서 현관 문까정 활짝 열어제쳤더라구. 겨우 사르마다 한 장 꼴랑 걸치고 서 말이지. 부끄럽지도 않냐고 퉁바리를 놨더니, 늘어진 살이 파 도를 치메 웃데. 그려, 자네도 그랬구만. 나도 그 닌네가 웃는 기 그렇게 이쁘더만. 호물딱한 입을 가리지도 않고 이빨 하나 없이 환하게 웃는디, 갓난 아그처럼 폭삭폭삭 포드르르 한 뭔가가 솔 솔 새어나오는 것 같등만. 이놈저놈한티 술을 따르던 설운 시월

70

은 어디로 갔는지. 늙어지면 언내가 된다더니 그짝인겨.

　모두들 늙음은 미美가 아니고 추醜라고 하등만, 한문도 추는 술 유酉자에 귀신 귀鬼 자가 붙었잖아. 술 취한 구신이라는 뜻이여 머여, 늙음은 못생기고, 나쁘고, 밉고, 부끄러운 짓거리라니, 그게 무신 덜 떨어진 해석이고? 헹, 추가 무신 잘못을 했는가, 추는 기양 추인데, 사실 따지자면 미도 읎고 추도 읎는 법이제. 미만 따지는 시상이 덜 돼야먹은 겨. 미던 추던 그게 다 상想 짓는 일이지 뭐여. 미에는 추가 깃들었고 추의 밑바닥에도 미가 스며 있는 거제, 그러니께 그 뇐네가 그르키 이쁘게 웃을 수 있는 거제. 따져보매 늙음이 추라고 하는 말도 틀린 속단이제. 추가 될라믄서 견딘 시월이 을매여. 긍게 미와 추는 한 가지이고 다르다고 혈 수 읎는 거시여. 에그, 나가 또 아는 시늉을 치는 못된 빙(병)이 도졌구만이라. 미안허구먼. 우뜷든 딱히 그런 쓰잘데기 읎는 걸 따지자는 건 아니지만도, 우짠 일인지 뇐네의 웃는 모냥에서 아주 곱상스럽운 게 비더란 말이여. 비 갠 하늘에 둥실 떠오른 순진한 구름 한 자락처럼 말이제, 그게 영혼인지 날개인지 몰라도 순간적으로 어떤 금쪽같은 뭐시기가 반짝 나타났다 사라지는 것만 같고, 노랑나비 한 마리가 하르르 날아오르는 것 같았제. 그게 날 자꼬 그 뇐네에게 가게 맹근 거여.

워찌되았든 그 뇐네는 가려야 할 부끄럼 따위는 읎었나벼. 목
구녕으로 뜨거운 것들을 모다 삼켰싱께, 부끄럼도 어뜨거라이,
하매 모다 타뿌렸는지도 몰르제. 모냥지음도 다 내뻬졌는지도 몰
르제. 뇐넨, 글케 더운디도 선풍기도 안틀어. 아까워서라고 허
데, 자석이 사준 새 사르마다도 있는 디, 누더기가 다 되야뿐 것
만 찾아 입더란 말이지. 여름에는 겨울 바지를 입고, 겨울엔 봄옷
을 입고 댕겼응께. 꽃이 질까 아깝어서라는 겨. 아까우면 그냥 칵
죽어뿔제 왜 숨을 잇소, 허며 심통을 부렸는디, 이렇게 쉽게 가
버릴 줄 알았겠는가. 뇐네가 평생 그렇게 산 것만 같아 짠해서 그
랬구만. 그랄 줄 알았으문 좀 낮낮하게(부드럽게) 말했으야 했는
디, 아조 후회가 되야뿌네, 잉.

아침밥이래야 도라지 노물에 뚜부를 쫄이고, 간간한 콩나물국
뿐이었는디, 워찌나 허천뱅이처럼 달려들어 묵덩가 몰러. 아메
마지막 밥상인 줄 앗었등가벼. 허긴 나도 이제는 겨울엔 봄이 아
깝고 여름엔 가을이 아깝드라고. 언제 갑재기 세상살이를 착착
접어놓고 떠나야 하는지 모를 나이잉께. 뇐네도 그랬겄제. 그걸
암스로 그르케 야박하고 씨알머리 읎이 야글 해뻐리씨니…… 그
라도 달게 자셨응게 다행이긴 허지만…….

뇐네가 챙피를 몰랐든 건 사실이었제. 단지 내에 있는 음식물

72

쓰레기통까지 뒤져 묵었으니까 말여. 남들이 버린 버러지가 득시 글거리는 쌀자루 같은 거라도 발견하면 신나게 들고 들어가더라구. 어쩔 때 보문 쉬고 썩은 음석도 아무렇지도 않게 입에 처 넣던 걸. 그런 걸 묵고 설사를 해대면서도 암시랑토 않다고 그랴. 잉, 그랬다니께. 일제 강점기와 육이오 같은 험한 시절을 온몸으로 겪었든 사람이었응게, 살려면 썩은 것도 쉰 것도 묵어야 했던 배 곯던 시절도 도타이 있었긋제. 이렇게 지천에 음석들이 흥청망청한 시월을 만났어도 그 습성을 못 버리고 말이시. 그게 짠해서 매일 음석을 날랐던 것이여. 넘들 시선 따위는 아랑곳하지 않었으니, 으짜면 뇐네는 부끄럼 가튼 건 첨부터 있지도 않다는 경經의 비기秘技쯤은 터득했는지도 몰러. 백 살이 가차운 뇐네니까 우리가 몰르는 비기 한 줄쯤은 깨칠 수도 있겠제. 으짜면 소를 몰고 갔을 수도 있고 말이제. 상 짓는다는 소리를 모르겠다구? 아, 왜 불경에, 모든 상想은 상이 아니다 허던 말 들어봤을 거로. 상인지 망상인지 밥상인지는 몰래도 그 나이가 됐응게 뇐네도 다 알어차렸을 거란 말이시. 상이든 밥상이든 말여, 이.

왐마, 참말로 덥어래이. 소나귀 한 싸다귀 때리돌 않네. 바람 한 장 내주지 않음서 이러키 매일 푹푹 찌는 무더위는 나도 첨이라. 누가 등짝을 뾰족한 거시기로 찔러대는 것 마냥 초조하고 불안허네. 뭐라? 푹푹 삶아지는 거시 삶이라, 삶은 감자라고 한 시인이 있었다고? 오매, 감자를 삶아도 기양 시가 됭까 보요. 시가 뭐신지 암껏도 모르지만 나가 거기다 한 줄 보탠다문, 요즘 날씨가 삶이다, 삶아진 감자라 허것구만, 흐흐. 뭬, 운율이 안 맞는다고라? 내가 시를 알것소, 운율을 알것소, 쇠 귀떼기 폴랑거리는 사연을 알것소. 기양 말장난 둥실 띄운 거제. 우쨌둥 요번 날씨야말로 말장난 같으. 암껏도 못하게 맹글고 말어. 이 더위에 헌 일이라고는 꼴락꼴락 넘어오는 고놈을 샘키는 일뿐이었으, 아, 그것도 심들었응께, 그거면 됐지 머가 더 필요하다요? 목심 간수하는 것만큼 중요한 일이 워디 또 있간디? 시를 짓든, 운율을 땡기든, 거사를 도모하든, 운우지정에 철벅거리든 다 목심 다음 일인게여, 긍거 같소 앙 긍거 같소? 참말로, 내가 또, 요, 방정맞은 주댕이가 또 촐랑거릿구만. 춥.

이렇게 덥어도 그 뇐네는 매일 바꺼티 나와 앉았더구먼. 뭐 하러 나와 있냐고 물으면, 집 안에 있음 죽을 날 받아 논 소(牛) 같은디, 그래도 바까티 나오문 살아있는 사램 같다고 흐더라멩. 뇐네가 유모차 겉은 걸, 아 왜 있잖누, 노인네들이 걸음과 몸을 의지하려고 많이 끌고 다니지 않습됴, 그걸 끌고 나와서 멀뚱히 앉았으면, 지나가는 사램들이 어르신은 뭐 헐려고 이런 더위에 나와 계시씨요 하며 걱정허기도 허니께, 차가운 하드를 건네는 사램도 있고, 진지는 자셨는게라우 묻기도 허니께, 기양 지나감스로 할매 조심하시씨요. 날씨가 이래 더운디 물 자주 자시씨요, 허며 지나가는 말도 뇐네는 글케 좋등가벼. 등은 새우가 아짐씨 할 모양으로 꼬부라졌어도, 그 하얀 미소를 담뿍 물며 웃곤 했제. 응, 그랬제.

자네가 그 뇐네를 담당한 게 벌써 삼 년이 되얏따고? 난 당최 몰랐구먼. 그람 거기도 나이를 솔찮케 묵었나 보요. 아직 대학생처럼 보이는디. 사회복지사라고라. 나라에 그란 일을 하는 사람들이 있다는 야글 들어보긴 했소만. 어렵고 힘든 사람들을 도와주고 뇐네들도 들여다 봐주는 일이라고라. 옴메, 댁은 참말로 좋은 직업을 가졌소. 아문, 좋은 일이고말고. 남을 돕는 일을 혀는 직업이니 을매나 좋소. 뭘 줘서 좋은 일인강. 그건 주는 것과는 아문 상관도 없응게. 힘 읎꼬 돈 읎꼬 시린 사램은 믄가를 자꼬 지달링당게. 믄가가 믄가는 나두 모르제. 긍게 그게 묵고자픈 거시기일 수도 있고, 꼭 필요한 거시기일 수도 있것지만, 아모래도 사램의 훈짐이 최고제. 스치고 지나가는 사람도 나처럼 이리 붙들고설랑 자불자불 이바구를 떨고 잖게 허잖누. 뇐네도 사람 그리운 거이 젤루 심들다고 했으. 야쿠르트 한 병 달랑 들고 가서 얼굴만 비쳐도, 지나감서 방충망 너머로 된소리 지르매 안부만 물어도, 눈도 안 비게 꼭 감고 웃음스로 엄청스레 반가워했으니께. 그래 반가운 기색이 월등한 사람이 워디 있으, 그러니 안 가

고 배길 재간이 읎었제. 그래서 뇐네허고 친구를 맺게 됐제. 질투
도 경쟁도 없는 그저 너 있고 나 있어 좋고 좋은 그런 친구였제.
죽은 내 엄니허고 나이가 같응게 친구라고 할 수는 읎었지만도
말여. 늙으면 기양 다 친구가 되뻔지니까. 음머, 그라고봉께 나
가 친구를 잃었어야, 젤로 친한 친구를 잃어버렸어야, 헉.

즮었을 띤 나도 죽을 날 앞에 둔 늙은이덜이 살 이유가 참말로
있을까 허고 생각했제. 아무짝에도 쓸데없는 사람이 되어서도,
묵고 싸기만 허는 짐승 겉은 몸뚱이만 남아도 계속 살아야 하나
궁금했더랬지. 그란디 나이를 묵으니까 그런 시엉찮은 생각 따원
읎어지더라 이말이여. 늙은이가 될 때까정 꿀떡꿀떡 나일 샘키는
일이 꽤 만만찮다는 걸 나도 알았기 때문일라나, 을마나 시고 쓰
며 뜨겁고 거친 것들을 삼켰을지 알았기 때문일라나, 목구녕이
찢어져 감서 샘켰으리라 짐작하기 때문일라나, 배창새기를 쥐어
뜯음시로 그걸 받아들여 안고 살았다는 걸 알기 때문일라나, 밀
고 들어오는 고걸 기엉코 샘켜 보려고 온몸으로 치받치고 뒹굴며
살아 낸 그 거시기를 내도 이제 으짠지 알 것도 같은 디, 지대로
아는 겐지 모르는 겐지 몰르지만서도. 그러제, 몰르고 몰라서 모
르고 모른대로 모르면서 사는 기지 뭐, 앙 그요?

으째 우요? 일케 어깨꺼정 후덕거림서, 눈물 뺄 일이 있는 게

요? 글치. 젊은 사램들도 심들것제. 으짬 젊어서 더 심들지도 모르제. 앞에 놓인 길이 더 길 테니 더 무겁것제. 누군들 안 그럴까. 산목숨은 모다 심든 거제. 닥쳐오는 것들을 목구멍에 넘기는 일도 꽤 심등게. 모다 제 것들이지만 말이지. 다 넘겨봐도 게우 죽음에 이른다는 게 난 그렇게 쓸쓸하더만. 억울허드만. 아깝드만. 그래서 책을 찾고 또 찾았제. 그래 봐야 달라질 것두 읎었지만서도. 꿀떡꿀떡 넘으오는 놈덜을 잘 삼키 봐도 가는 길은 다 같응게. 서슬 퍼렇던 왕후장상들도 늙고 병듦을 비켜 가지 못해 그 큰 땅덩이와 금은보화들을 두고 가야 했고, 크게 번성한 나라들도 결국에는 멸滅을 면치 못한 걸 보문 알제. 맹자, 장자, 예수나 부처도 죽음을 비껴가던 못했응게.

헌디 젊은이는 궁금하지 않은가? 맹자나 장자, 예수나 부처 겉은 이가 한평생 곰곰허니 깊수거니 생각한 것들은 워디로 갔을거나? 몸띵이와 함께 썩었을라나 아님 워디서 찬란하게 되살고 있을끄나? 책으로 남겨져 전해지니 살아있다고 혀얄끄나, 어떤 정신이 되았응게로 지금도 반짝인다고 해얄라나. 그란디 누군가 평생 썼으되 오래 남지 못하는 책들은 더 많지 않은감, 그람 그것들은 기양 사라져 버릴라나, 쓴 사람이 죽어뿌리문 함께 사라져 버리겠제. 평생 읽어 꾸린 그 안의 도서관이나, 깊수거니 익혀 곰삭은 생각들은 다 으디로 가뿌리는 것인공, 허공에 산산이 흩어져 불라나, 다음 생까지 이고 지고 품어서 갖고 갈라나.

뭐시여, 그랑게 모든 글은 시간이 없어 이름도 없는 단 한 사람의 작품이라고 말한 사람이 있다고라? 글씨, 안개가 낀 것 맹키로 희뿌옇고 아리송허게 들리기는 헌디, 아름찬 줄기가 제법 있어 보이구마. 근디, 젊은이는 윤회를 믿수? 글체, 잘 몰른다는 그 말이 진짜제. 누가 알겠소? 죽음에 이르는 질과 되살아 돌아오는 질을 말허고 기록한 거시 읎응게, 증명할 수 읎응게. 모다 짐작하고 상상만 헐 뿐이제. 그러니 믿고 자시고 헐 끗도 읎제. 그람.

이젠 더운 날 밖에서 이바구 떠는 짓거리도 숨차고 심이 드누만. 그러지 말고 젊은이 우리 집으로 갑시다. 집에 밸스럽고 휘앙찬란 건 한 개도 읎지만서도 애들이 달아준 에어컨도 있고, 냉장고엔 차가운 하드도 채워놨응게 땀 좀 식히고 가세. 으여 일어나. 뭣 땜시 그라는지 몰라도 맴이 여간 상해 있나 봉데. 그럴 땐 차고 달달한 걸 한 잔 마셔야 써. 우리 집은 여그하고 길 하나 사이여. 요 앞길만 건너면 된당게. 으, 그려.

내 집에 온 사람은 이걸 먼저 준다오. 삼 년 전에 담가났든 백년초 발효액이라. 어서 드시씨요. 홋호호 꼭 백 년을 살아야긋다 하는 맘으로 담근 건 아니지만도, 백 년 사는 기 뭐 나쁜 일은 아니제. 제 몸뚱이하고 정신을 간수 할 수 있다문야 살으야제. 암,

살으야하고말고. 백년초는 시덜 않아서 뉜네도 아조 좋아했었는
디. 막 얼음을 채왔응게 살짜거니 기다렸다가 마시씨요. 아무리
덥어도 시원한 걸 마시려면 차가운 것과 잠깐 화해를 할 시간이
필요한 벱이제.

응, 또 고개를 숙이시네? 어깨가 뭘 잘못했다고 그르케 마구
잡이로 흔드시우? 뭐시여, 몇 달 전에 결혼한 새닥이 죽어버렸
다고라? 어쩌야쓰까나! 으쩌다 그란 일이, 어엉, 것도 자살이었
다니 곱절로 애통지재로구마. 내 맴이 짠하고 짠허요. 음마야,
어쩌야쓰까나! 대학도 함께 졸업허고 사회복지사 공부도 함께
허고 발령도 같이 받았는디, 그리 되뿌리고 말았다니, 어찌 아니
슬프겠소. 가슴이 발기발기 찢어징가 싶것지라. 워째서 그랬을
까나, 업무가 과중했으까나, 사람들 헌티 시달렸을까나, 울매나
맘이 폭폭했음 그런 무서운 일을 저질렀다요. 아모리 그래도 글
치, 남은 사람은 우짜라고. 글면 안 되제, 안 되는 일이제. 한 생
각 돌이켰어야 했는데, 요래 허여멀쑥한 신랑을 두고 우째 그런
일을 저질렀단 말이고. 엉거주춤 살문 어떻다고, 되똥되똥 살문
또 어떻다고!

공무원 시험을 치를만한 의지라면 강한 사램이것구만, 그람
엔간하믄 살아냈을 낀디, 우짜다 그랬다요, 한 사람의 사회복지
사가 오천 명 이상을 감당했다니, 소도시에 사는 전체 인원보다

많았겠구먼. 을매나 심들었으문 그란 작정을 했을꼬, 글케 힘드니께, 모두 기획서를 멋들어지게 써서 예산을 따는 자리로 빠지려고 했다는 것이구먼. 그렇게 해서 행정직으로 자꼬 빠져나가고, 현장을 뛰는 사람은 점점 줄어들게 되았다고? 오메 일이 그렇게 되야뿌렸구먼! 그랬구먼. 주당 120시간이나 일을 했다니…… 말이 안 돼불제. 소를 멕이는 일도 아니고 말여. 소야 나무에 줄을 길게 해서 매어두면 저 홀로 묵고 싸고 크며 살찌니 벨로 할 일도 없제. 120시간이면 일요일도 없이 하루에 몇 시간도 못 자고 도로 출근했겠소. 어째야쓰까나, 사램을 살피는 사램이 일에 짓눌려 죽어나간다니, 나라에서는 워째서 그런 정책을 쓴다요?

글 안혀도 어려운 사람들을 도와주러 댕기는 일도 심들었을 텐디, 슬픔은 곧잘 스며드는 뱁이라서 도와주는 사람도 따라서 여간 심들어지거등. 공부하면서 둘이 쌓은 정도 많을끼고 함께 어여둥기했던 시월이 켜켜할 텐디, 갓 결혼한 새신랑인디, 맴이 을마나 아플꼬, 시상이 을매나 씨알데기 읎게 느껴질꼬. 짠하고 짠해서 으째야쓴디야……. 그랴. 우소, 울어. 소도 제 살붙이가 죽으러 가면 알아차리고 눈물을 뚝뚝 흘리믄서 웁다. 기양 울어버리씨오. 보아항께 입때껏 제대로 울어보지도 못했능만 그려. 난 화장실에 잠시 댕겨올 텡게 기양 우는 거 왕창 울어버리소. 남

80

들은 신경도 쓰덜 말고 묵혀 썩은 슬픔을 기양 여기서 퍼질러버리소, 난 괘않으니. 이웃도 괘않을 거요. 소가 우는 디 누가 뭐라겄소. 뭐라 한들 또 으짠다요.

젊은이가 울다가 잠든 사이에 나는 또닥또닥 밥을 차릿제. 요 건 애호박을 반달 맹키로 쓸어서 새우젓을 넣어 볶은 눈썹 노물이고, 그 뉜네가 제일로 좋아했던 음석이여. 요건 참외 껍딱을 종종 채 쓸어 장아찌를 담갔제. 더위를 가시게 허고 입맛 돋우는 데는 최고제. 요걸로 뉜네하고 김밥도 맹글어 묵고 쫑쫑 다져갖고 주먹밥도 해 묵었었소. 글고 요건 버섯 줄기하고 고추를 넣어서 조린 장조림인디. 이런 것은 절에나 가야 묵어볼 수 있제. 모니모니 혀도 이러키 푹푹 찌는 날엔 오이냉국이 최고여서, 급히 손을 써 봤제. 어서 묵고 우리 함께 힘을 내보세. 어여 묵어. 눈물바람은 그만 하구 말이시, 이제는 새댁하고 같은 길을 가버리겠다는 그런 씨잘데기읎는 생각일랑 내동댕이치세. 이미 다른 질로 들어선 새댁을 뭣 땀시 붙들고 늘어진다요. 인연이 거기까지였다 알고 그라지 마소. 아매도 새댁이 갖고 태어났던 시간은 거기까지였는가 보제. 가고자펐던 사램은 놓아 보내주고 여그서 뒹굴어야 하는 사램은 남아서 제 것을 꿀떡꿀떡 늑기면서 살아야제.

내도 부지불식간에 남편이 쓰러져 가삐리고 말았을 띠엔 정말 세상 다 싫웃제. 새끼들이랑 캭 죽어뿔고 말아야제 허는 생각만 들었고. 그래도 아그들 셋이 꼬물거리는 맛에 포도시(겨우) 살았소. 난 내 아그들 목구녕에 밥 넣어주려고 필사적으로 살은 굿 같어라. 나는 아그들을 살리려고 했는디, 지나고봉게 사실은 아그들이 나를 살려줬더라고. 내 헐 일을 맹글어줬응게. 살아야 할 이유 같은 걸 주었응게. 그 이유로 살았제. 냉국이 입에 맞소? 식초를 좀 더 뿌려드릴까나, 미역비린내가 안 나는지 모르겠네. 그래 그렇지. 어서 한술 뜨세.

아그들 헌티 맛난 거 맹글어주면 몸을 요래요래 흔들고 고개를 되똥되똥 저슴스로 맛나게 먹잖어. 난 그게 그르케도 좋더란 말이시. 밥하는 일이 온 세상을 다 짊어진 것 맹키로 무겁고도 보람된 일이었드랬소. 그랬지. 그 심으로 살았지. 아그들이 날 씹어불고 묵어부는 것 거튼 날도 있어서, 화가 뻗치기도 했지만서도, 그걸 차곡차곡 넘기는 일도 만만찮았지만, 되고 거친 일들이 오히려 나를 살게 하얐다니께. 시상 사는 이치는 참 묘하기도 허요. 그라다가 아그들이 저들 살러 떠나고나니 이상스럽게 허전하더라니께. 결혼이 늦어서 오래도록 내 밥을 얻어먹던 막둥이까지 이 집을 떠나니까 한참 동안 심들더만. 맨날 허방다리 짚는 것 맹키로 헛헛했는디, 그 참에 뇐네를 만났제.

지나고 보니 내가 뇐네에게 밥을 갖다준 게 좋은 일이었다기보담은, 그런 일을 헐 수 있게 해준 뇐네가 내게 어떤 좋은 홍을

준 거드만, 보람을 안겨준 거드만. 살 이유를 또닥또닥 맹글어준 거드만. 뇐네가 죽어뿔고 나도 밥을 입에 늫길 수가 읎었는디, 일케 와서 함께 밥을 묵으니 시상 좋소. 뇐네가 그러드만. 나가 따따부따 징허게 씨월씨월 해싸도 음석 하나는 맛나다고 말여. 옴메 뇐네, 뇐네, 돌아서도 뇐네 생각, 앞서도 뇐네 생각만 남스로, 나도 모르는 사이에 뇐네허고 맴이 뽀짝 붙어브렀었나부요. 근디 그 뇐네가…….

글제, 집에 책이 많긴 허제. 나 혼자 사는 집이라 꾸미고 자실 것도 읎꼬 영감이 냄겨주고 간 책만 저렇게 잔뜩 꽂아놨제. 영감은 헌책방을 했어. 젊은이는 모르겠지만 예전에는 청계천 헌책방 골목이 아주 유명했제. 국민핵교 밖에 나오지 못한 내가 시답잖은 소리를 지껄일 수 있는 건, 그래도 영감이 냄기고 간 헌책방 때문이여. 영감 가고 난 후엔 내가 맡아 했으. 누가 헌책을 그리 자주 사러 오겄소만, 아는 게 읎응게, 배운 게 도둑질이더라고 헌책 들고 내는 것밖에 아는 게 읎어, 기양 덜컥 앉았던 게, 시월이 또깍또깍 흘러뿌릿제.

벌써 아슴아슴헌 일이 되부렀구만이라. 손님은 없구 시간은 널널하니 이런저런 책을 넘기는 재미를 알게 되었구만. 처음엔 책을 펴기만 해도 잠이 오더라니, 자꼬 읽으니께 책과 어떤 끈 겉은 게 생기더라이. 흐르고 꼬이는 야그가, 누군가 차곡차곡 쌓은 글이 나를 끌어댕기기도 험스로 말이지, 그러다보니 손때 묻은 책덜이 그르키 좋을 수가 없더라고. 헌책에서 풍기는 쾬 냄새가 아조 좋드라니께.

이리저리 사램들 손길을 거친 헌책들은 꼭 거시기가 살아있는 것 같아야, 거시기가 뭐냐면, 아, 모라고 딱 찝어 말할 수가 있나, 그냥 거시기한 사연과 역사가 있다 이 말이제. 헌책은 읽은 사람들의 숨이 깃들어 있제. 갈피마다 읽은 이들의 눈이 박혀 있제. 책에서 가슴으로 가슴에서 책으로 흐른 강물이 들어있제.

어떤 사람들은 밑줄을 치기도 하고 주석을 달거나 전화번호를 적거나, 느닷없이 명선아, 하고 이름을 적기도 허고, 귀퉁이를 접어놓기도 허제. 김칫국물이나 커피 같은 걸 쪼매 흘리기도 하고, 어떤 때는 핏자국이 있기도 하단 말이시. 그건 몰르제, 코피가 터졌는지 바늘에 찔렸는지 모기를 탁 잡은 순간이었는지 갑작스레 초경이 터져 뿌렸는지 알 수는 읎지만서도 말여. 자국이나 흔적을 남기지는 않았어도 헌책에는 읽은 사람들의 숨이, 올망졸망한 역사가 깃들어 있지라. 으짜면 책을 읽고 뭔가를 넘어서는 순간도, 책이 주는 위로에 마음이 따땃해지는 순간도 있었것제.

젊은이는 경經을 읽음스로 흘리는 눈물을 알까 몰라, 뭐라 해얄라나, 경을 읽으면 지내 온 시월을 닦아내는 느낌이 들제. 내가 막연하게 알고 있던 것, 뭔가 아귀가 안 맞던 것들이 스르르 톱니

바퀴 맹키로 맞춰지는 기분이 들기도 허니께. 어떤 때는 그것들이 아주 천천히 한 줄 두 줄 수의를 짓는 기분도 든다니께, 계단을 차곡차곡 올라가는 그런 이상한 기분도 들고 말여. 그래서 경이라는 글자에는 날실이라는 뜻도 있고 길이라는 뜻도 있나 보이. 몰르제, 내가 뭘 알굿나. 기양 책에 그렇더라 그 말이제. 일부러 읽으려고 한다고 경이 읽어지간디, 인연이 있어야 손에 들게 되는 거제. 또 읽는 사람의 근기에 따라 경은 다르게 안아지제. 으짬 경이란 건 말여 내가 선택하는 책이 아닌 긋 같어라. 책이 스르르 손을 내밀고 나를 끌어당기는 긋 같거등. 글씨, 그런 게 인연이지 뭐 다른 게 인연이간디?

뇐네 헌티 자석들이 있었냐고라? 그람, 아들도 둘썩이나 있고 딸도 하나 있었제. 잘난 아들은 미국으로 가서 자리를 잡았고, 잘난 딸은 호주에서 손자 손녀와 함께 큰 농장을 한다등만. 막둥이만 험히 살으. 이런저런 품일도 혀고 지금은 어데 아파트 경비를 한다는 거 같던데. 굽은 나무가 선산을 지키더라고, 그래도 제일 못난 막둥이가 남아서 뇐네를 수발했제. 막둥이래도 나하고 나이가 같으. 혼자 몸도 거추장스러운 늙은이가 돼버린 자석이 뭘 그렇게 엎어지게 잘해줄 수 있것소, 간신히 장 봐다 갖다주고 하는 모양입디다.
장례식장 구석에서 머리를 틀어박고 어깨를 들썩거리는 놈이 막둥이여. 외국에서 자식들이 와야 해서 5일장을 치른다는데, 손님도 없는데 막둥이만 홀로 상청을 지키데. 나가 갔을 때는 밤이었는디, 아, 나도 아들내미가 와서 데불다 줘야 어델 돌아다니잖우, 빈 상청에서 놈들에겐 들리도 않게 홀로 섧게 울어, 제 설움에 겨워 울기도 했겄제만, 참 맴이 애잔하더구먼.

그 막내가 제 어미 건사한다고 들락거렸어도, 매일 끼니를 해결해 줄 수는 없었제. 식재료하고 먹을 걸 냉장고에 채워놔도 뇐네는 그걸 다 꺼내서 집안에 늘어놓곤 했응게. 뇐네 집에는 현관부터 방안, 베란다까지 이렇게 저렇게 썩어가는 음석들이 행렬을 이루고 있었어. 나도 첨엔 뇐네에게 욕을 씨월거리매 치우고 닦아줬는데, 나중엔 그런가보다 하며 코 닫고 다녔어라. 놈덜은 뇐네 자석들이 불효자네 뭐네 말들이 많드만 그럴 필요 읎우. 다 지들 앞가림하기도 바쁘잖으. 글제, 막둥이도 열심히 뭘 사 나르긴 했제. 뇐네가 음석 맹그는 걸 이제 다 잊어뿌릿다는 걸 몰랐다는 게 문제제. 볼 때마다 뭔 봉지를 들고 들어가긴 하드구만, 아조 피곤하고 슬픈 얼굴로 말이제.

나가 이 말을 해도 될라나 몰르겄는디, 뇐네가 돌아가실 때 나가 그 옆에 있었다니께. 아침을 같이 묵고 점슴 때쯤에 우리 아그들이 사온 수박을 나눠 묵으려고 갔었제. 그란디 멀찌기서 봉게 뇐네 집 문이 열렸드라고. 또 사르마다만 입고 있겄지, 하며 들어갔디만, 집안이 컴컴혀. 뇐네는 아깝다고 불도 안 쓰고 살았으, 문이 반쯤 열린 화장실만 환한 거여. 뇐네가 똥을 싸는가보다 생각혔제. 변비가 있어서 뇐넨 똥 싸는 디도 한나절은 걸렸응게, 아, 그란디 뇐네가 화장실 바닥에 벌렁 나자빠졌드라고. 얼마나 그러고 있었는지 몰라도 내가 봤을 때는 눈을 껌뻑껌뻑 하등만. 핸드폰으로 119를 부르려고 하는디, 뇐네가 나를 향해서 아조 천천히 손을 들어. 그라더니 손을 젓음스로 나보고 그냥 가라고 손짓을 허는 거여. 첨엔 무슨 뜻인가 싶었제. 그란디 전에 뇐네가 했던 말이 생각나등만. 무슨 일이 생기면 119를 부르지 말고 그냥 놔둬달라고 했제. 뇐네도 가끔은 정상적으로 생각하는 그런 시간이 있었응게. 그럴 때 했던 말이여. 어째야쓰까나하며 쩔쩔매다가 내가 으뜨케 했는지 아우? 기양 조용히 문을 닫고 나왔우. 집으로 돌아옴서 을매나 가슴이 후덕거렸든지, 다리가 헛놓였던지 몰러. 뇐네가 죽는 일에 가담한 것 같고 말이제.

이, 포리, 그것도 봤었제라우. 포리가 포리지 뭣이간디요, 이 사람이, 그런 말도 못 들었는개벼? 사람이 죽으려면 포리가 입에서 나온다고 안헙디여, 시끄무레헌 포리 한 마리가 뇐네 입에서 기어 나오고 있었제. 그놈이 뭣인가 싶어서 자시 들다 봤디만 시커먼 기 뇐네 얼굴 주변으로 맴맴 돌디만 날개를 웽웽거림스로 갑자기 휙 날라가 삐릿제. 어디로 갔는지 내가 우찌 알것소,

글제, 포리가 나오능 걸 봉게 넨네도 밍이 다했는가 싶었제. 119를 부르고 뭐할 끗도 읎다 싶었제. 넨네는 혼자 목심이 잦아들기를 원했고, 포리도 나와 삐렀시니 가실 때가 되었다 여겼지라. 왐마, 그 포리가 진짜 포리인지 포리 같은 포리인지 내가 우예 알것능가, 나가 그걸 봄스로 진짜로 사람이 죽을라매 포리가 기어 나온갑다, 했을 뿐이제. 앗따, 그러니께 사람 목숨이 포리 목숨이라 안 허듭요. 에구 허리야, 또 허리가 말썽이구멩. 맨손으로 축대를 싸드끼 험히 살았으도, 몸 하나는 짱짱했는디, 나이가 등께 영 몸이…… 참말로 이쟈는 사는 짓거리가 쌓는 일인지 싸는 일인지 모르것소. 나가 커피 달달하니 끓여 올랑게 잡숫고 가소. 글고 화장실은 쩌그요.

밥 묵고 나면 달달한 거로 입가심 해야쓰제. 커피 끓여왔응게 드시씨요. 넨네도 지금쯤은 읎어진 몸뚱이허고 화해하고 있지 않컸소? 으, 그란디 화장실에도 없는갑소. 어델 갔디야, 옴메 문 닫히는 소리도 안 났는디, 기양 가삐렀단말가? 허성스런 사람 겉으니라구. 그만큼 이바구 떨어주고 밥까장 묵게 해줬음 인사라도 하고 갈 양이제. 그란디, 그란디, 그라문 안되야는디, 여그 세숫대야 옆에 놔뒀던 쌍개락지가 워디 갔능, 엄메, 우리 영감이 주고 간 금붙인디, 결혼헐 때 받은 유일한 물건인디, 으째야쓰꺼이나. 암만혀도 잃어버릿나 보네. 참말로 이상쿠나, 내가 여그다 놔뒀는디, 젊은이는 인사도 않고 왜 그냥 나갔던공, 왜 후딱 도망치능 거 맹키로 나갔단 말고. 긍게, 내 것 잃고 죄로 간다더니 그 짝이 구멍. 훔쳐 갔다면 당장 젊은이가 도둑놈이 되뻔지게 했응게, 물건을 잘못 간수한 내 죄가 크고, 훔쳐 간 일도 읎고 내가 엇다 잘못 놔두고 이렇게 의심부텀 하는 기라면, 쓸데없이 내가 놈을 의심한 거이니 그 또한 내 죄가 큰일이로세. 어찌하문 좋은공. 아깝어래이, 참말로 아깝어래이. 징한 세상. 매미는 우째 저렇게 울었쌌는공. 니도 아깝은 걸 아는가, 참말로 아깝어래이. 참말로 아깝어래이, 이래 우는 매미는 츰 봤구먼, 츰 봤어.

옴메, 벌써 밤이 되야브렀구먼. 잠깐 눈 붙인다는 기, 밤이 되도락 소파에서 줄창 자 뻗졌구먼. 허이구, 달도 참 시언허게 떠부렀네. 날은 이렇게 덥은디, 저리 도도하고 차갑은 걸 보이, 달은 토라진 아가씨 겉고, 어려운 책 겉구먼. 근디 거기 히끄무레허고 뉘엇뉘엇한 게 뭐다요, 뉜네여? 뉜네든 아니든 고마 갈 길 가소. 이 세상에 금뗑이 붙여놓은 굿도 아님서. 그랴. 내 금뗑이는 어디로 가삐릿어. 어느 주머니에서 불쑥 나오면 좋것는디…… 이즘엔 나도 이걸 저기 뒀는지, 저걸 이리 뒀는지 잘 모르는 일이 흔햐. 그러니 잃은 게 아니고 잊은 걸 거여. 그란디 혹시 말여. 뉜네가 뻐드러졌을 때 손을 안 잡아줬다고 삐간 건 아니지라?
포리? 그걸 아는구먼. 포리가 다시 뉜네 입으로 들어갈려고 하길래 내가 잡아서 바닥에 내던졌소. 뇐네라면 이자 갈 자격이 충분하니께, 뇐네가 을매나 열심히 살았소, 을매나 처참한 것들을 삼켰소. 교도소 앞에서 술을 치고 국밥을 팔문서 혼자 아덜 딸을 모다 잘 키웠잖았소. 매미(죄수들의 은어로 술집 작부나 몸 파는 여자)라는 손가락질을 받으면서도 말이제. 갈 때가 되면 가는 게 옳고, 올 때가 되면 오는 게 이치잉께. 경에는 가면 또 온다고 씌 있드만.

다시 오는 날엔 같이 밥도 묵고 영변 약산 진달래도 보러 가십시다. 우리가 매어놓은 소도 멕이문서 이바구를 떱시다. 글체, 나라는 건 있지 않음스로 윤회한다 했으니 서로 알아보지 못할 수도 있겠제. 네가 나가 되고 나가 늬가 됨스로 뒤죽박죽 뒤엉켜버릴 줄도 모르제. 그래도 오고 가다 보면 또 만나지 않컷소?

그래도 막둥이가 그 집에서 나오는 걸 봤다는 소리는 아무에게도 안 했응게, 걱정은 마시씨요. 그 사회복지사 청년에게도, 조사를 하러 나온 경찰에게도 말 안 했소. 나야 막둥이가 어미에게 뭔가 묵을꺼리를 사다주는가 싶었는 디, 자세히 봉께 허겁지겁 달려가드라고. 얼굴은 벌겋고 눈물을 흘리는지 손으로 막 문대면서 말이제. 몰르제. 즤 엄니 입에서 포리가 나올랑말랑하는 걸 보기 힘들었는지, 아니면 포리가 나오는 걸 막으려고 수건을 쑤셔 넣었지는 나도 모르제. 뇐네 입안에 쑤셔 넣어진 수건을 내가 빼니까 꺼면 포리가 나오드라고. 아, 무슨 그런 씨알데기없는 말을 하요. 포리가 나오지 말라고 했겠제. 죽으라고 쑤셔 넣었겠소? 그래도 아들 아닌가 말여.

나? 조금 심심하겠제. 그래도 살겠제. 그렇께 나는 암시랑토 않어, 암시랑토 않응게, 암시랑토 않어불랑게, 거그도 암시랑토 안 허문서 잘 가소. 무섭다고 어두운 구석에 숨지 말고 밝은 빛만 따라가소. 그, 나가 알려준 지장보살 부르는 건 잊지 말고 말여, 기양 밝은 곳을 딛으매 좋은 기운을 따르시오. 가는 일은 오는 일이고, 오는 일은 가는 일이면서도, 가고 오는 일이 모다 힘들제만, 좋은 일이제, 어디, 가는 길 힘등게 내가 추임새 한 자락 넣어드릴까나. 글체, 좋은 일에는 추임새를 넣으야 하제. 어허라 상사디야 어허절쑤 상사디야 어허라디야 상사디야. 어리절절 상사디야. 어허라 상사디야 어허절쑤 상사디야. 우리 엄니고, 우리 애기고, 우리 친구, 우리 언니, 우리 동상, 경비 아저씨, 택배 아저씨, 열쇠 아저씨, 청소 아줌마, 의사 양반이고 대통령이며 팔푼이고 세상 모든 사람인 뇐네가 가신다네. 어허라디아 상사디야, 어허절쑤 상사디야. 어허라 상사디야.

어라, 그란디 어째 이게 여기 들었다요? 이 쌍개락지가 왜 호주머니에서 나온다요, 이상도 해라. 그라고 보니 그 젊은 양반이 간 기억도 없고. 밥상을 치우지도 않았는데 개수대가 깨끗한 기. 시간이 뭉텅 잘려버렸나, 참으로 이상코도 이상하네.

여자가 짓는 집

여자가 짓는 집은 유토피아에 다름 아니다
– 마르그리트 뒤라스

선명한 빨강이 객차 안으로 들어섰다. 빨강과 함께 시트러스 향도 발을 들였다. 승객들의 시선이 빨강에 머물렀다. 빨강은 아슬아슬한 킬 힐이다. 손바닥으로 하품을 끄던 나도 빨강에 붙들렸다. 킬 힐은 노란색 바탕에 검은 소용돌이무늬 원피스 차림, 현란한 색들이 서로 밀고 당긴다. 눈을 감은 사람들과 핸드폰에 눈을 둔 사람들을 제외하곤 모두 빨강의 핏빛 입술과 부푼 가슴, 맨다리를 빠르게 훑었다. 대부분은 심드렁해져 시선을 거뒀고, 예의 바른 몇몇은 점잖게 호기심을 거둬들였으며, 호기심을 단속하지 못한 사람들은 목을 뺐다. 옆자리의 계속되는 통화에 신경이 날카로워진 나는 킬 힐 쪽을 훑으며, 저 야단스러운 사람을 좀 보라는 신호로 오른편에 앉은 J를 쿡 찔렀다. 옆에 앉았어도 다른 세계에 있는 J는 내 신호를 알아차리지 못했다. J는 자리에 앉

92

자마자 핸드폰을 붙들고 몬스터를 없애느라 분주했다. 나는 빨강이든 노랑이든 관심조차 없는, 모처럼 화색이 도는 J의 옆얼굴을 흘끔거렸다.

차창 밖으로 철교의 구조물들이 휙휙 지나갔다. 장난스러운 북소리가 야단스러웠다. 옆자리의 통화는 길었고 봄날 오후는 졸음을 불러들였다. 나는 졸지 않으려고 북소리에 귀를 얹었다.

전철이 한강 다리를 건널 때는 저런 북소리가 들려. 둥기둥 당당 둥기둥 당당……. 저 어깨춤을 부르는 소리를 들어봐. 철교 레일 아래엔 작은 북들이 줄지어 늘어 서 있어. 전철이 지나갈 때마다 바퀴에서 손이 나와 그 북들을 두드려. 그 행동이 얼마나 가볍고 잽싼지 아무도 그것을 보지 못한다지. 맹렬히 북을 두드리는, 저 쾌활하고 흥청대는 리듬을. 시위를 당긴 활처럼 뒤로 휘어져서 격렬하게 북을 치는 작은 손들을. 오늘은 그렇게 들려.

내 감정에 따라 세상이 복닥거리는 소리가 다르게 들려. 눈을 감으면 괜찮구먼, 괜찮구먼, 하면서 등을 토닥이는 것 같기도 하고. 그래서 전철에 앉으면 자주 졸게 되나? 가만, 이젠 가보자래, 가보자래 하는 이북사투리가 끼어들어. 이건 아버지 말투인데. 몇 줌의 뼛가루로 항아리에 담긴 아버지가 이렇게 느닷없이. 핏줄은 뼛속에 각인돼 지워지지도 흩어지지도 않는 걸까. 지금쯤 아버지는 그리운 고향에 다다랐을까? 혼백에겐 저 분단의 철조

망쯤은 문제가 되지 않을 테니 이젠 고향 산천을 흠향하고 계실 지도 몰라. 그쪽도 우리처럼 산을 평평하게 다듬고, 도로를 넓혀 서 옛길은 없을 텐데. 무시로 아우성치며 올라간 건물들 사이로 그 옛날 고향 집을 찾을 수나 있을까? 혼백이 흩어지기 전에 가려던 그곳에 닿아야 할 텐데. 아, 이렇게 졸음이 몰려오면, 어제 도 난 잠을 설쳤는데. 아, 이 소리는 정말!

이 여자, 정말 지겹게 전화하네. 눈을 감으면 소리는 더 파고 들어. 특별한 내용도 없고, 계속 같은 얘기의 반복인데. 왜 똑같 은 말을 저렇게 계속하고, 왜 난 그걸 곰곰이 듣고. 그만 좀 쉬 자. 나불대는 저 주둥이가 밉네.
　그렇게 눈치를 줬으면 오빠가 알아야지, 어? 얼마나 더 힌트를 줘야 해? 오빤 왜 그렇게 내 마음을 몰라? 어떻게 그렇게 날 모 를 수 있어?
　또 도돌이표네. 통화를 시작할 때부터 왜 그렇게 날 모르냐면 서 들이대더니. 아직도 그 타령이야. 처음과 같은 얘기를, 누군 지 몰라도 전화 받는 사람도 대단해. 저렇게 계속 물음표로 채근 하면 머리에서 쥐가 날 거야. 투정하는 소리가 벌써 십 분도 넘 었어. 됐으니까 그만하자던지. 듣는 나도 화나는데, 귀에 꽂히는 잔소리가 지겹겠어. 오늘이 밸런타인데이? 선물로 받고 싶은 걸 확실하게 말하면 좀 좋아? 애매하게 분위기만 풍겨놓고 그걸 알아차리지 못했다고 저렇게 닦달하네.

근데, 저 사람은 도대체 뭐지?

나는 다시, 킬 힐 쪽으로 눈을 돌렸다. 그러지 않겠다고 마음 먹지만 금세 그쪽으로 돌아서는 눈을 어쩌지 못했다. 여자는 차림새가 이상했다. 볼이 좁은 구두에 넓적한 발이 구겨져 들어갔고, 맨다리에는 털이 부숭부숭했다.

저런 신발을 신고 어떻게 걷지?

나는 발이 옥죄고 불편한 느낌을 싫어해서 젊을 때도 코가 뾰족한 구두는 신지 않았다. 지금은 헐레벌떡 뛰어야 살아지는 삶을 감당할 수 있으니 단화나 운동화만 신는다. 신지는 못해도 빨간 킬 힐엔 내 로망 같은 것이 얹혀있다. 동화 속 미친 춤을 연상하게 하는 빨간 구두의 이미지가, 잘린 발목을 담은 채 산으로 들로 춤추며 돌아다니는 자유에 대한 갈망이 있다. 가족도 생계도 나를 붙드는 무엇도 없는 춤. 내 마음대로 추는 춤. 킬 힐이 경쾌한 말발굽 소리를 내며 들어와서 맞은편에 앉았을 때 내 어딘가 잠복해 있던 갈증이 목소리를 증폭시켰다.

내 안에 숨은 펄럭거리는 그것도 빨간 구두를 신으면, 달리고 뛸 거야. 그 뜀박질은, 생각만 해도 숨이 차. 미칠 듯 폭발하는 리듬을 따라 달릴 거야, 나는 것처럼. 그 벅찬 리듬이 짓는 동그라미들. 달리고 달리면 아슬아슬 펄럭거리는 것들. 킬 힐을 신으면 다리가 길고 예뻐 보여. 전사처럼 보이지. 계단을 오를 때 다리를 만지는 사람, 붐비는 전철에서 야릇하게 몸을 기대오는 사람, 조심해. 저 가파른 굽을 좀 봐.

승객의 대부분은 킬힐에서 눈을 돌려 다른 세상, 그들의 다른 자아인 핸드폰에 고개를 숙였지만, 나는 눈앞에 놓인 충격적인 비주얼에서 눈을 떼지 못했다. 인조 가발에 화장으로도 가려지지 않는 푸르스름한 수염 자국, 스카프로 가렸지만 돌출된 아담의 사과, 골짜기는 없이 지나치게 부푼 가슴을. 킬힐은 남자의 몸에 갇힌 여자로 보였다. 저마다의 방식으로 자신을 드러내려는 세상이니 여자든 남자든 따질 필요도 없지만, 빨강 킬힐에 저 발은 너무나 기묘했다. 의도가 있든 없든 훔쳐보는 시선은 예의 없는 행동이며 폭력이니, 당장 호기심을 거둬들이고 이성을 찾아야 했다. 나는 다시 옆자리 여자의 통화에 귀를 얹었다.
글쎄, 어떻게 내 맘을 그렇게 모를 수 있냐고.
전화로 어떻게 저렇게 긴말을 나누는지, 나는 통화를 어려워하는 편이었다. 모름지기 대화란 이쪽에서 던진 말에 상대가 어떻게 반응하나를 보면서 다음 대화로 이어지는데, 목소리만으로는 정보가 제한적이기 때문이었다. 상대가 내 의견에 동조하는지 아닌지, 그 표정을 모르니 바보 같은 대답이 튀어나오기 일쑤였다. 전화로는 상냥하고 입에 붙는 말만 했던 현민 엄마가 내 뒷말을 일삼으며 뒤통수를 쳤다는 걸 알고부터는 더 오그라들었다.

내 앞에서는 상냥하고 친절한 표정이더니 그녀는 없는 말까지 지어냈다. 그 사실을 알고 나는 이를 악물었을 뿐, 그녀의 비밀을 옮기지 않았다. 그렇지만 그녀의 아들이 교도소에 있다는 사실을 까발린 사람이 있는 걸 보면, 그녀도 뒤통수를 맞은 게 틀림없었다. 탕비실에 모인 여자들이 황 과장과 현민 엄마가 어울리는 꼴이 아무래도 수상하다며 떠들어댔지만, 나는 숟가락을 얹지 않았다. 사실 내 코앞의 문제가 급해 남을 재단할 여유가 없었다. 그들 사이에 무슨 말이 오갔는지 몰라도, 현민 엄마는 갑자기 냉랭해지더니 눈도 마주치지 않았다. 나는 곧 포기하고 다른 직장으로 옮겼다.

예전 직장에서의 일이 떠오르자 나는 갑자기 비참해졌다. 오래전 일인데도 마음이 아렸다. 좋아하고 마음을 준 사람들이 내게 화살을 쏘는 이유는 왜인지. 가족이면서도 가장 결 고운 속마음은 내놓지 않고 남처럼, 어쩌면 남보다 더한 가면을 쓰고 사는 기분이란. 차라리 난 너 때문에 인생 저당 잡혔다고, 내 꼴을 좀 보라며 패악을 부리는 게 더 나았을지도 몰라. 슬픔은 자주 노선을 벗어나 노여운 표정으로 허리춤에 손을 올렸다. 나는 옆자리의 긴 전화에 분한 마음을 얹었다.

저렇게 깐죽거리는 여자를 왜 만나는지, 줏대가 없어. 지겨우니까 그만하자고 왜 말을 못 해? 어수룩한 사내 같으니. 나는 눈에 사나운 물음표를 달고서 여자를 흘끔 훔쳐보았다. 뽀얀 볼이며 반짝이는 이마에 동글동글한 무릎, 흠 없이 말간 흰 손, 삐죽 내민 분홍색 입술이 고시랑대고 있었다.

이십 대 초반? 우리 딸 또래네. 예쁜 나이지. 귀엽고. 콧등은 주저앉고 코끼리 다리이긴 하지만. 몸무게는 우리 딸 두 배쯤? 어려서 피부는 뽀얗고 곱네. 피부가 백 가지 결점을 감춘다잖아. 끌어안으면 촉감이 제법, 푹신하고 말랑하겠어. 친절한 곰 인형처럼. 남자들이 쉽게 잊지 못하는 게 촉감이라잖아. 이런, 내가 무슨 생각을? 난 외모로 사람을 판단하지 않는데, 천박한 생각이나 펼치다니. 뭐, 생각이야 상스럽고 너저분한 고속도로를 타는 경우가 잦지. 저마다 면상에는 점잖은 얼굴을 붙이고 살지만, 그걸 벗기면 통속극인걸. 그만하지 그래? 모두 자신만의 전쟁터에 있는 가엾은 존재들이야. 나는 다시 올라오는 하품을 손바닥 아래 감추면서 승객들을 훑었다.

내가 아는 내가 나일까, 보이는 내가 나일까? 내가 믿는 나는 남들이 보는 나와는 달라. 스스로 인정하기 싫은 나, 나만 모르는 나도 있고. 타인들이 보는 각도의 나, 언제나 바뀌어 변화무쌍한 나를, 시간을 타고 흘러가는 존재인 그들이 판단하는 나를 포함하면. 그 판단조차 시시각각 변할 테니 이런, 엄청 부피가 크고 복잡한 신경망 같은 내가 있네. 내가 믿는 나 또한 환상이거나 갈망인 경우도 많고, 타인이 보는 나도 편견의 잣대이거나 그쪽에서 본 지레짐작일 수 있으니, 나는 시시각각 변화하는 모호한 존재가 되네. 사람이 존재한다는 사실은 호흡처럼 매 순간 진화하고 축소되며 확장하거나 소멸하는 순간순간인지도 몰라. 저 별이나 우주처럼 말이야. 이 여자도 전화 저편의 남자도 상대를 자신이 알거나 원하는 상태라 믿고 대하겠지. 아! 뭐가 됐든 통화는 그만했으면. 그나저나 이 목소리를 어떻게 떨쳐버린담.

J는 여전히 포켓몬에 빠져서 잉어킹을 진화시키는 데 열중하고 있었다. 처음부터 엄마는 J를 반대했고, 보자마자 손사래를 쳤다.

넌 눈깔에 동태 껍질을 씌운 거니? 뭐가 좋다는 거야. 난 첫눈에 소름이 끼치는데. 내 딸 인생 망칠 인간으로 보인다니까.

사람을 한 번 보고 어떻게 알아? 여리고 다정한 사람이야.

남자가 여려서 무엇에 쓰겠니? 지금은 사랑이 최고라 믿겠지만 그게 얼마나 착각하기 쉬운 감정인데. 사랑으로 보겠다고 마음먹으면 거짓말도 다 그럴듯해 보여. 큰일이구나! 나중에 네 발등 찍을 일 만들지 말고, 네 눈꺼풀에 붙은 동태 껍질이나 좀 벗겨내!

엄마의 예감이 대체로 맞았음은 결혼 후에야 알았다. 내가 온몸으로 굴렀던 감정의 늪은 화학기호에 홀린 시간이었는지도 모른다. 화학적 주술이 나를 끌어들여, 사랑이라 믿게 했고 말랑말랑한 행복을 가공했을 테지. 행복? 그건 족쇄나 다름없었다. 딸을 위해서라면 못 할 게 없는 여전사가 되게 한 것도, J와 사랑으로 시작했으니 죽어도 버텨야만 했던 것도, 가족이란 등짐을 지고 끝까지 책임지겠다며 이를 앙다물고 사는 것도, 모두 호르몬이 시작한 가면이었다.

사고 이후로 J가 택한 전쟁은 게임이었다. 화투로 시작한 게임은 스타크래프트와 리니지를 거쳐 이제 포켓몬 세상에 이르러 있었다.

나이 사십이 넘도록 게임만 하고 있으니, 언제나 살려고 애써 보려는가, 응? 자네 학벌도 아깝고 인물도 아까운데 무엇보다 나이가 제일 아깝네! 내 딸 고생하는 건 더 아깝고!

이제 엄마는 노골적으로 혀를 찼다. 엄마는 잔소리로 시작했다가 화를 냈고, J는 꿀떡을 삼킨 사람처럼 돌아앉아 버티는 장면. 그것은 변하지 않는 지루한 게임이었다.

나는 언젠가 딸에게서 게임에는 '치트키'라는 비밀 열쇠가 있다는 얘길 들었다. 어떤 게임에서는 '무적 모드'라는 키를 입력하면 유닛의 체력이 완전히 회복되며, '비 내리는 영동교'를 입력하면 비가 내리기도 한다고 했다. 살아가는 일이란 저마다 자신의 '치트키'를 찾는 과정인가 싶다고 했더니, 딸은 마른 보릿단 떨어지는 소리를 내면서 웃었다. 어쩐지 멀게 느껴졌던 그 웃음의 의미를 나는 아직도 알지 못했다.

어제는 입주 청소팀을 따라갔다. 전에 살던 집주인은 집에서 도시락을 만들어 배달하는 사람이라고 했다. 기름에 찌든 부엌은 타일과 싱크대를 모두 걷어내야 할 지경이었다. 여섯 시간 동안 나는 각종 세제와 수세미와 걸레로 눌어붙은 기름 자국을 말끔하게 지웠다. 청소든 도배든 천장 작업이 제일 고됐다. 사다리에 올라가 고개를 뒤로 젖힌 채 닦고 문지르다 보면, 목과 등줄기와 허리가 둘로 빠개질 듯 아팠다. 청소를 나갔던 날이면 몸살로 잠을 설쳤다. 잠을 좀 자보려고 쌍화탕을 마셨는데 각성효과가 있는 성분 때문에 잠을 잘 수가 없었다. 부풀어 오르는 졸음을 어금니로 깨물어 씹으면서 나는 호기심 쪽으로 조금 더 기울어졌다.

여자일까 남자일까? 육체적 성은 어떻게 태어났는지 알 것 같고. 저 사람이 스스로 믿는 성별은 뭔지 보이는데, 뭐가 궁금해, 천박한 호기심은 이젠 그만. 이 목소리, 이 겹겹의 생각을 어째야 하나? 여자의 가발을 쓰고 짙은 화장과 원피스와 킬 힐로 자신을 치장했으니, 여자가 맞아. 남자는 치장하면 안 되나? 여자로 주장한다면 여자니까, 여자로 분장한 남자일지도 몰라. 여장남자 코미디언도 있잖아. 웃음을 유도하려는 분장이니까, 말할 필요도 없이 그들은 남자지. 저 킬 힐도 여장만 했는지도 몰라. 화장이 섬세하지 못하고 억지 분장으로 혐오감을 조장하려는 의도가 있어 보여. 그렇지 않다면 왜 저렇게 요란하고 그로테스크한 모습으로 전철을 탔겠어. 어쩌면 일부러 시선을 끌고 싶은지도 몰라. 여자로 치장하고 싶었다면 좀 더 여자답게 꾸밀 수도 있었을 텐데.

'여자답게'라니. 내가 끔찍하게 싫어하는 말인데. 어렸을 때부터 엄마는 늘 여자다워야 한다고 가르쳤고, 나는 그에 맞춰 살려고 노력했어. 걸음걸이며 표정, 태도, 옷차림, 모든 게 엄마의 기준에 맞춰 억지 춘향으로 살았는데. 난 여자답다는 말이 싫어. 그렇게 살아온 시간도 억울해. 그런 기준에서 형성된 내 희끄무레한 성격도 싫고. 부모들은 왜 자식에게 자신의 기준을 적용할까? 교육에는 간섭이 끼어들기 쉽고 보호에는 파괴가 따라붙을 수 있는데. 부모가 잘하려고 했던 일이 자식에게는 상처가 되기도 해. 자신만의 온전한 결정을 할 기회를 앗아가게 된다고. 혹시 내 딸도 그럴까? 헐레벌떡 살아온 내 삶은 오직 딸을 위해 간신히 지킨 '가족'이었는데.

딸은 알까? 여자를 포기하고 자존심마저 밟아버린 나를. 숟가락을 들 힘도 없이 지독히 피곤해도 딸이 들어오면, 엄마 노릇을 하기 위해 벌떡 일어나 지지고 볶아 상을 차리게 되는 매일매일의 기적을. 당연하게? 어쩌면 딸은 지루한 엄마 노릇에 싫증이 났는지도 몰라. 나는 그랬거든. 엄마가 내게 지나치게 신경 쓰지 말기를, 자신의 인생을 살기를 바랐어. 그러면서도 사실은 엄마가 쥐여주는 달콤한 것들을 삼켰지. 사실 지금도 나는 엄마가 어려운 내 삶에 끼어들어 함께 분탕질하는 것보다는, 노후를 위해서 자신을 단속하고 자신을 위해 먹고 마시며 즐겁기를 바라. 그래도 엄마 노릇이 가짜이고 가면이라고 하진 못하겠어. 내가 주체적이고 의지적으로 해온 일은 그것뿐인데, 그 시간을 허깨비로 만들긴 싫어. 아이참, 엄마는 왜 그렇게까지 하는데, 딸은 자주 그랬지. 내가 한 일은 딸의 의견과는 상관없이 내가 할 '노릇'으로 내 의견을 주장했던 것일까? 그럼 내가 몸을 불태우며 했던 헌신은 어디에 묘비를 세워야 하나? 무연고에 묻힌 이도 없는 묘비. 목소리는 자꾸만 나를 끝없는 바닥으로 끌어 내렸다. 나는 목소리에 저항할 의지도 없어, 힘없이 끌려 들어갔다.

나는 핸드폰에 이어폰 줄을 끼우고 마리아 칼라스의 노래를 골랐다. 고약한 저 목소리를 덮으려면 음악만 한 게 없다. 칼라스는 내가 오래전부터 끌고 다니는 유령이었다. 한때 나는 오페라 가수가 될 거라고 믿었다. 나는 J를 먼저 졸업시키려고 휴학하고 직장을 다녔다. 대학을 함께 다닐 형편이 되지 못했기 때문이었다. J가 졸업 후에 자리를 잡으면 내가 다시 복학하기로 했던 약속은 지켜지지 못했다.

오빠는 왜 그렇게 나를 몰라?

옆자리 여자는 또 도돌이표를 찍었고 통화하는 소리가 노래 사이로 끼어들었다.

울게 하소서, 왜 나를 그렇게 몰라, 내 잔혹한 운명에, 왜 가르

쳐줘야만 아는데? 자유를 찾아서, 마음대로 해 난 모르겠어. 이 비탄을 통해서, 마음대로 하라고 그랬잖아, 슬픔아 부수어라, 내가 분명히 힌트를 줬거든, 자유를 그리네. 웃기지 말라고.

오페라 가사 사이로 발을 뻗은 여자의 음성이 아리아의 비탄을 코믹물로 바꿔버렸다. 나는 이어폰을 뺐다. 한숨이 절로 나왔다. 전철에서는 옆 사람도 생각해서 통화를 삼가라고 말하고 싶었지만 그러지 않았다. 요즘 젊은 사람들에게 말을 잘못 꺼냈다간 도리어 우스운 꼴을 당할 수도 있었다.

지겹게 통화를 이어가던 여자가 몰라! 하며 핸드폰을 닫더니 내렸다. 다행이다! 이제 좀 귀를 쉴 수 있겠어. 귀가 쉬게 되자 곧 내 코가 역할을 떠맡았다. 예쁜 냄새가 나는 여자가 들어와 옆에 앉았다. 앉을 때 슬쩍 스치는 향기가 근사했다. 이토록 고상하고 멋진 향수 냄새라니, 분명히 젊고 예쁜, 고급스러운 교육을 받은 여자일 거야.

나는 J가 겨드랑이에 끼고 있던 책을 빼서 펼쳤다. 도서관에서 대출한 책이었다. 물리학을 전공한 J가 가지고 다니는 책은 대부분 그쪽 계통이었다. 늘 게임만 하고 있어 책을 읽는 것 같지도 않은데, J의 겨드랑이에는 해야 할 숙제처럼 늘 우주와 물리에 관한 책이 끼어 있었다. 나는 책을 뒤적거리다가 '페러데이의 장'이라는 그림에 붙은 설명을 찾아 읽었다.

'그는 무한히 가는 선들의 다발이 우리 주위를 채우고 있다고 상상했는데, 어떻게 물체들이 원거리에서 서로 끌어당기고 밀어낼 수 있는지를 합리적인 방식으로 이해하는 열쇠를 찾아냈다.'
– 카를로 로벨리, 『보이는 세상은 실재가 아니다』

그런 건 사람과 사람 사이에도 있어. 시선이며 관심, 느낌, 기운, 교류도 어떤 보이지 않는 선으로 서로에게 전달되잖아. 멕시코의 아키족 주술사들은 '진정으로 보게 된다면 사람이 빛의 섬유로 보인다잖아. 사람의 배에서 뿜어내는 긴 빛의 뭉치가 모든 사람과 만물로 이어져 있다.' – 카를로스카스타네다 『초인수업』

페러데이가 언급한 것도 그런 종류의 빛나는 빛의 섬유와 닮았을까? 그만 좀 벌려라, 쩍벌남아. 보는 사람도 예의가 아니지만, 너도 예의 좀 지켜야지. 정말 못 봐주겠다. 저 덩치는 여자 팬티를 입을까 남자 팬티를 입을까? 여자 팬티를 입었다면 확실히 여자로 쳐주지. 그것만 알면 이 궁금증이 해결되는데…….
아, 내가 미쳐가나 봐. 저 사람 속옷이 왜 중요해. 여자든 남자든 무슨 상관이람.

나는 여전히 킬 힐과 목소리에 붙들려 있었다.
코미디언을 지망하는 사람일까?

코미디언이라면 대중의 시선에 자신을 놓아둘 줄 알아야 할 거야. 모르긴 해도 그들은 혹독한 훈련을 거치겠지. 대중의 냉혹한 시선에서 살아남아야 무대에 올라 연기를 할 테니까. 무대 위에서 자신의 꽃을 피워내려면 사람들의 시선을 견디는 시간이 필요한지도 몰라. 첫 미션을 전철에서 수행해야 했던 J처럼, 저 킬힐도 첫 신고식을 치르는 걸까?

J는 여전히 붙박이 가로등처럼 목을 길게 빼고 핸드폰만 내려다보았다.

나는 J의 첫 출근을 기억하고 있었다. 어쩐지 아슬아슬한 심정이 되어 그의 뒷모습을 지켜보던 날이 떠올라서 뜨거운 것이 치밀어 올랐다. J가 입사한 첫 직장은 국내 유수의 전자 회사였다. 국제영업팀에 배정된 J에게 처음 맡겨진 일은 전철에서의 신고식이었다. 목적은 배짱을 키우기 위함이라고 했다. 낯선 사람들을 상대로 자신의 시시콜콜한 이야기를 웅변조로 연설하라는 미션이었다. 앞으로 세계 어느 곳의 구매자들을 만나더라도 기죽지 않고 자기 뜻을 전달하여 매매를 성사시키기 위한 훈련이라고 했다. 비밀리에 투입된 인사팀 직원들이 그 연설을 지켜보며 평가하겠다는 것이었다. J는 영화 매트릭스의 요원처럼 차려입고 지정된 시간에 전철에 투입되었다. 검은색 싱글에 흰색 와이셔츠를 입은 J는 정말로 매끈한 청년으로 보였다. 나는 J에게 넥타이를 매주며 너무 열심히 하지 말라고 당부했다. 부모를 두고도 큰아

버지 집에서 살아야 했던 복잡한 가정사와 어린 시절 사촌들로부
터 받은 폭력 따위는 떠올리지 말기를, 그저 갓 입사한 회사원의
평범한 각오 같은 것만을 열어놓길 바랐다.

J는 그날로부터 여섯 달이 지나서 집으로 돌아왔고, 두 해가
더 지난 후에야 겨우 입을 뗄 수 있게 되었다. 그날 전철에서 우
물쭈물 말을 꺼내던 J를 때리기 시작한 것은 유도선수들이었다.
하필이면 그들은 전날 단체 경기에서 패한 후에 밤새 술을 마시
고 집으로 돌아가던 길이었다. 누가 먼저라고 할 것도 없이 그들
은 J를 팼는데, 세 정거장이 지나서 경찰이 투입될 때까지 아무
도 말리는 사람이 없었다. 그들이 쓴 조서에는, 반지르르한 양복
을 빼입은 놈이 아침부터 구걸하는 게 보기 싫었고, 전날 경기에
져서 짜증이 난 판에 찌질이가 성질을 건드렸다며, 또 만나도 늘
씬하게 패주고 싶은 캐릭터이지만, 때린 것은 반성한다고 적혀
있었다.

도대체 전철에서 연설로 배짱을 평가하겠다는 생각은 누구의
발상이었을까? 그 계획에는 전철에서 잡상인처럼 떠들면 승객들
이 불편할 것이라는 염려 따윈 없었다. 평가를 위해 함께 타겠다
던 인사팀 직원들이 도대체 있긴 했는지. 그들이 있었다면 왜 J
가 지하철에서 자신의 이야기를 꺼냈는지 변명해 줄 수 있었을
텐데. 피와 폭력으로 얼룩진 청년의 첫 출근에 왜 사람들은 아무

런 도움을 주지 않았던 것인지. 농담처럼 간단히 짓밟혀 버린 우리의 미래를 떠올리는 것만으로도 나는 몸에서 힘이 빠지고 진땀이 흘렀다.

전철에서 두들겨 맞은 후로 J는 사람을 피했고 밖에 나가는 일을 두려워했다. J가 자유로웠던 유일한 곳은 게임 속의 세상이었다. 병든 J를 대신하여 나는 닥치는 대로 일했고 생계를 꾸려나갔다. 평일에는 학습지 선생님을 했고 주말에는 햄버거 패티를 뒤집거나 주방 설거지를 했으며, 근래엔 몇 년째 입주 청소 팀을 따라다녔다. J는 딸이 고등학교를 졸업하던 해, 축하 카드에 '엄마는 노래를 묻고 너를 키웠다'라고 써서 나를 울렸다.

노래를 포기한 대신 일을 해서 돈을 벌고 우리 식구들이 살았으니 그거면 됐지. 사는 일이 노래이고 노래가 또 사는 일, 꼭 노래로만 꽃을 피우는 건 아니니까.

나는 가끔 북받쳐 으르렁거리는 숨결을 다독거렸는데, 엄마는 그렇지 못했다. 엄마는 점점 더 자주 폭발했다. 엄마는 J가 벙어리처럼 입을 닫고 잔소리에도 전혀 대꾸가 없어, 더 복장이 터진다며 으르렁거렸다.

버버리도 아닌디 말 ?는 걸 보질 뭇하여!

버버리는 제주도 방언으로 언어장애인이라는 뜻이었다. 폭행을 당한 후로 J는 세상을 향한 문을 닫았을 뿐만 아니라 입까지 닫았다.

네가 왜 그 인간의 그늘이 되어 사냐고. 뭐가 부족해서 그런 걸 견뎌야 해?

나는 엄마의 이해보다 도움이 더 급했다. 늘 동분서주하는 나를 대신하여 엄마는 청소도 해주고 김치도 담가줬다. 그때마다 항상 집에 있어 만날 수밖에 없는 J에게 화살이 날아왔다. 엄마의 분노에는 순수하지 못한 것이 끼어 있었다. 엄마는 내가 어렸을 때 제주도 귤밭을 헐값에 넘기고 서울로 올라왔는데, 이제는 그 땅값이 폭등하여 작은 빌딩을 살 정도의 가격이 됐다며 늘 한탄을 쏟아놓곤 했다. 건물주가 될 소중한 기회를 놓치고 가난을 면치 못하게 됐다는, 엄마 자신의 인생에 대한 분노까지 J에게 덤터기를 씌웠다. 엄마의 폭언은 점점 심해졌고, 나도 참기 어려운 지점에 도달했다. 나는 엄마에게 도움도 이해도 필요 없으니, 오지 말라고 선언했다.

돌이켜보면 고되고 슬픈 세월이었다. 피곤으로 너덜너덜해진 몸으로 들어오는 나를 맞아주는 J가 없었다면, 그 어룩더룩한 세월을 버티지 못했을 것 같다. 내 고됨과 노동이 J로부터 시작되었지만, 나는 그를 의지했다. 엄마는 변변치 못한 인간이라고 뭉갰지만, 나는 알았다. 내가 까무룩 잠들었을 때 등을 가만가만 쓸어주는 J의 손길이 힘을 보탰다는 걸.

그 사건 후로 J와 함께 전철을 탄 것도 처음이었다. 나는 J가 별 탈 없이 전철을 탈 수 있다는 사실만으로도 다행이라 여겼고, 조카의 결혼식장까지 무사히 도착하기만을 바랐다. 참혹한 기억에서 기어 나온 나는 다시 빨강에 관심을 돌렸다.

도대체 저 사람은 누구일까? 남자일까 여자일까? 아, 내 쓸데 없는 호기심이 새로운 길을 뚫었네. 어쩌나, 궁금증이 수그러들 때까지 끌리는 시선을 어쩌지 못하겠구나. 눈이라도 감아보자. 전원 로그 아웃. 그렇지만 나는 곧 실눈을 떴다. 킬 힐이 눈치채지 않을 만큼 눈을 가늘게 뜨고 관찰했다. 다행히 킬 힐도 핸드폰만 들여다봤다.

여자라면 짧은 치마를 입고 저렇게 다리를 팔八자로 벌리고 앉지는 않아. 적어도 남들이 보지 못하게 다리를 오므리거나 옆으로 살짝 어긋나게 앉지. 저 사람의 태도를 보면 여자가 아니고 완전히 쩍벌남이잖아. 행동은 완전히 남자 맞네. 그런데 저렇게 높은 구두에 발을 구겨 넣고 불편한 걸음을 감수하는 이유가 뭐지? 몸에 달라붙는 불편한 원피스에 브래지어, 속눈썹에 덜렁거리는 귀고리까지. 장식과 치장이 뿜어내는 사인은 여자이니까, 여자겠지. 그런데 신체적으로는 온몸으로 남자라고 주장하거든. 신체의 주장과 정신의 주장 중에 어느 편에 서야 할지 늘 갈등하겠다. 거기다 타인의 시선과 평가까지 감당해야 하니, 사는 게 무척 힘들겠다. 화장실은 남자 화장실로 갈까? 탈의실은? 수영복은? 아, 왜 이런 불필요한 생각이. 홀로 멋대로 내달리는 이 생각을 어쩐 담. 목소리를 묶어둘 수도 없고. 제멋대로 날고 춤추니 무슨 수로 막아. 제발 정신 좀 차리자. 누가 여자로 살든 남자로 살든 무슨 상관인데? 누가 됐든 자신의 꽃을 어떻게든 피워보려는 사람이 겠지. 그가 드러낸 사인 따위가 왜 중요해? 자신이 어떤 꽃이라 믿는지 어떤 꽃이 되려는지 그게 중요하지. 그런데 현민 엄마는 황 과장과 소문처럼 그렇고 그런 사이일까? 저 사람은 남자일까 여자일까? 어라, 나도 도돌이표를 찍네. 맹랑한 호기심에서 발을 뺀 나는 눈을 감고 차라리 잠을 청했다.

킬 힐이 자리에서 엉거주춤 일어섰다. 180센티도 넘어 보이는 거구가 어기적거리며 다가오더니 내 앞에 섰다. J는 여전히 핸드폰에 빠져 눈을 반짝이고, 놀란 나는 킬 힐의 얼굴을 바라보지도 못했다. 붉고 큰 얼굴이 내 귀 쪽으로 쑥 다가왔다. 전철이 곡선 구간을 지나고 있어, 킬힐은 손잡이를 잡은 채로 흔들렸다. 끔찍한 구취가 풍겼다. 나는 고개를 살짝 돌렸다.

내가 꼬셔볼까?

킬 힐의 더운 입김이 내 귓바퀴에 닿았다. 굵고 소름 끼치는 음성이 울렸다.

나랑 할래?

동굴에서 울리는 것 같은 남자 특유의 발성이었다. 남자 맞네.

나는 당장 커다란 덩치보다 궁금증이 먼저인 나 자신이 두려웠다.

왜, 내가 궁금해? 어때, 각선미가 굉장하지? 뭘 보여줄까?

킬 힐의 시큼하고 떫은 구취가 밀려들었다. 당황한 내가 상황을 모면하고 방어하려고 부지불식간에 내뱉은 말은 참으로 이상하고도 비겁했다.

아가씨, 이 사람이 남자예요.

어이없게도 나는 J의 왼손을 잡아서 들어 보였다. 다른 세상에서 갑자기 이쪽 세계로 끌려 나온 J의 어리벙벙한 표정은 평소보다 더 바보 같았다.

아이 씨, 지랄 염병하네.

덩치가 어기적대는 걸음으로 자기 자리로 돌아갔다. 맹렬한 구취도 잦아들었다. 나는 시선을 어디에다 둬야 할지 당황스러웠다. 내게 쏠린 승객들의 시선을 느껴, 얼굴이 벌겋게 달아올랐다.

그때, 이쪽 세계로 갑자기 끌려 나와 어리둥절한 표정이었던 J가 내 손을 잡더니 손등을 가만히 만졌다. 그것은 J가 이쪽 세계의 상황을 조금 이해한다는 몸짓이고, 곁에 있으니 걱정하지 말라는 사인이기도 했다. J가 전쟁터에서 돌아와 이쪽 세상에 잠시 머물고 있어 나는 조금 안심이 되었다.

눈을 떴다. 온몸이 두들겨 맞은 듯 쑤셨다. 음악은 이미 멈추었다. 눈앞엔 여전히 쩍벌남 킬 힐이 앉아있고, J는 여전히 몬스터 세계에 있었다. 전철만 타면 앉아서 조는 버릇은 여전하구나. 꿈까지 꾸고 말이야. J는 입을 헤 벌린 채 게임에 열중하는 중이었고 킬 힐은 쩍벌남 자세로 핸드폰을 들여다보고 있었다. 커다란 덩치로 밀어붙이던 저음과 구취가 생각나서 나는 슬며시 화가 났는데, 그것이 졸 때 꿈속에서의 일인지, 실제로 일어났던 건지 혼란스러웠다. 그로 인해 나는 또 킬 힐에 시선이 못 박히고 말았다.

곰처럼 어깨도 참 넓다. 저 종아리 근육은 완전 운동선수네. 욱하는 성질머리까지 완전히 남자라니까. 여자가 되고 싶니? 아무리 화장을 하고 치마를 입어도 여자가 될 수 없는 건 네가 여자를 익히지 못해서야. 여자의 부드러움이며 따뜻함, 참을성 많은 성정, 그 정신을 먼저 익혀야지. 네가 여자라고 주장하기 전에 너는 먼저 여자가 되어야 해. 치마를 입고 킬 힐을 신는다고 여자가 되니? 미니스커트를 입고도 쩍벌남 다리로 앉는 여자가 어디 있니? 아주, 날 잡아 잡수라는 꼴이잖아. 너는 남자의 권력, 그 힘의 논리에서 벗어나지 못했어. 뻑 하면 치겠더라. 여장으로 주장하는 것보다 네가 사는 모습 자체가 여자여야만 여자인 거야. 여자를 덩치와 힘으로 찍어 누르면서 여자라고 할 수 있어?

아이쿠, 무슨 빙충이처럼. 꿈과 현실을 혼동하고 있네. 여자가 여자다워야 여자라니. 여성성이란 가부장적 논리가 만들어 낸 환상이 아닌가! 착한 여자, 희생하는 여자의 가면을 벗지 않으려고 몸이 부서져라 분투하고 있으니, 나야말로 여자다운 여자이겠네. 여자다운 여자라니 정말이지 지겹다. 나는 멍하니 앉아서 내 안의 고집스러운 어떤 지점, 아는 걸 모르는 체하며 제멋대로인 목소리를 까마득한 마음으로 바라보았다.

몸과 마음 사이의 괴리만큼 사람을 힘들게 하는 것도 없지. J만 해도 그날 맞았던 몸은 이미 오래전에 나았지만 병든 정신은 지금껏 그를 지배하잖아. 여장이 병듦의 표현이라는 판단은 잘못이야. 덩치가 크고 털보에 근육 있는 다리라고 여자가 될 수 없진 않아. 남자의 몸으로 태어났다고 해서 꼭 남자로 살아야 하는 것도 아니고 말이야. 여자가 이렇고 남자가 저렇다는 건 모두 허깨비야. 왜 여자냐 남자냐에 집착하지? 쓸데없는 짓이야. 저 킬 힐도 나처럼 그냥 사람이야. 그러면 됐지, 뭐가 더 필요해? 불교에서는 천상 수미산의 색계천 이상부터는 남녀의 구별도 없다던데. 지고한 정신에 남녀의 구별이 있을 리도 없겠지. 정신 차리고 신경 쓰지 말자. 그만 쳐다보자, 중얼거리는데 킬 힐이 부스럭거리며 핸드백을 들고 일어났다. 그래, 내려라. 빨리 내 눈앞에서 사라져. 킬 힐이 입을 실룩거리며 도끼눈으로 다가왔다. 가슴이 오그라들었다. 그녀 혹은 그는 내겐 아무런 관심도 없다는 듯, 쓸데없는 관심과 폭력적인 시선 따위는 익숙하다는 듯, 또깍또깍 구두 뒤축을 올리며 전철에서 내렸다.

이런 그늘은 없었네. 이토록 소중하고 사랑스러운 그늘은. 아름다운 아리아가 간지럽게 스며들었다. 눈을 감았다. 이 아리아를 들을 때면 나는 페르시아의 왕처럼 어깨를 펴고 등을 꼿꼿하게 하여 자세를 바로잡았다. 마치 내가 '옴 브라 마이 푸' 이렇게 노래하는 듯이. 그럴 때면 나는 어제 입주 청소를 하며 시달렸던 피곤한 몸뚱이가 아니었다. 덜컹거리는 전철에서 남들을 훔쳐보며 지루함을 달래는 여자가 아니었다. 어깨를 당당히 펴고 카리스마가 느껴지는 눈빛에, 정수리에서 뽑아낸 목소리로 혼신으로 연기하는 프리마돈나였다. 두 팔을 벌렸다가 가슴에 팔을 모으며 소리를 정제하는 프리마돈나를 떠올리며, 나는 노래하듯 입술도 둥그렇게 여는 시늉을 해보았다. 유령이 지배하는 순간만큼은 그어떤 왕관이라도 내 마음대로 쓸 수가 있는 것이다.

갑자기 아름다운 환상이 깨졌다. 뭔가가 내 머리를 내리쳤는데, 옆자리 예쁜 냄새의 가방 같았다. 결혼식에 가려고 미용실에 다녀온 머리가 헝클어졌고, 가방 장식에 부딪혀 이마에 통증이 느껴졌다. 예쁜 냄새가 일어났다. 잠깐 기우뚱했겠지. 나는 손가락을 넣어 어지러워진 머리를 매만졌을 뿐, 여자를 쳐다보지도 않았다. 그런데 이번에는 조금 달랐다. 예쁜 냄새의 가방이 분명한 의도가 실린 가속도로 내 머리를 쳤다. 아야, 소리가 절로 나왔지만, 예쁜 냄새의 실수였을 거야. 나는 그렇게 미뤄두기로 했다. 가방을 이쪽에서 저쪽 어깨로 옮기다 보면 그럴 수도 있지. 교양 있는 여자가 뭘. 고급스러운 냄새를 가진 젊은 여자가 처음 보는 내게 악감정이 있을 까닭도 없었다. 그런데 예쁜 냄새는 내리지 않았고, 조그맣게 속삭였다.

너도 미쳤구나!

어? 무슨……. 제가 뭘 잘못했나요?

미친년.

예쁜 냄새는 목소리도 예쁘다.

왜요? 이어폰 밖으로 음악 소리가 들리나요?

미친년.

제가 뭘 잘못했나요?

물었지만, 여자는 조그맣게 '미친년'이라고만 했다.

내 관음증이 실눈을 뜨고 킬 힐을 훔쳐보는 걸 알았나?

미친년.

내 안에 숨긴 빨간 구두의 미친 리듬을 엿봤을까?

미친년.

자주 페르시아 왕이 되곤 하는 청소부를 비웃는 걸까?

미친년.

착한 여자의 가면 뒤에 미움과 혐오의 얼굴을 숨긴 걸 어떻게 알고?

미친년.

뭘 알았다 해도 점잖고 교육을 받은 예쁜 냄새라면, 그냥 고개를 돌렸어야지.

미친년.

가난과 막노동으로 간신히 가정이라는 울타리를 지키는 나를 알아봤나? 결혼식 하객 복장을 해도 그런 게 나타날까? 처음 보는 여자가 왜 내게? 나는 채 말이 되지 못한 의문으로 어리둥절한데, 예쁜 냄새는 계속 중얼거렸다. 속삭였다.

미친년. 미친년. 미친년.

여자가 자꾸 들이대자, 나도 화가 나기 시작했다.

왜 그러는데요?

미친년!

이쯤 되자 나도 점잖은 지점을 벗어날 수밖에 없다.

내가 뭘 잘못했다고 미친년이래, 엉?

미친년!

내가 너보다 훨씬 나이 많거든. 가만히 있는 사람에게 왜 미친년이래!

미친년, 미친년.

여자는 옆 사람이 잘 들리지도 않을 만큼 작은 소리로, 오직 내 신경을 긁을 만한 소리로만 중얼댔기에, 승객들의 눈엔 내가 점점 미친년이 되어가는 중이었다.

야! 미친년은 너야. 왜 멀쩡한 사람에게 미친년이래?

마침내 나는 폭발했다. 그러자 저쪽에 앉은 다른 젊은 여자가 소리쳤다.

조용히 좀 하세요.

아니, 이 여자가 나한테 미친년이래요. 일면식도 없는데 말이에요.

당신이 무슨 소리를 들었든, 여기 있는 다른 승객들 탓은 아니잖아요. 왜 내가 당신으로 인해 피해를 봐야 하죠?

그래, 세상이 이렇게 굴러간다는 걸 잊었구나! 영역 너머는 받아주지 않는 세상. 이십 분이 넘게 통화하던 여자애를 견딘 나였지만, 이유도 없이 낯선 사람에게 미친년이라는 소리나 듣고, 그걸 대꾸했다고 다른 사람에게 방해한다는 말이나 듣다니. '옴 브라 마이 푸', 이런 아름다운 그늘은 없어. 세상에 그늘이 어디 있어. 오른쪽 귀에 남아 있던 이어폰은 아무것도 모르겠다는 듯, 마치 아무 일도 아니라는 듯 노래하고 있었다.

나는 평소처럼 간을 빼서 바위에 널어놓고서, 멍한 얼굴로 우물거리며 죄송하다고 사과했다. 무엇이 죄송한지 몰라도 누군가 들이댈 때면 늘 그렇게 대했듯, 습관처럼 고개를 숙였다. 얼굴이 확확 달아오르고 간신히, 부지런히 닦아놓은 내 명패는 순식간에 내던져져 짓밟히고 더러워졌다. 이 비열한 게임을 제대로 즐겨보자는 듯, 레일 아래에서 작은 손들이 나와서 맹렬히 북을 두들기기 시작했다.

야, 볼만하다. 참 우습지 않니? 세상 참 지랄 맞다 야, 지랄 지랄 지랄……

나는 혼란스럽고 부끄러워 어찌할 바를 모르는데, 북소리는 점점 빨라졌다. 발화되지 못한 슬픔으로 숨이 가빴다. 턱 밑까지 차오르는 숨을 간신히 붙들며 돌아보았더니, J는 벌건 얼굴로 여전히 자신만의 전투에서 사력을 다해 싸우는 중이었다.

그럼 그렇지. 늘 그랬듯이 넌 혼자야. 그렇게 발버둥을 쳐봐라. 별수가 있기나 해? 북소리에 리듬을 맞추며 목소리가 이죽거렸다. 나는 눈을 부릅떴다. 이제는 정말로, 내 힘으로, 저 빨간 구두를 신어야만 할 때였다.

너, 그 목소리, 넌 내가 아니야. 너는 못된 생각일 뿐이야. 그런 생각은 내가 아니야. 이 부끄러운 감정도 내가 아니야. 나는 나야. 나는 그냥 나 자신이라고.

뼈의 춤

1

루 꼬르띠아르의 저서 『뼈의 춤』의 첫 문장은 '그곳에는 갈림길이 끝없이 이어지는 정원이 있다.'로 시작된다. 그것은 앙트완 드 생텍쥐페리의 실종에 관한 추리로 지어진 정원이다. 〈르 파리〉지가 '생텍쥐페리의 죽음과 삶에 관한 탐색'이라는 주제로 기획한 꼭지에서, 루는 여러 갈래의 의문으로 펼쳐진 길을 제시했다. 글로 먹고살기는 어려워서 늘 몸을 부리는 일거리로 생계를 잇던 루는, 모처럼 손에 쥐게 된 원고료에 힘을 얻어 자신의 주장을 펼치며 기고를 이어갔다. 루는 첫 기고에서 생텍쥐페리를 사랑하는 사람이라면 자신과 함께 추리의 정원으로 들어가서 그의 죽음에 대한 진실을 밝혀보자고 제안했다. 생텍쥐페리를 사랑하는 독자들과 그의 죽음에 의심스러운 점이 있다고 믿던 사람들이 그의 글에 관심을 가졌다. 그의 글은 음지에 숨어 있던 의문을 들쳐내어 훤한 대낮 앞마당에 펼쳐놓고 싶던 사람들의 심리를 파고 들면서 입소문을 탔다. 루의 글이 연재되는 화요일마다 신문 가판대로 몰려드는 사람들로 인해 〈르 파리〉는 화요판 인쇄를 두 배로 늘리며 즐거운 비명을 속으로 삼켰다. 모든 비명에는 양지 와 음지가 등을 기댄 채 스미고 번지는 법, 루의 추리가 마음에 들지 않는 독자들도 늘어나면서 문제가 생겼다.

『어린 왕자』라는 세계적인 스테디셀러로 톡톡히 재미를 누리 고 있던 출판사 측과, '별로 간 어린 왕자 생텍쥐페리'라는 신비 스러운 설정이 마음에 들었던 독자들 역시 그의 죽음에 물음표를 끼워 넣는 루의 글을 달가워하지 않았다. 생텍쥐페리가 어린 왕 자처럼 사라진 사건은 작가에게 신비스러운 후광으로 작용했다. 작품처럼 죽음도 신비스러운 생텍쥐페리를 더 좋아했던 독자들 은 그의 죽음에 대한 의혹 자체가 의심스럽다고 주장했고, 그의 죽음에 명명백백하게 드러날 진실 따위는 없다고 믿었다. 그들 중 강경론자 몇몇은 생텍쥐페리는 가장 어린 왕자다운 마침표를 선택했으므로, 그의 죽음에 대해 거론하는 기고를 당장 중단하라 며 협박편지를 보내기도 했다. 루는 자신의 글을 향한 환호나 질 타에 개의치 않는 편이었다. 글이 진실에 가까이 접근한다면, 진 리에도 근접하리라 믿었기에, 그는 글쓰기를 멈추지 않는 것으로 자신의 의견을 드러냈다.

루의 글이 연재되는 동안에 〈르 파리〉 본사 정문 앞은 독자들

의 항의 시위가 계속되며 북새통이었다. 한쪽에서는 별로 돌아
간 어린 왕자를 경제 논리에 앞세워 불러내지 말라는 플래카드들
이 펄럭거렸고, 반대편에는 경제를 운운하는 자들이야말로 검은
논리에 묶여 손바닥으로 하늘을 가리지 말라는 팻말로 응수했다.
항의가 계속되고 여론이 뜨거워질수록 오히려 〈르 파리〉의 화요
판 판매 부수는 꾸준히 증가하였으므로, 신문사 경영진들은 시위
에도 루의 글에도 호의적이었다.

　루의 글에 관심을 두는 독자들이 늘어나자 〈르 파리〉 편집장은
조금 더 욕심을 부렸다. 편집장은 루에게 당시에 유행하던 생상
스의 '죽음의 무도'와 생텍쥐페리의 책 『야간비행』을 연관되게 묶
는 방식으로, 그의 의문스러운 죽음을 추리적 기법의 소설로 꾸
려보자고 제안했다. 루는 편집장의 회유를 거절했다. 루는 작가
가 어떤 식으로든 언론이나 독자의 구미대로 적당히 타협하여 꾸
며대는 이야기야말로 삼류 소설의 전형이라고 일갈했다. 루의 기
고 중에는 다음과 같은 글이 있었다.

　소설이 이야기를 짓는 얼굴로 독자와 대면하지만, 정치가들
의 거짓말과는 본질적으로 다르다. 정치가들의 화법 중에 상대의
의견을 믿지 못하겠다는 뜻으로 흔히 '소설 쓰고 있네' 라고 말하
는 광경을 보게 되는데, 거짓말을 소설에 비유하는 정치인의 발
언은 예술을 지향하는 소설가와 소설에 대단히 무례한 말이 아닐

수 없다. 소설을 꾸며낸 이야기, 거짓말로 보는 수준이라면 대단히 저급한 수준의 독서라는 것을 그들은 모르는가? 어떤 사람에게는 블라디미르 호로비츠의 피아노 연주가 소음으로 들릴 수도 있는 것이다. 소설이 거짓말일 수 없는 이유는 그 본질을 살펴보면 알 수 있다. 소설은 진실의 알몸에 접근하는 안간힘, 그 진실한 탐색의 경로를 차곡차곡 밟아나가는 작가의 정신적 물리적 행적이다. 우리는 소설을 통하여 진실을 살피고, 진리를 밝히며 아무도 돌아보지 않던 곳에 묻혀버렸던 인간의 모습을 드러낸다.

편집자는 다시 어차피 르포르타주 형식을 빌린 소설로 지면을 타고 있으니, 생텍쥐페리의 나치 연루설에 관한 르포를 곁들여 이야기로 꾸민다면, 지면도 더 주고 화가를 섭외하여 그림도 얹어줄 수 있으며, 심지어 원고료도 두 배로 쳐주겠다고 설득했다. 그러자 루는 발끈하며 생텍쥐페리를 옹호했다.

'그는 전쟁이란 아무 의미도 없으며 인간이 한 인간의 진리와 다른 인간의 진리를 적대관계에 놓아서는 안 된다고 주장하던 그였습니다. 그의 글을 읽어본 사람이라면 그가 프랑스뿐만이 아니라 인류를 향한 사랑을 품고 있었다는 사실을 알게 됩니다. 전쟁을 막기 위해서 육체적인 고통을 참으면서까지 비행기를 몰던 그가 나치에 협력했을 것 같습니까? 그 기자의 글은 심층 취재한 르포라 할 수 없으며, 당시 어떤 정치인의 주장을 대변하여 쓴 글

에 불과합니다.'

그는 생텍쥐페리의 죽음을 흐지부지 호도한 건 무엇보다 당시 그와 대립각을 이루던 정치인들과 드골 임시정부였다며, 자신은 시신도 없이 사라져버린 한 작가의 주검에 대한 진실을 알기 위해 글을 쓸 뿐, 오도誤導는 물론 호도糊塗할 생각도 없다며 목소리를 높였다.

루의 생텍쥐페리에 대한 애정과는 상관없이 시위는 계속되었다. 그 시위에 〈르 파리〉 측의 의도가 개입되었다는 논란이 일었고, 사장이 검찰 조사를 받기에 이르렀다. 〈르 파리〉 사장이 무혐의 판결을 받고 풀려나던 날, 경찰국의 메리아츠 경감은 이 사건에 대해 언론과 인터뷰를 했다. 경감이 상황 보고를 끝냈을 때쯤에 누군가 달걀을 던져서 그의 머리에 명중했다. 흘러내리는 달걀과 함께 몇 올 남지 않은 머리카락이 묻어나왔다. 경감은 얼굴이 붉어지며 다시 마이크를 잡았다. 경감은 소란을 일으키는 자들은 돈으로 고용된 어용 단체이며, 정부를 반대하는 집단이 분명하므로 이 사회에서 추방해야만 한다고 발언했다. 시위대는 자신들을 어떤 단체와 연결하는 경감이야말로, 힘 있는 정치인의 하수인에 불과하다는 주장을 펼치며 격렬히 항의했다. 혼란스러운 상황은 이틀 동안 이어졌다. 시위대와의 충돌이 격해지자 경감은 대테러부대까지 동원하여 강력한 진압을 명령했다. 시위대

와 시민들은 경찰봉과 총알과 최루탄을 피하려고 서로 섞여 우왕
좌왕 뛰었는데, 시위대가 아닌 시민 다섯 명이 압사당하는 사고
가 발생했다. 경감은 평화로운 시위에 무력을 사용하여 유혈사태
로 번지게 했다는 죄목으로 재판에 회부 되었는데, 엉뚱하게도
마약상과의 공조 혐의가 밝혀져 수감되었다.

〈르 파리〉 사옥 정문에는 둥근 문고리를 물고 있는 사자 얼굴
이 새겨진 주석 조각품이 붙어 있었다. 그것은 사장의 선친의 선
친, 그 선친의 선친으로부터 전해져 내려온 골동품이었다. 문고
리 조각품은 구두 수선점에서 시작하여 수십 개의 가맹점을 거느
린 제화점이 되고, 여러 출판사와 잡지사를 합병하면서 점유율 1
위의 신문사로 자리매김한 〈르 파리〉의 역사와 전통의 상징이었
으며, 신문사의 심벌마크로 사용되었다. 시위가 점차 가열되고
소란이 끊이지 않던 어느 날, 사자가 입에 물었던 둥근 문고리가
떨어지는 사건이 발생했다. 그것은 시위자들의 함성과 뜨거운 악
다구니판에 지치고 열 받은 사자가, 어쩔 도리가 없어서 입을 좀
더 벌렸기 때문이었다. 사장은 문고리 사건을 심각하게 받아들였
다. 문고리와 함께 〈르 파리〉의 전통과 명예가 땅에 떨어졌다며,
모두 루의 글이 원인이라며 분노했다. TV의 영향이 날로 커지고
신문을 구독하는 사람이 줄어들어, 〈르 파리〉도 고정 독자들이
줄어드는 실정이었는데, 사장은 그 일마저 루의 글에 화살을 돌

렸다. 사장은 한낱 이류 작가의 기고문에 신문사의 눈부신 전통과 고아한 품격을 포기할 수는 없다는 결정을 위한 결정을 내렸고, 루는 지면을 빼앗겼다.

변호사의 의견은, 루가 〈르 파리〉와 서명한 계약서에는 2년 동안 지면을 약속한다는 조항이 분명하게 명시되어 있긴 하지만, 루가 항의한다고 해도 권리를 되찾기는 어렵게 되었다는 거였다. 그 이유는 계약서 맨 아래에 고개를 처박고 있는 깨알 같은 글자를 잘 살펴보면 알 수 있는데, 신문사 측에 사정이 생기면 언제라도 계약은 무효가 될 수 있으며, 이 일로 소송을 하지 않겠다는 조항이 있기 때문이라고 했다. 루는 지면을 갑자기 박탈당했을 뿐만 아니라, 계약 폐기에 대한 어떤 변명도 듣지 못했다. 예나 지금이나 작가란 힘 있는 자들에게는 왜소하고, 스스로는 내면에 품은 잣대로 인해 힘을 갖거나 행사하기도 불편한 그런 존재였다. 사실 루는 고소할 형편도 되지 않았고, 고소에 따른 복잡한 과정을 겪어낼 자신도 없었으므로, 자신이 당한 불공평한 일에 대해 어떤 조치도 취하지 못했다. 한편, 루의 기고문과 함께 일어난 일련의 사건들은 누구의 의도가 개입되었다기보다는, 단순히 고블린(유럽의 민담에 등장하는 장난꾸러기 작은 악마)의 장난이랄 수밖에 없는 우연이 겹쳤을 뿐이라는 논설문이 실리면서 자성의 목소리가 대두되었고, 그로부터 시위는 점차 잦아들었다.

126

느닷없이 발언권을 빼앗겼지만, 루는 쓰던 글을 포기하지는 않았다. 낮에는 카페 구석에서 밤에는 촉수 낮은 전구의 희뿌연 그림자 밑에서 발언을 적어나갔다. 몇 달 후 원고는 완성되었지만 출간하기는 쉽지 않았다. 정부가 생텍쥐페리 죽음에 대한 의혹을 덮으려는 확실한 증거가 없음에도 불구하고, 이상하게도 정부 개입설에 대한 소문은 폭우로 둑을 벗어난 강물처럼 넘쳐났다. 쓸데없이 범람하는 여론을 멈추기 위해서 정부는 언론과 출판물을 단속하기에 이르렀다. 출판사들은 출판물 사업 허가와 지원을 담당하는 정부 기관에 항상 촉각을 곤두세우고 있었으며, 여론 또한 무시할 수가 없었기에 루의 글은 계속 외면당했다. 루는 자신의 원고를 들고 일 년이 넘게 출판사마다 기웃거렸지만, 출간하겠다는 곳은 나타나지 않았다.

2

그날은 종일 비가 내렸다. 우산도 없이 거리를 걷던 루는 외투가 젖고, 속옷과 그의 속내 정경까지도 시나브로 젖어 들었다. 루의 겨드랑이에는 둘둘 말린 채 젖어버린 원고 뭉치가 침울한 표정으로 찌그러져 있었다. 추적추적 내리는 비 때문이었겠지만, 루는 굳게 쥐고 있던 자존감이 젖는 것을, 눌러 놓아 사라졌다고 알았던 비애가 고개를 쳐드는 순간을, 세상에 기댈 곳이라곤 없는 붉은 몸뚱이를, 폐부 깊숙한 곳에서부터 뭔가 길고 무거우며 뜨거운 덩어리가 치밀어 오르는 순간을 알아차렸다. 목구멍에 단단한 정구공 같은 게 걸려서, 치받쳐 올라오는 것들을 가로막고 있었는데, 아마도 비 때문이었겠지만 바야흐로 그 균형이 무너지려는 참이었다. 비든 비애든 피해야만 했기에 루는 가까운 살롱으로 들어갔다.

홀로 술을 들면서 루는 탁자 위에 부려놓은, 늘 겨드랑이에 끼고 다녀서 말리고 헤진 원고를, 터무니없는 근심 덩어리가 되어버린 그것을 흘끔거렸다. 아무래도 비 때문이었겠지만, 그는 글도 원고도 세상도 모두 지겹고 지친 기분이었다. 알딸딸하게 취기가 올랐을 때 루는 건너편 탁자에서 홀로 마티니를 홀짝거리는 남자를 보았다. 남자의 뒤쪽으로 푸른빛의 조명이 희미하게 흔들거렸다. 푸른 조명 때문인지 왼쪽 어깨가 살짝 기울어졌기 때문인지 몰라도 남자에게서는 깊고 어두우며 신비스러운 분위기가 풍겼다. 루는 술잔을 들고 아슴아슴한 걸음으로 그를 향해 다가갔다.

그는 자신을 출판업자라고 소개했다. 처음 만난 사이였지만 둘은 습한 날씨의 힘을 빌려, 책에 대해 할 말이 많은 자들로서, 등 뒤에 푸른빛을 짊어진 자들로서 의기투합했다. 술잔을 주거니 받거니 하면서 그들은 잊어야 하거나, 잊어버리면 안 되거나, 잊어도 상관없거나, 잊게 될지도 모르는, 혹은 잊은 줄도 모르는 것들, 그러고 싶지 않았는데 야속하게도 잊힌 것들을 향하여, 답답한 출구와 닫힌 문을 겨냥하여, 으르렁댔고 분노했으며 젖은 탄식을 이어나갔다. 처음에는 대화가 이루어졌지만, 밤이 깊어갈수록 둘은 상대가 자신의 이야기를 전혀 듣지 않는다는 것을 알게되었고, 그편이 오히려 낫다는 생각이었다. 둘은 이야기를 듣기보다 자신의 얘기를 풀어내고 싶은 사람들이었다. 취할수록 그들은 상대의 이야기는 듣지 않아도 대화에 전혀 지장이 없다는 것을 눈치챘고, 자신의 이야기도 상대의 담배 연기처럼 흩어지고 있다는 것을 알고 수긍했다. 그들은 자신이 뱉고 싶었던, 내뱉어야만 시원해질, 가래침처럼 끈끈하게 엉긴 응어리들을 아무렇게나 풀어놓으며 그 밤을 놓아 보냈다.

허공에서 꼬이고 풀어지던 이야기 중에서 가끔은 공통 화제도 나타났다. 루는 글쟁이의 인간탐구 따위는 알아주지 않는 세상에 대한 비판을, 탐구 정신의 등 뒤에서 돈의 논리로만 팽팽 돌아가는 세상에 대한 야유를, 대중의 관심은 젊고 출신이 화려한 작가에게로 향해 있다는 불만을, 설익은 문장들이 비린 냄새를 풍기는데도 날개를 단 듯 팔려나가는 이상한 책들에 대해서, 〈르 파리〉의 판매량을 비약적으로 올리며 독자들에게 열렬한 지지를 받았던 원고가 갑자기 거부되고 이유도 없이 출간되지 못한 사실에 대해서 불만을 토로했다.

아무래도 비 때문이었겠지만, 출판업자는 문학과 세상을 구원할 자기의 일과 그 힘에 대해 으스댔는데, 바로 자신이야말로 인간탐구의 문학을 오늘에 되살려서, 자칫 잊히거나 소외될 수도 있는 작가를 세상에 내놓는 일을 하는 사람이며, 인간탐구의 흔적을 통해 진흙탕인 세상을 들여다보거나, 인간소외의 현장을 버선목 뒤집듯 적나라하게 밝히거나, 자연과 함께 파괴되어가는 인간 본성의 현주소를 낱낱이 드러내 보이는 문학을 위해, 흙탕물에서 연꽃을 피워내는 심정으로, 세상을 따사롭게 혹은 살만하게 만들 의미를 짓는 책을 발굴 출판하여, 반드시 문학으로 세상을 구원에 이르게 하고야 말겠다며 다소 거창하고 엉뚱한 호기를 부렸다. 무엇보다도 혼자서 북도 치고 장구도 치는 영세한 회사라서 여론이나 정부의 눈치는 보지 않아, 문학다운 문학, 북(drum)다운 북(book)을 세상에 버젓이 내놓을 수 있으니, 이 얼마나 가상한 일이며 북을 쳐야 할 일이 아니냐고 제법 코 큰 소리까지 내질렀다. 출판업자의 너스레에 루는 완전히 감동으로 젖었다. 둥둥 하면 북소리라 여기며 앞뒤를 재보지도 않는 성격의 루는, 비에 젖고 비애에 눅눅해져 비극이 되어버린 원고 뭉치를, 지겹도록 겨드랑이에 끼고 다닌 소망을, 자신을 온전히 던져서 쓰고 고치며 영혼을 새겨넣은 글을, 출판업자의 따스하고 포근해 보이는 품에 안겼다. 둘 다 코가 비뚤어지게 마신 밤이었다. 다음 날 아침 루는 간밤에 자신이 원고를 어디에서 잃었는지 몰라 애가 타서 반미치광이가 되었으며, 출판업자는 슬리퍼 옆에서 토사물과 함께 뒹구는 원고가 어떻게 해서 그 자리에 있게 되었는지 도무지 기억하지 못했다. 원고는 출판업자의 침실 바닥에서 며칠 뒹굴다가 서랍 맨 아래 칸에 처박혔다.

3

　루의 글이 책으로 출간되는 데는 그로부터 삼 년이라는 세월이 더 걸렸다. 일용할 양식이 되어주지 않는 존재 탐구보다는 당장 입에 풀칠해 주는 일거리를 먼저 풀어나가야 했던 출판업자의 선택으로, 루의 원고는 자꾸 뒤로 밀려났고, 결국은 기억에서 지워지고 말았다. 출판업자가 루의 글을 다시 떠올린 날은, 다리가 부러져서 돈 될 일거리를 끌어당길 수 없게 됐을 때였다. 그는 병실에서 지루하고 침울한 시간을 보내야만 하는 상황을 받아들이지 못했다. 평생을 일에 미쳐서 살았던 그인지라 아무 일도 하지 않고 흘러가는 시간을 맥없이 기다리는 지루함을 견딜 자신이 없었다. 한밤중에 그는 병원을 몰래 빠져나가 서랍 속에 처박아두었던 루의 원고를 찾아왔다.

　누렇게 바랜 원고는 먼지가 날렸고, 몇몇 문장들은 먼지와 함께 허공으로 흩어졌다. 삼 년의 시간 동안 서랍이 무수히 열리고 닫히면서 귀퉁이를 씹고 찢어먹어 몇 장은 거의 누더기가 되어있었다. 무료한 시간을 메우려고 별다른 기대도 없이 구겨진 원고를 느리게 뒤적이던 출판업자는 표정이 굳어졌다. 졸린 고양이 같던 눈을 크게 뜨고 그는 허리를 펴고 일어나 앉았다.

그가 원고를 펼치자 햇볕도 없는 북쪽 병실에 고여 있던 시간은, 여울목을 만난 듯 소용돌이치며 도란도란 돌돌돌 흘러갔다. 루의 원고는 힘찬 문장과 섬세한 표현이 출렁이며 높고 변화무쌍한 파도를 펼쳤고, 출판업자의 가슴팍 낮은 어디쯤부터 차곡차곡 고였다가 흘렀다. 동그랗게 등을 말고 앉아 원고를 뒤적이던 그는 늙은 암고양이처럼 신음했다. 그는 원고를 넘기는 동안에 허무하게 우짖는 자고새의 울음소리를 들었고, 폭발할 듯 한숨을 내뿜는 태양이며 귓바퀴에 살랑이며 비밀을 속삭이는 바람을, 바로 눈 앞에 펼쳐지는 루의 정원을 믿을 수가 없었다. 무엇보다도 정원에서 길을 잃고 헤매는 과정이 실제적인 체험처럼 다가왔기에, 정원이 구부러지며 나뉘는 귀퉁이마다 그는 흥분하면서 불안에 사로잡혔고 긴장과 기대로 헐떡였다.

원고는 뒷부분 몇 장이 사라지고 없어, 그는 글이 어떻게 결론을 맺었는지 정원의 끝은 어딘지 알 수가 없었다. 공교롭게도 사라진 원고는 출구로 가는 길 맨 끝부분이어서 출판업자는 정원에서 한참을 헤맸다. 두더지처럼 되는대로 머리를 들이밀고 빼내면서 한나절을 보내던 그가 겨우 출구를 찾아냈을 때는 흥분을 감출 수가 없었다. 그는 침대에서 벌떡 일어나서 사방팔방으로 길

길이 뛰어다녔다. 다리가 부러졌다는 사실마저 잊어버리고 막무가내로 기뻐했기에, 그의 다리는 그만 어긋나게 붙어버렸다. 그날 이후로 출판업자는 평생을 절룩거리며 살았는데, 누군가 다리에 대한 말을 꺼낼라치면, 자신의 다리 하나를 바쳐서 출간한 책에 대해서, 루의 새로운 구성에 대해서, 밀고 끄는 문장이 일으키는 파장과 이야기가 이어지며 다져지는 세계와 그곳을 여행한 여행자로서의 감동에 대해 열변을 토하곤 했다.

출판업자는 루의 추리적 기법이 마음에 들었고, 무엇보다 공간이 자유롭게 확장되는 구성에 매료되었다. 그는 『뼈의 춤』을 최고의 책으로 만들어 인쇄업자로서 훈장처럼 갖고 싶었다. 초판본 표지를 가죽 장정으로 입히려고 그가 집과 거실의 소파까지 팔아서 돈을 마련하는 중이라는 소문이 돌았다. 그는 가죽 장정을 꾸밀 최고의 장인을 찾아서 니스까지 찾아갔다. 루의 책 표지는 붉은 주먹코의 장인 두두링의 손에 의해 만들어졌다. 은면을 그대로 살린 풀그레인 가죽 위에 루의 정원이 섬세하게 표현되었다. 루가 묘사한 정원의 나무들과 어쨌든 남쪽으로 가야 한다며 우짖는 자고새, 허무한 짓거리는 그만두라며 공중을 가로지르는 휘파람새의 높고 맑은 할뗌, 쉰 목소리로 물푸레나무 사이를 빠져나가는 바람, 고개를 갸웃 기울이고 입술을 내민 제비꽃의 관능적인 허밍, 반짝이는 황금빛 모래언덕까지 정교하게 표현되었다. 루가 버드나무로 만들어 세웠던, 입구의 팻말도 더할 나위 없이 정교하게 새겨졌다.

늘 포도주와 물아일체로 살아가던 두두링은 가끔 술을 흘려 가죽에 의미심장한 얼룩을 만들었다. 두두링은 그의 뛰어난 기술로 그 얼룩들을 흰 구름이나 바위의 이끼, 나무 위의 매미처럼 보이도록 감출 수 있었다. 루의 책 표지를 본 사람들은 가죽에 칼과 치즐, 고무망치로 수없이 많은 손질을 거쳐 표지를 만들어낸 장인 두두링이야말로 루의 글을 가장 좋아하고 잘 이해한 사람일지도 모른다며 감탄했다. 두두링의 표지야말로 소설과 공예의 협업이며, 정교精巧한 정성이야말로 작가와 남몰래 할 수 있는 정교情交이며 작품과의 정교正交라는 해설을 쓴 평론가도, 루의 글보다는 두두링의 표지에 대해서 더 많은 찬탄을 늘어놓았는데, 그 평론가가 루의 글을 끝까지 읽고 정원의 복잡한 미로를 통과했는지는 아무래도 의심스러웠다.

출판업자는 책에 들인 정성과 작품 무게를 보면 제대로 된 가격을 받아야 한다고 믿었다. 두두링이 쪼고 긁고 두드려가며 만든 가죽 장정의 표지만 해도 중견 화가의 그림 값을 웃돌았기 때문이었다. 출간 당시 책의 정가가 양 한 마리 값이었다는 믿을 수 없는 이야기가 전해지는데, 그 덕분인지 루의 책은 만지작거리는 사람만 많을 뿐 전혀 팔려나가지는 않았다. 출판업자가 인맥을 동원하여 팔아치운 일곱 부를 제외하고는 293부 전부가 출판사 지하 창고에 처박혀서 곰팡이가 피고 좀 벌레가 슬어 세월을 증명하며 잠들어 있었다. 장인이 포도주 얼룩 위에 새긴 문양에는 더 빨리 곰팡이가 피었는데, 그것은 제법 바위에 낀 이끼로 보이거나 허물을 벗어 던진 매미, 자주 얼굴을 바꾸는 흰 구름처럼 보였으니, 곰팡이까지 계산에 넣은 두두링의 천재적인 작품이 아닐 수 없었다. 천재성은 세상에 드러나 미치도록 빛나거나 스스로 부숴버려야만 했는지, 포도주에 취해서 자신의 천재를 누그러뜨리며 밟고 살던 두두링은, 루의 가죽 장정 표지를 끝으로 장인의 삶을 마감했다.

출판업자가 쓴 광고 문구에는 '루의 소설은 이야기만이 아닌 전혀 다른 세계를 열었다'고 표현하고 있다. 루의 글은 한 세계를 창조하였을 뿐만 아니라, 창조된 세계 스스로 길을 열고 또 닫으며 생명을 불어넣는다는 설명이었다. 그것은 읽는 사람 스스로 짓고 허물면서 확장과 변형을 거듭하게 되는 무한히 열린 세계이고, 자력으로 호흡하고 맥박이 뛰며, 생生하고 멸滅하는 중첩된 시간과 공간이었다. 루의 정원이 실제로 존재하며, 글로 시간과 입체적인 공간을 지어냈다는 것을 이해시키려고 그는 설명하고 또 설명했다.

'평면적인 줄만 알았던 언어가 입체적이고 부피를 가진 공간에 이르러, 한 세계를 탄생시켰습니다. 그것은 루의 공간, 루의 시간이지만, 생텍쥐페리가 묻어둔 의식의 층을 탐험하는 일이지요. 또한, 읽는 사람들의 견해와 감정, 의미와 결정, 환경 등에 따라 변화하고 확장되는 게임이 되니, 그것은 글 속의 공간만이 아니라 현실 속의 한 지점이기도 하며 독자 스스로 자신의 의식을 탐험하는 장소이기도 하고요.'

그는 어긋나게 붙어버린 자신의 다리를 가리키면서, 루의 소설에 헌정한 자신의 다리에 대한 농담을 덧붙이는 것을 잊지 않았다. 누구나 언제나 자신의 길이 바쁜 사람들이었으므로, 그들은 출판업자의 모호하고 지리멸렬한 이야기를 끝까지 들어주지 않았다. 그가 외치는 견고하고 맹목적인 사랑의 세레나데가 다 끝나기도 전에 사람들은 머리를 흔들며 자리를 피했다. 출판업자는 자신이 사람들에게 루의 글을 잘 이해시켜서, 그들이 루의 글을 접하게만 만들 수 있었다면, 그래서 지금까지의 소설과는 완전히 다른 방식으로 전개되는 세계를 경험할 수 있었다면, 소설의 지평이 달라졌을지도 모른다며 아쉬워했다. 그는 중첩된 시간과 공간이 현무암의 층처럼 겹겹이 포개진 루의 정원을 탐험하는 일에 독자들이 관심을 가졌더라면, 루의 위대한 저작이 창고에서 썩게 되지는 않았을 것이라며, 우울한 한숨을 토하곤 했다.

4

루의 글과 정원이 사람들에게서 거의 잊히고, 한정판 장정들이 쓰레기로 한정되어 대부분 사라져버린 21세기에 특별한 일이 일어났다. 그때는 이미 출판업자도 루도 모두 세상을 떠나 고향으로 돌아가고 난 후였다. 저작권 없는 책들을 수렴하여 정부의 기금을 받아 페이퍼북을 발행하는 출판사에 의해 그의 책이 재출간된 것이었다. 루의 정원은 망각의 블랙홀에 빨려 들어갈 위기에서 다시 생명을 얻었고 글의 길을 이었다. 아름답게 조각되었던 가죽 장정의 표지 그림은 사진으로 그대로 인쇄되었다. 가죽처럼 요철이나 촉감을 느끼지는 못해도, 갖고 싶은 욕망을 불러일으키는 섬세한 풍경화 표지였다. 독자들은 먼저 표지에 다음엔 루가 펼친 정원의 마력에 빠져들었다.

루의 정원 첫 번째 갈림길은 생텍쥐페리가 실종되었을 당시의 신문 기사로 시작하고 있다. 그가 실종되었을 때 신문들은 자살인지, 배반인지, 레지스탕스에 가담하러 간 것인지를 놓고 설왕설래가 뜨거웠다. 자살이 아니라고 주장하는 측에서는 그의 삶이 거둔 승리를 앞세웠다. 평범한 사람이라면 그가 거둔 업적의 하나만 거머쥔다 해도 성공한 인생이 되는데, 여러 방면에서 대단한 성공을 거둔 그라면 마땅히 행복해야 하고 자살할 이유가 없을 것이라는 견해를 펼쳤다. 곧 상대편에서도 길을 열었는데, 성공한 인생이라고 해서 모두 행복한 건 아니라는 반박이었다. 성공이라는 큰 공간의 뒤편에는 그만큼의 낯선 공간도 있는데, 진정한 성공이라면 춥고 어두운 그 공간까지 견뎌야만 한다는 이론이었다.

사실 작가로서는 큰 성공을 거둔 생텍쥐페리였지만 그는 뒤편에 아가리를 벌린 크고 검은 공간에 잠식당하곤 했다. 그의 건강에 대해서는 자세히 알려지지는 않았지만, 그의 아내와 친구들의 증언에 의하면 그는 항상 통증으로 고통받았으며 아편 치료에 의존하여 살았다고 했다. 비행기 추락사고로 두개골이 함몰되었고, 계단에서 굴러 다쳐서 척추의 통증도 심한 상태였다. 그는 누군가의 도움을 받아야만 비행복을 입을 수 있을 정도였다. 생텍쥐페리가 아내인 콘수엘로에게 '사흘에 이틀은 간 기능이 멈추고 멀미와 이명에 시달렸다'는 편지를 썼는데, 그가 『어린 왕자』를 헌정한 친구 레옹조차도 생텍쥐페리가 암에 걸렸을지도 모른다고 증언했다.

아편으로도 다스리기 어려웠던 무자비한 고통을 이기지 못한 그가 자발적으로 죽음을 택했을 것이라는 예상에 루도 살짝 발을 담갔다. 아픈 곳이 있다면 그곳이 바로 나 자신이며, '지금 가장 고통스러운 사람이 바로 세상의 중심'이라던 붓다의 말을 인용하여, 루는 당시의 생텍쥐페리는 성공한 작가였지만, 매 순간 죽을 것 같은 통증을 경험하며 몸의 고통에 맞서야 했던 인간이었을 뿐이라고 썼다. 루는 우리가 지성과 정신을 앞세워 세상을 살아 간다고 착각하지만, 결국은 몸으로 알고 몸으로 느끼며 몸을 통해 세상을 인식하는 동물이라고 설명했다. 감각으로 인한 인식이 지성과 정신을 작동시켜 자기 앞의 세계를 아는 방식으로 존재는 세계로 확장된다. 인간이 살아있다 함은 몸의 용用을 통해 시간 과 공간을 인식, 체험하므로, 몸의 기억이나 감각 없이 체體는 없으며, 인간의 세계에 대한 이해와 참여도 몸에 의해 시작된다는 논리였다. 마음이 몸과 떨어져 있지 않으며, 그 마음을 이끄는 정 신도 홀로일 수 없으니, 마음도 정신도 모두 몸의 작용이며, 몸의 고통은 그를 잠식했을 것이라는 의견이었다.

루는 당시 생텍쥐페리가 감당할 수 없던 몸의 통증은 인간의 경험과 이해마저 경직시키고 사고를 멈추게 할 수준이었으므로, 통증에 매몰되어 있던 순간은 살아있으나 살아있다고 할 수 없 는 삶이라고 느꼈을지도 모르며, 그것이 스스로 삶을 멈추고 싶 을 만한 이유가 될 수 있다고 설명했다. 생텍쥐페리는 평소에 온 세상의 무게를 짊어진 것처럼 가슴이 짓눌린다는 말을 하곤 했는 데, 그의 사후에 의사들은 그것이 협심증의 증상과 닮았다고 진 단했다. 협심증의 증상 중에 코끼리가 가슴을 밟는 듯 엄청난 통 증을 느끼는 사람도 있는데, 만약에 비행 중에 이런 증상이 생겼다면 지상으로 자신의 상황을 알릴 경황조차 없었을 것이며, 추락을 알아차릴 경황도 없이 심장의 기능이 멎어 절명했을 가능성이 크다는 설명이었다.

　루가 공들여 살핀 갈림길에는 당시 생텍쥐페리가 처해있던 정치적인 상황에 대한 갈등이 펼쳐졌다. 생텍쥐페리는 양분된 프랑스의 정치 현실에 괴로워했다. 프랑스는 영토의 삼 분의 이가 독일에 점령당했는데 내부적으로는 비쉬 정부와 드골파로 분열되어 있었다. 양측에서 서로 생텍쥐페리를 끌어들이려 했지만, 그는 어느 편에도 적극적으로 가담하려 하지 않았다. 그는 비쉬 정부도 드골도 좋아하지 않았다. 비쉬 정부는 독일에 협조하여 수많은 레지스탕스와 유대인들을 죽음에 이르도록 방임한 죄가 명백하고, 대중을 선동하는 드골은 어쩐지 독재의 냄새가 풍긴다며 멀리했다.

　생텍쥐페리는 자신의 의도와는 상관없이 비쉬 정부에서 국회의원에 당선되기도 했기에, 주변의 시기와 오해를 많이 받았다. 레지스탕스와 누벨바그 지식인들은 걸핏하면 그의 명성을 깎아내렸고, 드골은 알제리에서 연설할 때 프랑스 지식인과 작가들의 이름을 언급하며 그들의 노고를 위로했는데, 생텍쥐페리의 이름은 아예 거론하지도 않았고, 『전시 조종사』의 판매를 금지하는 처분을 내리기도 했다.

누구보다 조국을 사랑하였고 행동하는 작가였던 그는 페텡 원수와 함께 독일에 협조했다고 오해받는 현실은 악몽이었다. '내 양심과 잘 지낼 방법은 최선을 다해 고통스러워하는 것, 가장 심한 고통을 찾아다니는 것'이라던 그의 말처럼, 그는 죽거나 고통스러워야만 살아있다고 자각할 수 있었기에, 늘 자신을 절벽 끝에 놓아두었다. 나중에 그의 아내 콘수엘로는 『장미의 추억』에서 '그는 어린 왕자처럼 자발적인 죽음만이 자신을 깨끗하게 해주는 일이라고 믿어, 불을 찾아 날아드는 나방처럼 죽을 곳을 찾아다녔다고' 추억했다. 비행기를 타기에는 나이도 많고 건강도 좋지 못한 생텍쥐페리가 여기저기에 청원을 넣으면서까지 기어이 정찰기에 올랐던 이유도 그 때문이었다. 그가 전투기를 타지 않고 정찰기를 택한 이유는 정찰이라는 임무가 직접 적을 죽이지 않고도 프랑스를 구하는 일이라 믿었기에, 그는 프랑스를 위해서 자신도 뭔가 짐을 져야만 한다고 믿었다. 그는 『전시 조종사』에서 전쟁은 사람을 상대로 한 게임이며, 세상에서 사라져야 한다며 외쳤고 반전 운동에 앞장섰다.

루의 다른 길은 생텍쥐페리가 항상 '삶은 하나의 작품'이라고 말해왔다는 사실로부터 시작하고 있었다. 그의 동료들도 그가 포도주에 취했을 때는 인간의 삶은 근본으로 향하기 위한 투쟁이며, 우리는 모두 **뼈**를 향해 가야만 한다고 목소리를 높였다고 증언했다. 마지막 비행을 배웅했던 동료들은 그가 조종석에 앉으면서 "자, 이제 뼈를 위한 비행을 할 때가 되었군! 점쟁이 말대로 나는 지중해에서 십자가 형상으로 죽을 거야." 라고 실없는 농담을 던지며 큰 소리로 웃었다는 증언을 남겼다.

그의 죽음은 외로움과의 사투 끝에 내린 결단이라는 길도 만들어졌다. 사고를 당하기 일 년 전 그는 가장 가까웠던 동료 기요메를 잃었다. 기요메의 죽음 이후에 그는 더 외롭게 살았고, 고독을 멈추기 위해서 늘 향하고자 했던, 인간이라면 누구나 다가설 수밖에 없는 그곳을 향하여 가겠다고 결정했을지도 모른다는 의견을 쓴 루는 한마디를 더 보탰다. 생텍쥐페리는 늘 '뼈를 향한 기회는 단 한 번밖에 없다.' 라고 했던 그였으므로, 그날은 그에게 주어진 마지막 비행이었고, 그가 뼈를 향해 춤을 출 수 있는 마지막 기회이지 않았을까, 하는 질문이었다.

5

루의 글이 다시 출간된 후 석 달이 지났을 때, 프랑스 남부 방돌 앞바다에서 트롤선 선장이 생텍쥐페리의 이름이 새겨진 팔찌를 건져 올렸다. 우연이라기엔 타이밍이 절묘해서 조작이라는 소문도 있었지만, 그 사건은 생텍쥐페리의 죽음에 관한 의문에 다시 불을 지폈으며, 루의 글도 덩달아 관심의 중심에 얹혔다. 시간이 지날수록 루의 책을 찾는 사람이 늘어났고, 그의 글은 수많은 사람의 손에서 읽혔다. 루의 책이 빠르게 팔려나가자 출판사는 12쇄부터 신문에 광고를 내기 시작했다. 광고 문구의 첫 구절은 이렇게 시작된다. '삐삐 새의 노래가 들리는 정원. 당신은 그곳에서 생텍쥐페리를 만날 수 있습니다.'

루의 글에 대한 평론 중에서 여성 운동가이기도 한 루치아 씨는 정원의 한 갈래에 비중을 두었다. 그것은 1998년 9월 마르세유 근처에서 한 어부에 의해 발견된 은팔찌에 관한 것이었다. 생텍쥐페리의 것으로 추정되는 은팔찌에는 그와 그의 아내 콘수엘로의 이름이 새겨져 있었다. 학자들 사이에서는 순탄치 않았던 그들 부부의 관계처럼 그녀에 대한 평가 또한 엇갈렸다. 실제로 그들은 결혼생활 내내 이별과 만남을 반복했다. 언제 터질지 모르는 화산, 『어린 왕자』의 주인공, 장미꽃 등은 모두 콘수엘로이거나 그녀로 상징되는 어떤 성격을 드러낸다고 평가하는 학자들이 있었다.

자서전 『장미의 기억』에서 그녀는 인기 많은 작가의 부인으로 살기가 얼마나 어려웠는지, 자신은 그에 맞는 사람이 아니었다며 그동안의 어려움을 토로했다. 생텍쥐페리가 『야간 비행』 영화를 찍기 위해 매우 바빴을 때, 그녀는 스위스의 불면증 치료 요양소에 입원했으며, 그가 출판사의 행사에 참석하고 있을 때 그녀는 길에서 쓰러져서 행려병자를 수용하는 병원에 실려 가기도 했다. 다른 연인들처럼 그들은 서로 사랑했지만 함께 있으면 자주 어긋났고 서로를 할퀴는 말을 내뱉었다.

그녀는 생텍쥐페리처럼 자신의 삶과 생각을 작품으로 드러내고 싶은 화가였다. 생텍쥐페리는 그녀가 자신만의 꽃으로 아름답기만을 원했기에, 아무도 모르는 수도원에 감금하여 소유하려고 한 일도 있었다. 생활비를 가져온 그에게 그녀는 꽃을 집어던지며 분노했다. "저는 일하고 싶어요. 자유로워지고 싶어요. 당신의 노예 같은 구속을 더는 참을 수가 없어요. 봉급 받는 당신의 부인으로 사는 것도 그만할래요!" 콘수엘로의 이 발언은 페미니스트와 여성학자들이 많은 관심을 보였고, 생텍쥐페리가 '봉건주의 시대의 남자' 라는 왕관을 쓰게 되는 계기가 되었다.

루의 주장은 다른 길에서 이와 연결된 의견을 펼치며 접점을 찾았다. 그것은 『어린 왕자』에 나타나는 생텍쥐페리의 여성관에 대한 짧은 언급으로 시작되었는데, 이 길에는 페미니스트들이 대거 참여하였다. 그들은 『어린 왕자』가 프랑스의 살롱에서 벌어지는 남녀 간의 질펀한 애정행각을 쓴 글일 뿐이라고 깎아내렸으며, 부모들이 자식을 위한다면 『어린 왕자』를 어린이들에게 읽혀서는 안 된다는 청원을 법원에 제출하기까지 했다. 페미니스트들은 생텍쥐페리가 여성을 묘사하고 다루는 방식이 남성적 이기주

144

의와 권위주의의 절정이라고 평가했다.

루는 페미니스트를 옹호한 평론가의 말을 인용했는데, 그 평론가는 생텍쥐페리에 대해 이렇게 말했다. "생텍쥐페리는 '여성의 마음을 아프게 하고 으스러지라 조여서 눈물이 나게' 하는 단순 무식한 행동이 사랑이라고 믿었던 사람이며, '꽃'인 여성은 입이 없고 있더라도 영구히 봉해버려야 하며, 여자는 대꾸하지 않는 참을성이 필요하고, 모든 것을 받아주는 어머니 같아야 한다고 말했던 봉건주의자였다. 개성이 강하고 자기 일이 소중했던 콘수엘로가 여성에 관한 그의 태도를 받아들이고 용납하기 어려웠던 것은 당연했으며, 그로 인해 둘의 관계가 어긋났을 것이다." 이 길의 끝에서 루는 당시는 봉건주의 깃발이 펄럭이던 시대였으므로, 지금의 잣대로 당시 생텍쥐페리의 행동이나 그 시대의 남성들을 평가하는 일은 옳지 않다는 설명을 덧붙이면서 절충지대를 만들었다.

루가 펼친 정원의 갈림길에는 생텍쥐페리가 작가로서의 한계에 부딪혀 고뇌하고 절망했으리라 추측하는 사람들이 만든 길도 제법 번잡스러웠다. 『어린 왕자』에 대한 평론가들의 평가도 흑백이 나누어져서, 문학과 행동이 일치해야 한다고 믿었던 생텍쥐페리가 당시 전쟁과 위기에 책임을 느끼고 고뇌와 참회를 적은 고백이라는 의견도 있었지만, 아내에게 바치는 연애편지이거나 유서라는 의견도 있었다. 평론가들의 주장과는 상관없이 생텍쥐페리는 자신의 글이 사람들에게 어떤 '영적 표지'가 되기를 바랐으며, '마실 것을 주는 책'이 되기를 원했다는 말로 루는 생텍쥐페리에 대한 애정을 슬며시 드러냈다.

루는 당시에 생텍쥐페리가 다른 세계에 집착했거나 공포물을 쓰려 했다는 소문은 쉽게 이해할 수 없다고 주장했다. 그의 방에서 메리 셸리의 『프랑켄슈타인』이나 러브 크래프트의 『어둠의 망령』, 브램 스토커의 『드라큘라』 같은 호러물이 발견되었다지만, 그것은 도스토옙스키, 파스칼, 아인슈타인도 탐독했던 그의 다양한 독서 습관의 반증이라고 반박했다. 루는 생텍쥐페리가 『어린 왕자』에서 보여준 말랑말랑한 감수성만 품고 있는 작가라고 믿는다면, 그것이야말로 어리석은 일이라며 일침을 놓았다. 그는 전투 비행사였지만 동시에 다양한 사유를 하는 작가였으므로 세계와 상상력은 자유로웠으며, 그의 머릿속에는 적어도 일 만 이천 봉의 봉우리가 존재했을 것이라는 주장이었다.

6

전 독일군 조종사인 호르스트 리페르트의 기자회견은 그의 100주년 기념행사를 치르고도 8년이 더 지난 후에 열렸다. 그는 기자회견에서, 자신이 생텍쥐페리를 죽인 사람이니, 그의 죽음에 대한 의혹을 더는 찾지 말라는 놀라운 고백을 했다. 그는 당시에 메서 슈미트기를 탄 자신이 마르세유 방향으로 가고 있던 라이트 닝 P38기를 격추했고, P38기가 바다로 곤두박질치는 것을 똑똑히 보았다고 증언했다. 그는 만약에 그 비행기에 생텍쥐페리가 타고 있었다는 사실을 알았다면 절대로 기관총을 난사하는 일을 저지르지는 않았을 것이라며 고개를 숙였다.

동시대의 젊은이들처럼 자신도 생텍쥐페리의 팬이며 그의 죽음이 발사 버튼을 눌렀던 자신의 오른손 때문이라는 절망스러운 진실을 알고 있기에, 평생 자신의 오른손을 미워했다고 말했다. 그는 꿈속에서 늘 당시의 상황을 복기하며 고통 속에 살았다고 했다. 당시 독일군으로서는 영웅적 행위였을 그의 전투가 한 권의 책으로 인하여 죄의 나락으로 떨어졌고, 육십 년이나 죄의식과 고통에 사로잡혀 있던 것이다. 그러나 당시 독일 공군에 남아있는 자료에는 1944년 7월 31일에 P38기를 격추했다는 기록을 찾을 수 없다. 리페르트가 당시에 조국을 위해 투쟁한 자신의 영웅적인 행위를 보고하지 않았을 이유가 없다는 이유로, 그의 말은 왜곡된 기억이며 심리적인 원인에서 촉발된 후회일 뿐, 근거가 부족하다는 주장이 우세했다.

심리학자들 사이에서도 기자회견에 대한 의견이 분분했는데,

그들은 리페르트가 전쟁 중에 자신의 오른손이 저지른 여러 살인 행위의 무거움을 평생 감당하지 못해 죄의식에 사로잡혀 살다가, 생텍쥐페리의 죽음 또한 자신의 오른손 탓이라며 기억을 조작했을 것이라는 사실에 의견을 모았다. 기억이란 살아있는 생물과 같아서 스스로 변화 발전하며, 자신이 원하는 곳에 새로운 개척지를 만들기도 한다는 설명이었다. 원로 심리학자 좀봐 씨는 89세가 되어서야 격추 사실을 고백한 그의 무거웠던 65년간의 고통을 용서해야 한다며, 기억의 무거움을 잊고 싶은 사람들은 오히려 세상의 끝에 자신을 놓아두어 죄책감을 극대화한다는 의견을 내놓기도 했다.

해저에서 발견된 비행기 잔해를 검수한 전문가들도 심리학자들의 의견에 일부 동조했다. 2003년 9월 리우 섬 근처에서 발견한, 생텍쥐페리가 타고 있던 라이트닝의 고유번호인 2734번이 명확히 보이는 항공기 파편에서는 총탄 자국이 전혀 발견되지 않았다. 비행기 앞부분의 스테인리스 스틸이 구부러져서 주름이 잡힐 정도의 충격이 있는데, 그것은 바다에 빠지는 마지막 순간까지도 조종사가 엔진을 풀로 가동했다는 뜻이며, 비행기는 거의 수직 낙하한 것으로 보이고, 그것은 자살의 명백한 증거라는 의견이었다. 심리학자들은 전문가들의 의견에 극렬히 반대했다. 누구나 죽음에 대한 공포가 있으며, 자살하는 사람이라도 스스로 바다를 향하여 비행기를 돌진하는 방법을 택하기는 어렵다며 자살일 확률은 높지 않다는 성명을 발표했다.

심리학자들의 반대가 일정 수준을 넘었기 때문에 잔해를 검수했던 일부 전문가들은 재차 성명서를 냈다. 생텍쥐페리의 자살을 인정하지 않는 것은 프랑스 국민이 그에 대한 무한 애정에서 비롯된 일그러진 자긍심이라는 의견이었다. 국가가 전쟁 중이었으므로 적어도 행동하는 작가라면 자살보다는 비행기 안에서 독일의 기관총에 맞아 죽는 방식이 훨씬 그럴듯하다고 믿고 싶기에, 사실과는 상관없이 그의 죽음에 '조국을 위한 전사'라는 명예를 덧씌웠다는 의견이었다. 심리학자 좀봐 씨는 생전에 작가로서의 성공은 물론이고 죽음 이후에도 독자들에게 명예 훈장급의 사랑을 받은 생텍쥐페리야말로 가장 행복한 사람이라고 평했다.

7

루는 여러 갈래의 의문을 제시했을 뿐, 매듭을 풀어주지는 않았다. 그의 글은 입구 개방형이어서 독자들이 어떤 한 갈래의 길을 택해 들어가는 방식으로 시작되었다. 어떤 갈래를 따라 진입하는가는 전적으로 글을 읽는 사람들의 몫이었다. 루는 갈림길의 교차점에 쇠뜨기 풀을 심었다. 그것은 나중에 돌아 나오려는 사람들을 위한 배려였다. 루가 정한 원칙 중의 하나는 쇠뜨기 풀을 기점으로 왼쪽으로만 길을 만들어나가라는 것이었다. 그래야 나중에 오른쪽에 있는 쇠뜨기 풀을 따라서 나올 수가 있기 때문이었다. 길을 걷는 사람 중에는 상상력이 아주 풍부하여, 왼쪽은 물론이고 오른쪽에도 자신만의 길을 만들었다. 어떤 사람들은 사방팔방에 길을 뚫어놓아 자신이 만든 길이 어디에서 시작하여 어디로 가는지 알 수 없게 되는 경우도 다반사였다. 오늘 선택한 길이 과거의 모든 길을 새롭게 바꾸게 되므로 사람들에게 완전한 길이란 존재하지 않았다. 설상가상으로 쇠뜨기 풀은 염소들이 모두 뜯어먹어서 처음 들어왔던 길도, 걸어왔던 길마저도 없어지는 경우도 흔했다. 그들이 진정 자유롭게 되는 데에 필요한 일은 하나뿐이었다. 그것은 어제의 길을 딛고 오늘의 길을 여는 것이었다.

일부 학자들은 루의 글을 통해 정원에서 나오지 않는 사람들은, 대부분 홀로 사는 히키코모리이거나 연인과 헤어지고 외로웠던 사람들이며, 그들이 생텍쥐페리가 자살했을 것이라는 길을 따라가다가 죽음을 택했을 가능성이 크다면서도, 죽음이 확인되지 않은 이상 자의적 실종으로 판단된다고 했다. 이 일에 대해서 여론의 비난이 거세지자 관계 당국에서는 사람이 소설 속으로 들어갈 수는 있지만, 물리적으로 책 속에서 실종될 수는 없는 일이라는 원론적인 발표를 고수했다. 그러나 자의적으로 소설 속으로 들어갔다가 실종된 사람들이 돌아왔다는 사례가 없으니 정확한 사실은 확인할 수가 없다며 여지를 남겨두었다.

지면이나 인터넷을 통해 루의 정원에 다녀왔다는 글을 쓰는 사람들이 있긴 했지만, 그 진위와 의도를 정확히 파악할 수는 없었다. 오히려 루의 정원이라고 밝히지 않은 글 중에서 그 사실을 암시하는 표식이 있는 글이 몇 편 있는데, 그것은 쇠뜨기 풀이나 삐삐새에 대한 언급과 함께 오른쪽 길에 대한 갈망을 언급하고 있었다. 폭발적인 인기를 얻은 루의 글에 대한 해석본이 쏟아졌는데, 대부분은 소설 속에 공간이 존재할 수 있는지, 그 공간 속에서 사람이 실종될 수 있는지에 대한 탐색이었지만, 몇 권은 루의 글을 읽고 난 후 감상을 쓴 사람들의 글을 싣고 있다. 그런 사람들의 글을 모아 책으로 발표한 소설집도 다수 출간되었다. 어떤 사람들은 소설이 어떻게 그 길에 대한 탐색이 될 수 있겠냐고 말하지만, 사실 소설이야말로 낯선 '오른쪽 길'을 탐색을 할 수 있는 가장 적절한 장르라 할 수 있다.

루는 의문을 제시하는 정원을 만들었을 뿐, 길을 이은 사람들은 그의 독자들이었다. 독자들에 의해서 루의 길은 계속 이어지고 확장하여 끝이 없는 미로를 만들어갔다. 지금도 끝없이 펼쳐지고 있는 루의 정원에서는 우연의 길과 바람의 물결에 몸을 맡긴 사람들이 아직도 그 길 위에 남아서 자신의 길을 걷고 있다. 『뼈의 춤』에는 자신의 저서와 운명을 함께한 생텍쥐페리에 대한 의문과 추리의 길이 펼쳐져 있지만, 사실 루의 글은 조금 더 교묘하다고 할 수 있다. 그가 만든 여러 갈래의 길에서 지금도 돌아오지 못하고 끝없이 길을 열고 또 닫는 자들에 의해서 이제 『뼈의 춤』은 전설이 되어버렸기 때문이다.

에필로그

생텍쥐페리의 100주년 기념식에서 유명한 게임회사 '한세계'의 대표인 게릭 부바는 루의 글을 기반으로 한 온라인 게임이 출시되었다고 발표했다. 종래의 게임은 대부분 전투나 보물찾기를 기반으로 이야기가 전개되지만, 이번에 개발된 게임은 인간의 의식 탐구와 선택에 관한 지적知的 게임이라는 사실을 밝혔다. 게임이 출시되자마자 전 세계의 게임마니아들이 새로운 게임을 내려받기 위해서 몰려들어 '한세계'의 서버가 일시 마비되는 사태가 벌어졌다. 게이머들이 모두 쏘고 베어 승리해야 하는 전투만 원하지는 않을 것이라 믿은 게릭 부바의 전략은 제대로 적중했다. 게임보다는 책을 좋아하는 사람들에 의해 루의 책 『뼈의 춤』도 새롭게 조명되었다.

루의 길을 따라 여행한 사람들이 돌아와 쓴 글도 책으로 묶여 출간되었다. 그중 하나의 제목은 「늑대가 운다」이다. 이 글이 과연 루의 길을 걸으며 탐험한 사람들의 글인지 의심스럽다는 평도 있었지만, 책을 읽고 어떤 감상을 느껴 어떤 사유에 접어들거나 그것이 어떤 결정, 삶의 변화로 이어지는 일은 빈번하기에 루의 글을 탐험한 책으로 읽을 수도 있다는 평도 이어졌다.

갈릴레이 갈릴레오

주위가 차츰 어두워지더니 성긴 빗발이 떨어지기 시작했다. 뺨을 스치는 차가운 빗방울을 닦으면서 희수는 하늘을 올려다보았다. 건너편 산등성이로 다리를 걸쳤던 해가 물러나고 어둠이 밀려들었다. 단아한 노을을 걷어낸 마을은 점점이 심지를 돋은 집들이 늘어났다. 며칠 오락가락한 비에 기온은 겨울을 향해 곤두박질쳤다. 벌써 몇 시간째 서 있던 희수는 다리가 붓고 발이 시렸다. 날은 어두웠고 산에서 내려갈 일도 까마득한데, 언 발로 어떻게 내려갈지 걱정이었다. 처음부터 산에 올라간다고 했더라면 운동화라도 신고 왔을 텐데, J는 설명도 없이 산책하러 가자고 했고, 희수는 사과껍질을 벗기다 말고 그대로 따라나섰다. J가 망원경을 챙겨 들었을 때 알아차렸어야 했는데, 희수는 얼다 못해 발이 점점 커지는 느낌에 자꾸 발을 내려다보았다.

언제부터인가 J는 말수가 눈에 띄게 줄었다. 기껏 해 봐야 말을 배우는 어린애처럼 단어와 동사가 완결되지 않은 단음절이 고작이었다. 희수는 그가 자신을 밀어낸다고 생각했다. 껍질을 벗기다가 그대로 식탁 위에 두고 온 사과는 이미 갈색으로 변했을 터였다. 희수는 자신의 젊음이 배배 꼬인 사과껍질처럼, 생기 없이 말라가는 듯 여겨졌다. 꼼꼼히 짚어가며 살았지만, 퇴색된 삶에는 바람도 불지 않았다.

J는 엉거주춤한 자세로 서서 망원경 렌즈를 들여다보았다. 별들도 거의 자취를 감추고, 비는 여전히 한두 방울씩 떨어졌지만 J는 개의치 않았다. 희수는 J의 완강한 등이 자신을 밀어내는 기분이 들었다. 빗방울이 목깃 안쪽으로 들어와 차갑게 흘러내렸다. 실뱀 몇 마리가 재빨리 몸을 훑는 섬뜩한 느낌에 희수는 몸이 떨렸다. 소름 돋은 팔뚝을 연신 쓸어내리던 희수에게 J가 말을 꺼냈다.

추우면 이거라도 입어.

J는 희수를 처다보지도 않은 채 입었던 점퍼를 벗어 뒤쪽으로 넘겼다. 희수는 J의 그런 행동이 비가 더 내려도 망원경을 걷어 집으로 갈 생각은 없다는 뜻으로 읽혔다.

저렇게 구름이 잔뜩 끼었는데 뭐가 보이긴 해?

점퍼를 껴입어도 몸을 타고 흐르는 한기를 감출 수가 없어서, 희수는 어깨를 둥그렇게 웅크린 채 중얼거렸다. 그 말을 들었는지 못 들었는지 J는 허공을 노려볼 뿐 대꾸가 없었다. 가끔 렌즈의 위치를 조금씩 이동하는 핸들링 외에는 움직이지도 않았다. 희수는 J가 눈치채지 않게 하품을 두드려 껐다. 희수는 J가 왜 별만 보고 있는지 알고 싶었지만, 대답이 없으니 알아낼 길이 없었다. 며칠 전부터 목성에 관한 말을 했으니, 그쪽을 더듬고 있으리라 어림잡을 따름이었다.

저렇게 말을 잃은 사람처럼 살다가도 J는 가끔 흥분하면서 들뜬 표정을 감추지 못했다. 그럴 때면 개미구멍을 발견한 어린아이처럼 목소리 톤이 높아졌다. 며칠 전에도 J는 상기된 얼굴로 희수의 코앞에 목성 사진을 들이밀었다.

우주가 어떻게 생겨났는지 이제 그 비밀을 풀 수 있게 됐대!

목성에 대해서라면 희수도 아는 이야기였다. 얼마 전 미국에서 쏘아 올린 목성 탐사선 갈릴레이호에 대해 들었다. 갈릴레오호는 지구를 떠난 후 6년간의 항해 끝에 도착했으며, 목성이 태양계 초기의 모습을 거의 그대로 간직하고 있다는 사실을 알아냈다고 했다. 탐사선의 이름까지 기억하고 있었던 이유는, 하필이면 탐사선의 이름이 '갈릴레이 갈릴레오'였기 때문이었다. 갈릴레이는 지동설을 주장하다가 가택 연금당했던 과학자가 아니었던가.

뉴스에서 전하는 소식을 들어보면 과학자들은 계속 인공위성을 쏘아 올리고, 우주선을 만들어 띄웠으며, 우주에서 살고 있을지도 모를 진화된 어떤 생명체에게 지구의 음악과 소리를 띄워 보냈다. 희수에게 그런 일들은 세탁소에서 온종일 누군가를 위해서 다림질하고, 요리사는 매일 많은 양의 음식을 만드는 일과 비슷했다. 과학자들은 그들의 일을 하는 거였다. 그것은 할 일을 제쳐놓고 망원경에 붙박이가 된 J의 행동과는 다른 일이었다.

갈릴레이가 위성을 통해 보내온 목성은, 주황색과 푸른 띠를 두른 아름다운 별이었다. 그 곁에 있는 갈릴레이 호의 모습은 심해 속을 유영하는 해파리처럼 보였다.

믿어져? 1989년 10월부터 자그마치 6년간이나 37억 킬로미터나 목성을 향해 날아갔다는 거야.

격앙된 J의 목소리에 희수는 화가 치밀었다.

그게 그렇게 중요해? 그래서 논문이고 뭐고 다 집어치우고, 저 괴물 딱지 같은 망원경에 붙어사는 거야? 목성이 왜 갑자기 중요한데? 거기 아파트라도 분양한대? 목성 같은 건 그걸 연구하는 사람들에게나 줘버리고 우린 우리 일이나 하자, 응?

처음부터 석사 과정에 미련을 버리지 못했던 사람은 바로 J였다. 둘이 벌어서 오 년 안에 자그만 아파트라도 한 채 마련한 후에 결혼식을 올리자던 약속을 뒤로 미뤘던 사람도 그였다. 석사를 끝내고 박사 과정을 하겠다고 했을 때도 희수는 불안한 마음을 내색하지 않았다. J가 학위를 마칠 때쯤이면 희수가 서른을 훌쩍 넘긴다는 사실을 그는 정말 모를까. 마지막 졸업 논문에 신경을 써야 할 시간에, 저렇게 하늘만 들여다보고 있는 건 도대체 무슨 속셈인지 그녀는 알 수 없었다.

외국에서 박사를 따서 들어오는 사람들이 부지기수인 판에, 전임 자리가 얼마나 어려운지 잘 알잖아! 도대체 무슨 생각을 하는 거야?

희수는 내내 참고 있던 답답하고 서운한 심사를 쏟고 말았다. 논문이 통과되면 바로 학교에 남게 힘써보겠다는 지도 교수의 알선이 아니었다면 그나마 어림없는 소리였다. J가 졸업 전에 이 학점짜리 시간 강사를 하게 된 것도, 희수가 그의 이력서를 들고 이런저런 연줄을 찾아다니며 보이지 않은 역할을 했기 때문이었다. 그 사실을 아는지 모르는지 J는 태평했다. 이렇게 중요한 때에 하늘만 응시하고 있다니, 희수는 애가 타고 입이 말랐다.

희수는 왜 J가 갑자기 하늘에 매달리는지 이유를 알지 못했다. 취미라고 보기에는 정도가 지나친 J의 행동을 그녀는 받아들이기 힘들었다. 희수는 가끔 조카들이 게임을 하는 것을 보았다. 컴퓨터 화면에 몰입하고 있는 조카들의 열띤 눈빛을 보면서 지금처럼 팔뚝을 쓸어내렸다. 조카들의 손끝에 총이나 탱크가, 미사일이 있었다. 버튼을 누를 때마다 과장된 불길이 치솟았다. 다른 조카는 절벽과 늪지대가 숱하게 널린 정글을 지나가는 모험가가 되어서, 악어와 치타와 맞서 싸우면서 앞길을 헤쳐나갔다. 그들은 머리 위에 쫑긋대는 레이더가 달린 듯 보였다.

어려서부터 희수는 만화와 게임을 좋아하지 않았다. 만화는 이야기보다 훨씬 과장된 표정과 대사를 쓰는 주인공의 감정을 따라가기 싫어서였고, 게임은 내기나 승부를 싫어하는 천성 때문이었다. 게임 내내 긴장을 늦추지 않고 상대의 눈치를 보면서 안달하게 되는 상태를 지레 겁먹으며 견디기 힘들었다. 가장 쉽다는 운전하는 게임도 무척 낯설어 열중하지 못했다. 핸들을 붙잡고 희수는 마구 소리를 질러댔다.

너무 빨라. 빠르다니까! 세상에, 브레이크도 없는 차라니!

자동차는 터무니없는 과속으로 질주하곤 했다. 길 중간쯤에는 바위가 굴러떨어졌고, 맞은편에서 중앙선을 넘어온 트럭과 충돌했다. 희수는 몇 번이나 도로 밖으로 내팽개쳐졌고 차는 폭파되었다. 운전하다가 깜빡하는 실수로 접촉 사고를 내기도 하고, 눈앞에서 벌어진 참혹한 사고들을 본 경험이 있는 그녀는, 그 게임을 끝까지 완주하지 못했다. 비록 지정된 시간까지는 그 차는 몇 번이고 다시 일어나서 달리겠지만, 그녀는 게임이 끝나기도 전에 손을 놓아버렸다. 그녀가 핸들을 놓아버린 자동차는 제멋대로 달려가다가 절벽으로 떨어지면서 게임은 끝났다.

화면에 커다랗게 클로즈업된 'GAME OVER'라는 글자를 들여다보면서 희수는, J도 그녀 편에서 먼저 손을 놓기를 기다리는 것처럼 여겨졌다. 둘 사이의 게임에서 마지막 주사위는 자신이 쥐고 있다는 기분이 들었다. 저렇게 냉랭한 J를 보면, 이쪽에서 결정하기를 기다리는 태도 같아, 희수는 마음이 무겁고 혼란스러웠다. 굳이 따져본다면 이번 게임에서 액셀러레이터와 브레이크는 그녀 몫이 아니라는 데에 게임의 속임수가 있었다. 회수는 한번도 가속 페달을 밟지 않았는데 차는 엄청난 속도로 내달렸다. 둘 사이의 규칙과 배려를 무시한 채 액셀을 밟아대는 쪽은 언제나 J였다. 그 속도에 희수는 어지러웠다. 그런 식으로 계속 액셀을 밟아대는 한 누구도 안전할 수가 없었다. 브레이크를 사용하지 않으니 더욱 그랬다. 희수는 이렇게 서로 외면하면서 사느니 차라리 큰소리를 치면서 싸우는 편이 더 낫겠다 싶었다. 그녀는 차라리 겯고틀면서 싸우며 사는 부부가 냉전을 거듭하며 참거나 포기하면서 사는 부부보다 비교적 더 좋은 사이라는 기사를 읽은 적이 있었다. 벌써 일 년 가까이 둘은 끊임없이 서로에게 실망하고 포기하면서도 내색하지 않으며 지냈다.

희수는 게임에서 손을 떼고 자신을 바라보던 조카들을 기억하고 있었다. 게임을 하는 동안 잠시 넋을 뺏긴 탓인지, 게임의 세상에서 미처 빠져나오지 못한 탓인지 알 수 없었지만, 그들은 갑자기 낯설고 성숙한 모습이었다. 그들이 다시 돌아온 이쪽 세계는 오후의 햇살이 길바닥에 뒹구는, 여전히 지루한 도시였다. 그때도 희수는 조카들과의 거리가 쑥 멀어진 그 쓸쓸함이 낯설었다. J가 저렇게 등을 돌리고 하늘만 뚫어지게 쳐다보고 있는 지금도 그때처럼 그녀는 몸을 떨었다. 단순히 추위가 가져온 떨림이었다면 방한복이면 해결되지만, 그녀의 절망은 날 벼린 바람이 되어 날카로운 상처를 냈다.

희수가 두려움과 마주하게 된 날은 다섯 달 전이었다. J가 '베타(β) 혈청'이라는 이상한 이름이 붙은 천체 망원경을 산 날이었다. 용달차 위에 실린 망원경에는 빨간 삼각형 마크 위에 'KENKO'라는 상표가 선명해서 눈길을 끌었다. 희수는 잘못 배달되었다고 판단하고 물건을 돌려보냈는데, 몇 시간 후에 망원경을 실은 차가 다시 집 앞에 섰다.

계약서를 확인해 보시죠.

J와 직접 계약을 했다는 남자의 표정이 희수는 못마땅했다. 계약서에는 '구경 80mm, 초점거리 640mm(F8), 접안렌즈 106배'라는 등, 그녀로서는 알 수 없는 글들이 적혀 있었다.

그 위는 봐도 모르실 테니 여기 서명이나 확인해 주십시오.

남자의 때가 낀, 뭉툭한 검지 손톱이 가리키는 곳에는 J의 낯익은 서명이 눈에 들어왔다. 서명할 때 어떤 기분이었는지 알만큼 경쾌한 필적이었다. 백화점이나 음식점에서 계산할 때, J가 서명을 하는 모습을 지켜보았던 그녀는 그렇게 날렵하고 신명이 나는 서명은 처음이었다.

얼떨떨해진 희수가 대문에서 물러나자, 남자는 삼각대와 렌즈가 붙은 윗부분을 분리해서 들고 성큼 들어섰다. 꽤 무거워 보이는 물건이라 잠깐 기다리라는 희수의 말은 슬며시 꼬리를 내렸다.

저 장독대 위가 좋겠습니다. 이층집이지만 옥상이 없으니까 저곳 밖엔 설치할 곳이 없겠어요. 다행히 주위에 집들이 촘촘하지 않아서 관찰은 가능하겠고요.

장독대로 올라가는 남자를 희수는 막을 수가 없었다. 희수는 남자의 뒤를 따라 장독대에 올라가서, 공연히 베고니아 화분의 시든 잎을 떼기도 하고 볕바라기를 위해 열어놓았던 장독 뚜껑을 닫으면서 허둥댔다. J의 닫힌 마음도 장독 뚜껑을 여닫는 일 같았다면, 이렇게 팽팽한 신경전은 없었을 것 같았다. 뭔가가 가슴속으로부터 치받쳐 올라 희수는 정신이 아찔했다.

바깥양반들이 이런 기재를 살 땐 대부분 부인에게 말을 안 해요. 십중팔구는 깜짝 놀라지요. 아줌마도 꽤 놀라셨나 봐요?

삼각대 위에서 망원경을 조립하던 남자의 말에 희수는 또 놀랐다. 어느 날 갑자기, 천문대에서나 볼 법한 커다란 천체 망원경을 집안에 들여놓는 사내들이, J 말고도 또 있다는 사실이 놀라웠다. 저것으로 도대체 무얼 탐색하겠다는 건지 그것이 왜 필요한지 알 수가 없었다.

이 댁 바깥어른도 말수가 퍽 적어 보입디다만.

장독 옆에 쭈그리고 앉아서 공연히 뚜껑을 열어보는 희수를 보고 남자가 말했다.

지난 몇 달간의 냉전 끝에 그는 저렇게 대형 천체 망원경을 들여놓는 것으로 자신과 화해를 했다는 말인가? 우리가 벌써, 삼십대 중반을 바라보는 나이가 되었다는 사실을 그는 잊었나? 남들은 제 자리를 찾아 뿌리를 내렸을 나이인데, 아직도 J는 자신이 정처 없이 흘러가고 있다는 걸 정말 모르는 걸까, 그런 생각이 들자 그녀는 슬퍼졌고 또 맥이 빠졌다.

희수는 쪽마루로 내려와 쪼그려 앉았다. 느닷없이 매미들이 기승을 부리며 울어댔다. 서로 달려들어 창자를 헤집는 듯한, 고통스러운 소리는 그녀의 고막에 끈덕지게 달라붙었다. 그녀는 먹먹해진 귀를 비비면서, 장독대 너머로 머리를 숙인 물푸레나무를 올려다보았다. 햇발이 아찔하게 나뭇잎 사이를 빠르게 달려와 눈에 꽂혔다. 깜빡 현기증에 그녀는 눈을 감았다. 오월에 꽃가지 끝에서 흰 꽃이 피었던 때보다 더 많은 매미가 잎 사이에 다닥다닥 붙어 있는 것처럼 보였다. 착시錯視인 줄 알면서도 그녀는 공연히 눈을 비볐다.

매미들이 그쳤던 울음을 다시 시작한 게 아니고, 그녀의 의식이 잠깐 잠겼다가 열린 것 같았다. 그것이 열리자 매미 소리가 일순간 폭발하듯 들린 것만 같았다. 저 남자는 왜 뻔뻔스럽게 보일까? 눈을 함부로 굴린다거나 실없이 웃지도 않았는데. 이마며 볼이 번질번질해서 그런 느낌이 들었을까? 희수는 자신의 느낌을 곰곰이 들여다보다가, 말똥구리를 떠올리며 픽 웃었다. 느닷없는 걱정거리에 맞닥뜨리면, 최대한 몸을 웅크려 죽은 체하는 말똥구리처럼, 그녀는 급히 다른 생각으로 피해버리는 습관이 있었다.

자, 이곳에 받았다는 도장이나 찍어 주십쇼.

남자가 안주머니에서 접힌 종이쪽을 꺼냈다. 남자의 양복 안주머니에 붙어 있는 '504-903'이라는 표시가 눈에 들어왔다. 필시 세탁소에서 아파트의 동 호수를 적었던 표시였을 작은 종이쪽이 양복 안주머니에 붙어 있었다. 그것을 보자 희수는 웃음이 나왔다. 세탁소의 표시 따위는 보지도 않은 남자의 무신경이 정답게 느껴졌다. 풀어진 듯 웃는 희수를 보더니, 남자가 한 마디 덧붙였다.

사내들이란 안사람 모르게 하는 일이 반드시 하나씩은 있는 법입니다. 남자들은 자신만의 동굴이 필요하다고 하잖습니까? 도박이나 술독에 빠지거나 딴 살림을 차리는 것보다야 그래도 이편이 훨씬 낫단 말입니다. 모르긴 해도 망원경을 산 다음에는 남편을 더 이해해야 할 겁니다. 저 하늘을 자꾸 들여다보고 있으면 자기도 모르게 어떤 마력에 사로잡히게 되거든요. 그러면 여자들은 남편을 뺏겼다는 기분을 느끼죠. 그런데 자제분은 없으신가요? 어째 집이 조용하네요.

남자의 마지막 말이 희수의 물컹해진 마음을 다시 오그라들게 했다. 남자는 눈치 없이 말을 계속했다. 자기 집사람은 매일 바가지를 긁는데, 아마도 망원경을 질투하는 것 같다. 여자들이란 알다가도 모르겠다며 투덜대더니 담배를 붙여 물었다. 희수는 남자의 담배가 짧아질 때까지의 시간이 아주 길게 느껴졌다. 이윽고 남자는 담배를 끄고 꽁초를 발로 짓이겼다. 아줌마는 부부싸움은 안 하게 생겼다면서, 들맞추는 말을 남긴 남자에게, 그녀는 말없이 차가운 표정으로 대문을 닫았다. 걸쇠를 걸어 잠근 후에야 그녀는 한숨을 가만히 접었다. 그럴까? 희수는 고개를 저었다.

아이 때문인가? 그녀는 J의 변화를 아이와 연결하지는 않았다. 어쩌면 의식적으로 연관 짓기를 피하고 있는지도 몰랐다. 그녀는 하늘을 향해 망원경에 눈을 고정하고 있는 J를 바라보았다. 꼼짝 않는 그의 뒷모습에 각인刻印 되어 있는 저 외로운 표정은 무엇 때문일까?

학교에서 돌아와 아무도 없는 집안에 들어오면, 그녀는 문득 휑한 방이며 뜰, 그리고 덩치가 큰 가구들에 압도당하는 기분이 들었다. 희수보다 집에서 지내는 시간이 많았던 그도 그런 허전함을 참을 수 없었을까?

안개비가 계속 내려 머리며 옷이 시나브로 젖어 들었다. 머리가 푹 젖어 꼬불꼬불한 웨이브가 되살아났지만, 둘 사이의 시간은 이상하게 꼬여버렸고, 함께 산 육 년이라는 시간은 서로의 사이를 점점 더 벌려놓아, 그야말로 '시각과 시각 사이의 경과'라는, 사전적 의미로만 남은 느낌이었다. J는 아무런 설명도 없이 점점 그녀가 받아들이기 어려운 행동을 했고, 그녀 편에서는 이해하려고 노력하기보다는 거절하고 외면하며 지냈다.

안 되겠어. 오늘은. 그만 내려가자.

어느새 J는 망원경을 접어 들고 그녀의 등 뒤에 와서 서 있었다. 희수는 거우듬한 나뭇등걸에 걸터앉아 언 발가락을 주무르다가 벌떡 일어섰다. 망원경은 덩치가 큰 만큼 꽤 무거웠다. 렌즈 부분은 J가 어깨에 둘러메고, 삼각대 양 끝은 함께 들었다. 망원경을 혼자 들고 산을 오를 수 있었다면 굳이 함께 가자고 하지도 않았겠지? 희수는 걸음도 마음도 자꾸 어긋나고 더뎌졌다. 그녀의 사정은 아랑곳하지 않고 J는 점점 더 걸음이 빨라졌다.

그녀에게 어둠이 점점 짙어져 가는 산은 이제 커다랗고 검은 근심 덩어리로 보였다. 산은 능선만 선명한 선으로 남았다. 북한산의 활달하고 우람하며 남성적인 능선 자락들과는 반대로, 이 산의 구릉지와 계곡, 높지 않은 봉우리들은 부드럽고 편안하며 아늑해서 그녀는 마음에 들었다.

어두워질수록 산의 능선은 고혹적인 자태를 감추지 않았다. 살집 좋은 창부가 옆으로 길게 몸을 뉘어 육감적인 자세를 취한 것처럼 보였다. 허리춤에 달린 랜턴만으로 앞을 더듬어 내려가던 J는 걸음이 자꾸 빨라졌다. 희수는 걸음을 늦추라는 신호로, 삼각대 끝을 약간 당겼다. 그 신호를 알아듣고 그는 보폭을 줄였고, 곧 뒤를 돌아서서 그녀를 살피러 다가왔다. 희수는 어차피 늦었는데 쉬었다 가자며 주저앉았다. 조금 더 내려가면 나무들에 가려서 능선조차 보이지 않는 골짜기이니, 길은 더 어두워질 거였다.

양팔 옆으로 길게 벌어진 산의 능선은 영락없이 벗은 여자의 몸이었다. 그들이 내려가는 곳은 여자의 목덜미와 어깨 사이의 능선이었다. 계곡을 내려가면 민듯한 곳에 젖가슴처럼 보이는 넓적한 바위 두 개가 겹쳐 서 있었다.

여기가 '옷 벗은 마야'의 푹신한 젖가슴이 있는 자리야.

희수를 처음 이곳으로 데려왔을 때, J는 그렇게 말하면서 그녀의 입술을 덮쳤다. 첫 키스의 무르녹은 복숭아 맛을 그녀는 기억하고 있었다. 그녀는 그때의 촉촉하고 부드러운 기분을 더듬듯, 어둡게 내려앉은 하늘과 대비되는 부드러운 능선을 천천히 훑었다.

이 능선을 고야의 명화인 '옷 벗은 마야'에 비유하는 이유를 그녀는 알 것 같았다. 그것은 바싹 마른 날씬한 여자는 흉내 내지 못할 무르익은 표정, 농염濃艷이었다. 토산은 사람을 품는 어떤 힘이 있었다. 그것은 바위산이 줄 수 없는 느낌이었다. 희수는 오래전의 기억을 끌어안고 축축해지고 노글노글해졌는데, J는 랜

턴의 건전지가 신통치가 않고 늦어지면 더 추워지니 일어서라고
했다. 되짚고 싶은 추억이 아쉬운 그녀는 오래된 능선을 한 번 더
바라보았다.

둘은 산에서 내려오는 서로의 가쁜 숨소리만 들리는 길을 계
속 걸었다. 얼마쯤이나 내려왔을까. 된비알을 내려오다 희수는
갑자기 무언가 발을 세게 잡아당기는 느낌과 함께 앞으로 고꾸
라졌다. 위로 돌출된 칡뿌리에 구두가 걸려 넘어진 것이었다. 땅
을 짚었던 손바닥이며 얼었던 발등과 무릎이 떨어져 나갈 듯이
아팠다.

또 뒤축이 나갔네.

J가 굵은 나무뿌리 사이에 걸린 구두와 떨어져 나간 뒤축을 주
워 왔다. 희수는 랜턴 불빛으로 발을 내려다보았다. 발등이 찢어
져 있었다.

언 발에 다치고, 구두 뒤축까지 떨어져 버렸으니, 산을 어떻게
내려가지?

그녀는 불안한 마음을 감추지 않았다. J는 떨어진 뒤축을 돌멩
이로 두들겨 박고 있었다. 랜턴의 불빛을 안은 J의 얼굴은 지나
치게 명암이 구분되어 낯선 사람처럼 무거웠다. 불빛 사이로 처
음 구두 굽이 떨어졌던, 그날의 기억이 돋을새김 된 듯 환했다.

축제가 한창이었고 몇몇이 모여서 웃고 노래하며 떠들던 그림

이 희수의 기억 속에서 흐릿하게 떠올랐다. 대학 교정의 미네르바 동산이었다. 왜 구두 굽이 떨어져 나갔는지는 기억에서 지워졌지만, 지금처럼 J는 앉아서 그녀의 구두 굽과 씨름하고 있었다. J의 노력에도 불구하고 구두 굽은 신자마자 다시 떨어져 나갔다. 애써서 박은 굽이 다시 떨어지자, 그는 다른 발의 구두마저 벗기더니 다른 쪽 굽도 마저 떼어냈다.

적어도 집까지 뒤뚱거리지 않고 갈 수는 있잖아?

희수는 그날 굽이 없는 신발을 신고 세계민속무용제가 열려 먼지와 박수 소리가 요란한 운동장 곳곳을 돌아다녔다. 러시아 민속춤을 보며 덩치가 커다란 여자가 왜소한 남자를 뺑뺑이 돌리는 동작을 보며 깔깔거렸고, 굽이 없어 뒤로 자빠질 듯 걷는 걸음도 우습다며 종일 웃었던 기억이 떠올랐다. 그날의 과장되고 높은 웃음소리가 기억나서 그녀는 푹 웃었다. 사람도 세월 따라 흘러 다른 모퉁이를 돌아간다. 굽 떨어진 신발은 여전했지만, 희수는 그때처럼 웃지도 즐겁지도 않았다. 쪼그리고 앉은 J도 성한 구두 굽을 일부러 떼는 치기를 부리지는 않을 거였다.

어둠 저쪽에서 반짝, 하는 불빛과 함께 둥그런 불씨가 J의 입가에 달라붙었다. 둥그런 불은 점점 희수에게로 다가오더니 쪼그리고 앉은 그녀의 옆에 와 섰다. 시간이 지체될 것을 예상하여 랜턴도 꺼버린 그는, 들고양이처럼 그녀 옆에 웅크리고 앉았다. 깜깜절벽 중에 J의 입가에 붙은 둥그런 불씨가 늘어났다 줄어들었다. J가 문득 생각난 듯 물었다.

고인돌에 북두칠성이 새겨져 있다는 얘기 들어봤어?

고인돌이라면……. 선사 시대의 무덤?

고인돌의 천정에 북두칠성이며, 오리온 좌 같은 그런 별들이
새겨져 있다는 거야.

언 발을 만지작거리면서 희수는 하늘을 바라보는 J를 흘끔 훔
쳐보았다. 무슨 소리를 하려는지 그녀는 종잡을 수가 없었다. 늘
저렇게 어긋나는 대화로 벽을 쌓고 마는 J였기에 그녀는 한숨을
깨물어 삼켰다. 산을 어떻게 내려갈지 걱정이 태산인데, 그는 별
자리가 새겨진 무덤에 관해 말하고 있다니.

믿어져? 그 시대에, 이제 겨우 불을 사용하는 방법을 익힌 원
시인들이, 사람이 죽으면 영혼이 하늘로 돌아간다는 생각을 했다
는 사실이……. 믿을 수 있어?

원시인들이 영혼을 믿었건 들소를 믿었건 그게 뭔가? 희수는
속이 탔다. 그녀는 무덤의 그것이 북두칠성이든 아니든 어떻게
이 산에서 내려갈 거냐고, 껍질을 벗기다 만 사과는 말라비틀어
지고 있다고, 소리치고 싶었다.

이래서 가게 주인이 망원경에 취미를 붙인 남편을 이해하라고
했었나? J는 망원경에 붙어살았고, 둘 사이의 대화는 점점 줄어
들었으며, 관계는 평행선이었다. 그는 하늘에 대해서만 말했고,
희수는 먹고사는 이야기를 해야 했다. 이래서는 안 된다고, 이렇

게 언제까지 속 각각 말 각각으로 겉돌며 살 수는 없다고 희수는 생각했다. 저 사람은 왜 엉뚱한 소리만 해대며 딴전을 피우는지, 무엇으로부터 도망치고 싶은지, 어떤 꿍꿍이속이 있는지 그녀는 알고 싶었지만 묻지 못했다.

처음부터 희수가 J의 '딴짓'에 거부반응을 나타냈던 것만은 아니었다. 그녀 나름대로 백과사전을 들추기도 하면서, 그의 '딴짓'을 이해하려고 노력했다. 천체며 우주의 신비에 대한 관련 자료들을 찾았고, 그의 딴짓을 묵인하며 바라보았으며, 대화를 이으려고 노력했다. 그녀는 망원경이 렌즈와 반사경 여러 개가 끼워 맞춰져서 멀리 있는 물체를 확대하여 볼 수 있게 만든 기구이며, 1608년 네덜란드의 리퍼스하이가 처음 발명했다는 사실도 알게 되었다. 물체에서 나오는 빛을 모으는 대물렌즈와 대물렌즈를 통해 만들어진 상을 확대하기 위해 관측자의 눈 가까이에 장치된 접안렌즈에 대한 까다로운 종류와 지식도 얻어들었다. 신문을 보다가도 미국의 '허블망원경'이 촬영했다는 새로 발견된 은하 군단에 대한 사진에 눈길을 주기도 했다. 그땐 J의 딴짓이 이렇게 길어질 줄은 짐작하지 못했다.

어느 틈에 J는 잔솔가지며 나뭇잎들을 한 아름 모아왔다. 희수가 다쳐서 일어나기도 힘들게 되었으니, 어두운 밤길에 내려가기는 어렵다고 판단한 모양이었다. 두 사람이 앉은 바위 위에 작은 모닥불이 피워졌다. 공연히 예민해져서 자글거리던 그녀도 얼었던 발이며 몸이 녹자 마음도 같이 풀어져 느긋하고 느즈러졌다. 어깨가 축 늘어지고 팔이 묵직해지면서, 그대로 잠들고만 싶었다. 감기려는 눈을 씀벅거리는 그녀의 어깨를 J의 팔이 끌어당겼다. 잔솔가지에 붙은 솔방울이 불에 타면서 탁탁거리는 소리가, 고즈넉한 산을 더 평화롭게 만들었다. 희수는 이대로 마야의 젖가슴에 파묻혀 잠이나 잤으면 좋겠다고 생각했다.

평양에 한 번 다녀와야겠어.

느닷없는 J의 말에 희수는 화들짝 놀라며 그의 어깨에서 몸을 튕겨 일으켰다. 도대체 무슨 뚱딴지같은 말이냐며 버럭 소리를 지르자, 건너편 산울림도 우렁우렁하며 따라 화를 냈다. 모닥불과 솔방울이 만든 평화는 간단히 조각났다. 그는 마치 잠깐 시골이라도 다녀와야겠다는 말처럼, 몸이 근질근질한데 목욕이나 할까, 하는 정도로 대수롭지 않게 내뱉었다. 분단된 나라에서 왕래할 수 없다는 사실을 잊은 것은 아닐 테고, 밑도 끝도 없는 저 말에 담긴 속뜻은 무엇일까? 희수는 점점 더 깊은 수렁 속으로 처박혔다.

북한 평양 부근에서 발견된 고인돌의 천장 석에 그런 구멍이 있다는 거야. 그동안 우리 학계에서는 다산을 기원하는 성혈性穴로만 해석했었다는데…….

돌다가 보아도 물방아라더니, 저 사람은 계속 저 타령만 할 작정인가? 희수는 뜨거운 불덩이가 등에 와 닿았다가 떨어진 듯 아득한 심정이 되었다. 고인돌의 별자리와 그의 졸업 논문인 긴 제목의 '면섬유에 대한 음이온 염료의 염색성에 관한 연구'와는 서로 대화가 불가능한 다른 나라의 언어인 것만 같았다. 저렇게 말을 돌려서 하지만, 멀리 떠나고 싶다는 은유의 뜻이라고 희수는 추측했다. 그의 떠남은 몽블랑도 평양도 아닌, 그 자신으로부터 도망치는 길이었음을 희수는 비로소 이해했다. 언제부터인가 그는 한 마리 딱정벌레처럼 망원경에 몸을 숨기기 시작했다. 그의 칩거를 어떻게 받아들여야 할지 그녀는 아직도 판단이 서지 않았다.

어느새 하늘은 깨질 듯 맑게 개었다. 언제 그치는 줄도 모르게 실비는 그쳤고, 갠 하늘에는 반짝일 수 있는 모든 별이 떠서 서로 어깨를 우쭐거렸다. 담배를 땅바닥에 눌러 끄면서 J는, 어차피 오늘 밤은 집에 가긴 틀렸으니 날이 밝기를 기다리자면서, 망원경을 펼쳤다. 밤새 그렇게도 좋아하는 별자리나 계속 보겠다는 심사인 것 같았다. 희수는 무기력하게 그의 뒷모습을 바라보았다. 납덩이 같은 어둠은 그녀를 치밀하게 조여 왔다. 이제 막다른 골목인가?

그녀의 체념은 작년 중간고사를 앞두고 시작되었다. 아이들의 쪽지 시험을 채점한 봉투를 놓고 출근했던 희수가 그것을 가지러들어왔던 때였다. 봉투를 찾아들고 마루에서 내려서다가 그녀는 흡, 하고 숨을 몰아쉬었다. 그때도 J는 저런 모습으로 망원경 앞에 서 있었다.

뭐 해? 대낮에도 별이 보여?

희수의 말에도 대답 없이 조용히 서 있는 그의 뒷모습을 보면서 그녀는 숨이 가빴다. 그녀의 짓눌린 음성이 작았는지, 아니면 듣고도 모르는 체하는지 알 수 없었다. 한순간 집안에는 숨 막히는 정적이 부피를 늘렸다. 그 틈새를 벌리면서 가을 햇살이 둥그런 장독 허리를 길게 쓰다듬으며 번질거렸고, 망원경 속에 시선을 고정한 J는 해를 어루만지듯 흑점에 몸을 묻은 듯 숨조차 죽인 모습이었다. 장독대와 그녀와의 사이가 아득히 점점 멀어졌다. 그녀는 먼 곳에서부터 사이렌 소리가 들린다고 생각했다.

잠시 후, 렌즈에 붙였던 검은 유리를 들고 장독대를 내려오던 J는, 눈을 둥그렇게 뜨고 대낮에 집에는 웬일이냐며 띄엄띄엄 물었다.

그건 내가 할 소리야. 왜 이런 시간에 하늘을 들여다보고 있어?

흑점을 보고 있었어. 태양의 흑점도 자꾸 변하거든.

희수는 할 말을 잃고 우두커니 서 있었다. 다리에 힘이 빠져 걸음을 옮길 수가 없었다. 그녀의 참담한 심정을 모르는 그가 말을 이었다.

갈릴레오가 처음 발견했다는데, 11년 주기로 큰 변화가 있거든. 올해가 마침 흑점이 많이 변하는 해라서……. 그게, 한 일주일 움직이다가 다시 제자리로 가게 되어 있거든. 흑점이 변하면…….

J의 말을 다 듣지 않고 희수는 대문을 나섰다. 눈물이 흘러내리지 않도록 눈을 부릅뜨고 한 정거장을 걸어갔다. 보도블록을 걷는 발걸음이 빨라질수록 서류봉투를 쥔 손은 떨려왔다. 이제 끝이구나. 우리는 서로 다른 방향의 기차를 타고 열심히 달려왔구나. 그녀는 눈알이 빨개지도록 눈을 부릅떴다. 그날부터 지금까지 둘은 서로에 대한 해명도 없이 시선을 피하면서 지냈다.

아이 때문인가, 희수는 다시 그 생각으로 돌아갔다. 지나놓고 보니 육 년이라는 시간은 한숨 몇 번처럼 금방 지나갔다. 그동안 둘은 서로 바빴고 처음부터 아이 문제를 의논하지 않고 시작했다. 그는 우리 인생에 아이가 끼어들어 부담스럽고 복잡해지느니보다는 지금처럼 단순하고 편하게 살고 싶다고 말했다. 그때까지만 해도 그녀는 그 말을 그대로 받아들였다. 이제 생각해 보니 그는 아이나 가정이란 울타리를 감당하기 힘들어하는가 싶었다. 가장이라는 무거운 짐을 지고 싶지 않아서 그런 태도를 보이는지도 모른다고 여겨졌다.

그때까지도 둘만의 호수에는 그런대로 평화로웠다. 적어도 J

아버지의 회갑 잔치 전까지는 그 호수는 잔잔했다. 결혼 사 년째
에 접어든 그들을 못마땅해하는 어른들의 잔소리가 파문을 만들
었다. 어른들이 J가 독자라는 점을 들어, 아이를 낳으라는 요구
를 할 줄은 그녀는 예측하지 못했다. 사실 어른들의 채근이 아니
더라도 희수는 은근히 불임에 대한 불안감이 있었다.

혹시 그 일 때문일까? 그러고 보니 지난봄 병원에 다녀온 뒤
로 그의 수상쩍은 행동이 시작된 것 같았다. 여전히 렌즈만 들
여다보고 있는 J의 뒷모습을 바라보다가, 희수는 참았던 말을
꺼냈다.

당신 말을 듣고 싶어. 왜 그렇게 딴짓만 하는지 변명을 좀 해 봐.
그저 취미라고 생각하고……. 접어뒀으면 좋겠어.

취미라니, 그게 말이 돼? 밤낮없이 망원경에만 붙어살잖아. 지
난 육 개월 동안 현실적으로 코앞에 닥친 일들은 하나도 해결하
지 않았는데, 도대체 무엇을 어떻게 이해하라는 거야?

그녀가 말했지만, 그는 돌아보지 않았고 묵묵부답이었다. 아
직도 병원에서의 일을 마음에 담고 있을까? 희수는 마음 한구석
에서 가칫거리던 그날의 일을 기억 속에서 들춰내고 말았다.

처음부터 J는 가지 않겠다고 버텼다. 희수가 며칠 동안 끈질기
게 설득한 끝에 겨우 그와 동행할 수 있었다. 사실 그녀로서도 내
키지 않는 일이었다. 의사가 '신선한 것'을 유난히 강조하지 않았
다면 그를 병원 앞 여관까지 끌고 들어갈 생각은 없었다.

안 돼! 안 된다니까! 그런 일이, 꼭지를 틀면 금방 물 쏟아지듯 되는 줄 알아?

여관에 들어간 지 한 시간이 지나도록 J는 완강하게 버텼다. 계산대에 특별히 부탁해서 수상한 비디오까지 틀어놓았지만, 그는 꿈쩍도 하지 않았다. 사람은 기계처럼 자유롭게 단추를 누르는 대로 작동되지 않는다고 했다. 아이를 낳지 않아도 아무 문제가 없는데, 왜 하필이면 지금 검사를 해야 하느냐며 고집을 부렸다.

어른들이 나를 보던 송곳눈을 나는 잊을 수 없어. 아이를 못 낳는 석녀 취급을 당하기는 싫어. 그리고 이런 일에는 남자가 먼저 불임 검사를 받는대.

그녀도 물러서지 않았다. 웬만한 일에는 고집을 부리지 않는 그녀의 성격을 아는 J는 멀뚱한 표정으로 쳐다보다가 화장실로 들어갔다. 비디오에서는 마침 정사 장면이 한창이었다. 정사 중에 여자는, 거친 숨소리와 절정에 도달하는 목쉰 비명을, 전 남편에게 전화로 들려주었다. 잔인하고 멋진 보복. 수화기를 통해서 그 소리를 듣는 남자의 절제된 안면 연기가 일품이라는 생각을 하는데, 화장실 문이 열리며 J가 나왔다. 그는 화면의 남자처럼 표정 없는 얼굴로 축 늘어진 고무주머니를 내밀었다.

자, 네가 원하던 거야. 다시는 안 해.

표정 없는 얼굴이야말로 J가 심하게 화났음을 말하고 있었다.

그녀는 앞뒤를 따질 처지가 아니었다. 고무 주머니를 받아서 주둥이를 묶고 '신선한 것'을 급히 병원으로 가지고 갔다.

그 일이 상처가 되었을지도 모른다는 점은 희수도 짐작하는 바였다. 그는 그녀야말로 이런저런 검사로 훨씬 심한 수치심을 느꼈다는 것을 모르고 있었다. 까발려지고 헤집어지는 것으로 말하자면 여자 쪽의 검사가 훨씬 심했다. 적어도 그는 핀에 꽂힌 실험용 개구리처럼 사지를 벌리고 누워서, 가장 깊고 은밀한 곳을 헤집으면서 천정을 쳐다보고 있지는 않았다. 그녀가 느낀 모욕감으로 말하자면 단 한 번의 여관행에 비할 바가 못 되는, 지독한 검사였다. 부부라고 해도 서로 제 손가락 아픈 것에만 관심 있다는 생각에, 희수는 등이 허전해졌다.

지난봄 일 때문에 아직도 화가 났어? 그래도 둘 다 이상 없다는 것은 알았잖아.

그녀는 막다른 길에서 간신히 질문을 하나 건져서 체념을 향해 내밀었다. 대답은 돌아오지 않았다. 아직도 실험용 쥐가 되었던 기분이냐고 한 번 더 물었다. 그러나 J는 고집스럽게 등만 보일 뿐, 대답이 없었다. 한참 후에 그는 엉뚱한 말을 꺼냈다.

목성도 노래하고 있는지도 몰라. 보이저호가 토성의 은은한 종소리를 들었듯이 말이야.

고개도 돌리지 않은 채로 그는 계속 말을 이었다. 최근에 태양

의 흑점이 활발하게 변하고 있는데, 흑점이 많이 나타나면 지구
에는 많은 변화가 일어난다고 했다. 비가 많이 오게 되고, 여자들
의 출산율이 매우 높아진다고 하면서, 다른 일보다 우선 아이를
먼저 낳자고 말했다.

세상에 태어나서 고리 하나쯤은 만들어 놓고 싶어. 우리 나이
도 있고.

뜻밖의 제안에 그녀는 말을 잊었다. J는 한 일 년 더 쉬고 싶었
다고 덧붙였다. 그는 이 사회의 분위기가 견딜 수 없다고 했다.
빨리빨리. 되도록 빨리 성공하고 출세해야 한다며 몰아치는 압박
감이 참을 수 없었고, 나중에는 사방에서 벽들이 조여 오는 느낌
이었으며, 거리에 나가서 사람들을 마주칠 때마다 숨을 쉬기 힘
들었다고 했다. 이상하게도 매일 죽고 싶은 마음이었는데, 이유
없이 얽혀버린 생각의 족쇄에서 벗어나려고 먼 것들에게 관심을
돌리게 되었다고 말했다.

희수는 아무 말도 하지 못했다. 어디가 곪거나 부러지지 않았
으므로 그는 틀림없이 건강한 사람이라고 생각했다. 그래서 그녀
역시 사회의 보통 사람들처럼 그가 빨리 제자리를 찾기를, 어서
졸업하고 어서 취직해서 어서 돈을 벌라며 닦달했다. 어쩌면 남
들보다 더 그랬는지도 몰랐다.

오랜만에 J가 진심을 털어놓았기에 그녀는 말랑말랑해졌고,

그의 낯선 진지함에 곧 동화되었다. 오래전에 그가 아끼던 돌덩어리 하나를 보았을 때도 그녀는 이런 빨려드는 느낌을 받았었다. 리포트를 쓰는 데에 필요한 책을 빌리러 J의 집에 갔던 때였다. 마침 무더운 날이라 그는 음료수를 사러 간다며 나갔고, 희수는 방 여기저기를 두리번거리다가 문득 검은 돌덩이 하나를 발견했다. 돌덩이라고는 했지만 작은 받침대 위에 올려놓은, 액자처럼 보이는 그것은 말로만 듣던 화석이었다. 그 아래에는 다음과 같은 표찰이 붙어 있었다.

품　　명 : Pecopteris(고사리류)
지질시대 : 고생대 석탄기
기　　사 : 약 2억 4천만 년 전
채집 장소 : 태백시 소송동(태백산)

그녀는 아연실색했다. 30년도 채 살지 않은 그녀가, 무려 2억 4천만 년 전의 화석을 손에 들고 있는 거였다. 그녀는 언젠가 불가에서 사용하는 '겁劫'이라는 단어가 떠올랐다. 인간의 짧은 생을 비교해보면 더욱 요요遙遙한 시간의 벽을 느낄 뿐이었다. 그녀는 몇 겁의 세월을 지나쳐온 화석으로 인해, 티끌보다 더 간단하고 작은 자신의 생명을, 그 순간 작고 작은 점 하나를 가만히 느꼈던 거였다.

망원경에 눈을 대고 있던 J가 손짓으로 그녀를 불렀다.

여길 좀 봐. 목성이 얼마나 아름다운 별인지…….

희수는 잠시 머뭇거리다가 J가 비켜선 렌즈에 눈을 갖다 댔다. 눈앞에는 숨이 막힐 정도로 장엄한 광경이 펼쳐졌다. 아주 커다랗고 푸르스름하면서도 주황빛을 띤, 약간 눌린 거대한 풍선처럼 보이는 목성이 덩그렇게 떠 있었다. 신문에서 본 위성사진과는 어딘가 달랐다. 숨 쉬는 어떤 생명체를 현미경으로 마주한 것 같은 기분이었다. 목덜미를 타고 전율이 흘렀다. 그녀는 아무런 말도 할 수 없었다.

어때, 살아있지? 목성 표면의 액체수소가 강한 바람에 움직이면서 변해서 그렇게 살아 숨 쉬는 별처럼 보이는 거야. 왼쪽 곁에 희미한 달도 하나 보이지?

한참 만에야 그녀는 까칠한 목소리로, '갈릴레이호'도 보이겠느냐고 간신히 물었다. J는 그것까지 볼 수 있겠느냐며 희미하게 웃었다. 몇 달 만에 보는 웃음이었다. 그는 갈릴레이가 망원경을 두고 '신이 준 새로운 눈'이라고 한 이유를 알겠다고 했다.

새 눈을 통해 끝없이 넓고 아름다운 천체를 볼 수 있는 영광을 준 하느님께 감사드린다고 했어. 신을 부정하던 그가 한 말이니까 감동의 깊이를 잴 수 있잖아?

J는 당장 지상에서 목숨을 잇겠다고 뛰는 것도 중요하지만, 너른 공간과 시간을 바라보면서 옷깃을 여미는 일도 나쁘지 않은

일이라며, 그녀를 바라보았다. 희수는 아무런 말도 하지 않았다. 그저 숨 쉬는 목성의 얼굴을 넋 놓고 들여다볼 따름이었다.

갈릴레이호가 목성 표면으로 작은 탐사선을 하나 보냈는데, 그것이 목성 표면을 항해하면서 목성 대기권에 관한 각종 자료를 모선인 '갈릴레이호'에 전송했다고 해.

그것이 뭐 특별한 일이냐는 뜻으로, 희수가 고개를 갸우뚱했다.

목성이 지구보다 굉장히 뜨겁고 압력도 강하잖아. 그래서 이 탐사선은 엄청난 압력과 열로 인해서 몸체가 녹아 사라질 때까지 75분간의 임무를 마쳤다는 거야. 섭씨 2천 도의 열 속에서 말이야.

표정은 보이지는 않았지만, J의 목소리에는 감동이 얹혀있었다. 희수는 렌즈에서 눈을 뗐다.

아무리 기계라지만 몸을 불태우면서까지……. 장렬한 최후네.

그래, 온몸을 던져서, 제 할 일을 다 하고 죽었지.

죽었다……. 그녀는 다시 아득한 기분이 되었다. 2억 4천만 년 전에 번성하던 고사리의 화석 한 점을 들고 느꼈던, 까마득한 시간을 올려다보는 기분이었다. 무한한 시간에 놓인 자신의 생명은 너무나도 미미하여 보이지도 않았다. 작고 작은 먼지인 존재인 자신이 더 분명히 느껴진다는 점이 신비롭게 다가왔다. 웃고 울고 분노하며 사랑하며 흘러가는 존재, 나.

그녀는 망원경의 렌즈에 더 가까이 눈을 밀착시켰다. 목성은 계속 호흡하고 있었다. 목성에서는 노랫소리가 들린다지. 은은한 종소리 같은 소리가. 그녀는 숨을 멈추고 목성을 바라보았다. 이제까지 한 번도 들어본 적이 없는 아름다운 노래가 그녀의 눈에 깃들었다. 녹아 사라지며 흔적도 없어진, 아주 작은 한 점의 탐사선이 부르는 '갈릴레이 갈릴레오'를 찾는 애절한 노래가.

벼랑 위 붉은 꽃

1

목수 공 씨가 사라진 날은 백로 다음날이었다. 더위가 한창이고 하늘은 자꾸 높아지는 계절이었다. 점심상을 물리면서 그는 바다가 가깝다고 말했다. 아내가 무슨 소리냐고 묻자, 그는 부채로 러닝셔츠 안쪽으로 바람을 넣으며 웃어 보였다. 그의 아내가 다시 툇마루로 돌아왔을 때 그는 없었다. 작업에 필요한 나무를 구하러 돌아다니는 일이 잦았기에, 아내는 그가 산에 올라갔으리라 짐작했다. 저녁때가 지나고 캄캄해졌는데 그는 돌아오지 않았다. 아내는 여느 때처럼 남편이 허리춤에 걸쳤던 수건으로 옷의 먼지를 털면서 들어설 것만 같아, 산에서 내려오는 길을 바라보았다. 그가 없는 작업실은 시간이 정지된 것 같은 묘한 정적에 잠겨 있었다. 톱이며 끌, 연귀자와 망치 같은 공구들은 제자리에 정돈되어 있고, 그가 늘 입던 작업복은 귀룽나무 의자에 느슨하게 걸쳐져 있었다. 소식을 듣고 일터에서 달려온 아들이 산 아랫마을을 집집이 돌아다녔지만, 그를 본 사람은 나타나지 않았다.

다음 날 아침 아들은 동네 사람들과 함께 앞산 뒷산을 뒤졌다. 그가 나무를 하러 다녔던 곳이며, 우물과 덤불, 여우 굴까지 살폈다. 장정 아홉 명이 종일 산을 뒤졌지만, 그의 흔적을 찾을 수는 없었다. 실종 신고를 받고 출동한 경찰은 가출이나 자살에 무게를 두고 가족과 동네 사람들에게 꼬치꼬치 캐묻고 조사했다. 가족들은 그가 나쁜 선택 할 이유가 전혀 없다고 말했고, 동네 사람들도 그가 일과 가족밖에 모르는 성실하고 단순한 사람이었다고 증언했다.

그 사건은 삼 년 전 어느 여름날부터 시작되었다. 그는 아내가 외출해서 혼자 점심을 먹는 중이었다. 툇마루에 길게 내린 차양이 마름모꼴 그늘을 만들었다. 그는 제멋대로 자유롭게 흘러가는 구름을 바라보면서 구운 달걀을 마루 귀퉁이에 대고 두드렸다. 껍데기를 벗기려는데 느닷없이 병아리 한 마리가 폴짝 튀어나왔다. 노랗고 솜털이 보송보송한 병아리가 아니었다. 쥐눈이콩처럼 반짝이는 눈을 가진 갈색의 논병아리였다.

"이게 뭐…… 닭이야 오리야?"

그는 당황하여 말을 더듬었다.

"잘 구워지고 적당히 익어서 나왔죠."

또록또록 또로록…… 놈이 야릇한 소리를 내며 눈을 굴렸다. 병아리라면 마땅히 삐악삐악 이어야지. 근데, 말을 해? 그는 잠깐 어찔했다.

"구워졌다면 익은 것이고 익은 건 죽은 건데, 넌 뭐냐?"

"익었다는 말에는 다 자라서 여물어졌다는 뜻도 있잖아요."

쥐눈이콩 같은 까만 눈이 반짝거렸다. 달걀 포장지에는 맥반석으로 구웠다는 설명이 적힌 스티커가 붙어 있었다. 그렇다면 녀석은 틀림없이 구워진 달걀이고, 산 생명은 아니라는 뜻이었다.

"무슨 일인지 원……."

그는 듣지 않아야 할 소리를 들었다는 뜻으로 귀를 문질렀다. 쥐눈이콩이 흐려진 그의 말끝을 올라탔다.

"영감님은 아직 익지 않았나요? 그렇다면 뜨거운 돌을 찾아보세요."

"뜨거운 돌? 그래, 넌 맥반석으로 구워졌어. 익어버렸다고."

"영감님도 저 땡볕에 나가서 한나절쯤 참으면 잘 구워질 거예요."

"내가 달걀이냐?"

그는 논병아리 주제에 헛소리 말라며 빽 소리를 질렀다.

"그야 선택의 문제죠. 전 볼일이 있어서 이만! 익고 나서도 할 일이 많거든요."

툇마루를 지나서 댓돌 위로 깡충 뛰어내린 녀석은 마당을 가로질러 사립문을 향해 달려나갔다. 구워진 녀석치곤 대단한 순발력이었다. 이제 막 알에서 나온 놈이 어디를 갈까 싶어서 멀거니 쳐다보던 그는 일어나서 뒤를 따라갔다. 대문 밖을 내다보던 그는 더 놀라운 풍경을 목격했다. 수십 마리의 논병아리들이 뒤뚱대며 어디론가 달려가는 광경이었다. 그는 등골이 서늘했다.

'저놈들이 모두 구운 달걀에서 나왔나?'

논병아리 무리는 목을 앞뒤로 끄덕대면서 종종걸음으로 달려갔다. 행렬의 방향은 물푸레나무 군락이 있는 숲 쪽이었다. 병아리 걸음으로는 어림없을 가파른 비탈이었다. 놈을 좇으며 서두르던 그는 돌부리에 걸려 넘어졌다. 깨진 무릎을 부여잡고 먼지가 풀썩거리는 길에 주저앉은 그는, 눈을 크게 떴다. 날개를 펼친 놈들이 무리를 지어 날아오르더니, 눈 깜짝할 새에 산 위쪽으로 사라져 버렸다. 그는 길바닥에 주저앉은 채로 멍하니 그 광경을 지켜보았다.

쓰러진 목수를 발견한 사람은 외출에서 돌아온 그의 아내였다. 그는 산으로 향하는 길목에 엎어져 있었다. 집으로 돌아온 그는 멍한 표정으로 작업실에 서 있었다. 깨진 무릎이 쿡쿡 쑤셨다. 그는 벽에 걸린 거울을 바라보았다. 할아버지가 작업실을 만들었을 때부터 붙어 있던 거울은 지워지지 않는 손때가 묻어 있었다. 거울 안에서 늙은 영감이 엉거주춤한 표정을 지었다. 행색은 길에서 나뒹굴었으니 어수선하기 짝이 없었다. 낡고 헐렁한 작업복은 원래의 색을 모를 정도로 희끄무레한데, 그나마 늘 쓰고 있던 모자가 벗겨진 머리통을 가려주고 있었다. 댁은 도대체 누구요, 어디서 왔고 어디로 가우? 거울 속의 늙은 영감이 물었다. 그는 거울을 맞바로 보지 못하고 어색하게 흘끔거렸다. 늙은 영감도 슬그머니 시선을 피했다. 구운 달걀 사건이 있은 뒤로 그는 우두커니 서 있는 시간이 잦았다. 밀린 일감이 많은데도 일이 손에 잡히지 않았다. 세상이 기우뚱 기울어진 듯 혼란스러웠다.

논병아리들은 도대체 어디로 갔을까? 잘 구워지고 익었다며 고개를 까딱거리던 쥐눈이콩처럼 생긴 놈의 눈이 기억났다. 그는 한 입 거리도 안 될 구운 달걀 안에서 그렇게 큰 논병아리가 산 채로 튀어나왔다는 사실이 도저히 믿기지 않았다. 자신이 믿지 못하는 사건이었기에 아내에게 설명하지도 못했다. 피노키오의 달걀은 생달걀이었으니 병아리가 튀어나올 수도 있었겠지만, 그의 달걀은 분명히 맥반석으로 구운 것이었다. 피노키오는 병아리 때문에 배고픔을 참았다지만, 자신은 뭘 해야 하는지 알 수가 없었다. 제베데오 영감과 살며 사람이 되려고 했던 피노키오와는 달리, 논병아리는 언덕을 넘어 산으로 가버리고 말았으니, 그에게는 남은 게 없었다.

아무려나, 하는 심정으로 그는 작업대 위로 벌렁 드러누웠다.

작업대는 부지런한 아내가 쓸고 닦아서 말끔했다. 그렇지만 아무리 치워도 작업실에서는 나무 냄새가 풍겼다. 나무 향과 칠 냄새가 몸에 배어서 목욕해도 냄새가 다 씻기지는 않았다. 그의 주변과 몸 전체가 그가 목수라고 말하고 있었다. 사람들도 그를 목수라 불렀고, 그도 당연히 그렇다고 믿었다.

대패를 든 이후로 그는 평생 나무를 자르고 다듬으며 살았다. 그는 시간을 들여 공들이는 작업을 즐겼다. 일은 고되어도 세상에 존재하지 않던 뭔가를 만드는 일이 매일 새롭고 즐거웠다. 그가 만든 가구들은 그에게 자식과 같았다. 나무를 들이고 보관하는 일부터 가구를 만드는 일까지 누구의 간섭도 없이 혼자 판단하고 진행했기에, 누구와 다툴 일도 고민거리도 없었다. 매 순간 코앞에 놓인 일을 처리하면 그것으로 일용할 양식이 생겼고, 그거면 충분했다. 그런데 논병아리에서부터 뭔가 달라진 것만 같았다.

작업대에 눕자 그는 기분이 야릇했다. 나무는 늘 그가 뭔가를 만들고 표현하는 재료였는데, 이젠 그 자신이 작업대 위에 올려진 나무 같았다. 만약에 내 몸을 깎고 다듬어서 뭔가로 만든다면 어떤 게 될까? 만들어진 그것은 유용하긴 할까? 나무로 친다면 나는 어떤 나무일까? 상수리나무, 소나무, 은행나무, 물푸레나무……. 그는 평소에 자신이 좋아하던 나무들을 떠올렸다가, 일어나서 마음을 다잡고 대패를 집어 들었다. 대패질하면서도 그는 갸웃 기울어진 마음을 느꼈다. 어쩐지 일은 잘 진행되지 않았으며, 생각은 자꾸 그 논병아리에 머물렀다.

'도대체 익었다는 게 뭐람? 병아리 주제에⋯⋯.'

참으로 이상한 날이었다. 몸을 많이 쓰는 일이었기에 그는 머리만 기대면 앉거나 눕거나 상관없이 곯아떨어졌다. 저녁밥을 기다리는 잠깐의 시간에도 그는 젖은 솜뭉치처럼 늘어져 잠들었는데, 그날은 이상스레 잠이 오지 않았다. 그는 쓸데없이 부글거리는 잡다한 생각을 좇았다. 눈을 감으면 그동안 살아온 인생이 강물처럼 길게 이어지며 펼쳐졌다. 물살을 따라 흘러내리는 기억을 훑으며 그는 회한에 잠겼다. 눈을 뜨면 익었다던 논병아리가 숲에서 뭘 하는지 궁금했고, 놈의 쥐눈이콩처럼 생긴 눈알을 떠올렸다.

밥 짓는 소리가 들렸다. 그는 어스름한 저녁에 들리는 도마소리를 좋아했다. 그가 아내에게 느티나무로 만들어 준 저 도마는 유난히 낭랑한 소리를 냈다. 그런데 그날은 도마가 '인생, 인생, 인생⋯⋯' 하며 뒤뚱거리는 소리로 중얼거렸다. 그렇게 맹랑하게 들리는 도마소리는 처음이었다. 그 소리는 그동안 뭘 하며 살았고, 무엇을 남겼나를 자책하게 했다.

'남기고 갈 것도, 이렇다 하게 얻은 모양도 없으니!'

그는 자신의 한숨 소리마저 낯설었다. 왜 갑자기 그런 이상한 기분에 사로잡히는지 알 수가 없었다. 날마다 주문받은 일을 맡아 열심히 가구를 만들었고, 크게 어긋나지 않게 자리를 지켜왔는데, 그래 봐야 하찮은 조무래기 인생일 뿐이라는 부끄러운 마음에, 번거로운 파문이 자꾸 번졌다.

'망할 놈의 논병아리 때문이야.'

그는 주머니에 손을 넣었다. 묵주가 잡혔다. 알 하나를 잡았다가 다음 알을 쥐고, 다시 다른 알로 넘겨 쥐면서 동그란 원을 잇고 이으면, 다가오는 운명의 실타래를 한 개씩 넘기는 기분이 들었다. 어떤 때는 한 개의 묵주 알이 믿음 한 조각처럼, 때론 삶의 고비, 잠깐 반짝 빛난 생의 어떤 순간으로 여겨졌다. 그것이 기도였는지는 몰라도 번거로운 마음을 돌려놓기에는 꽤 효과가 있었다.

묵주는 자투리 박달나무로 만들었다. 집 나간 아들에게 화가 치밀 때마다 한 개씩 깎고 다듬어 엮었다. 날뛰는 생각들을 정리하기에는 나무를 깎고 다듬어서 콩알만 한 묵주 알을 만드는 일만 한 게 없었다. 다 꿰고 보니 알 한 개가 모자랐다. 알 한 개쯤이야 언제라도 만들어서 다시 꿰면 그만이었기에 차일피일 미루는 중이었다. 알 하나가 부족한 묵주를 건성으로 돌리는데, 아내가 들어왔다.

"성모상을 만들어야겠어."

느닷없이 튀어나온 말이었지만, 실은 오래전부터 품었던 소망이었다.

"한평생 남의 일만 맡았으니, 이젠 내가 하고 싶었던 일도 하려고."

슬그머니 아내의 눈치를 보며 그가 말했다. 아내는 아무 말도 하지 않고 고개를 끄덕였다. 분명히 아랫집 고 씨가 주문한 의자에 대해서 잔소리할 차례인데 이상한 일이었다.

그는 자신의 마음속에만 존재하는 어머니를 조각하여 세상에 드러내고 싶다는 꿈이 있었다. 성모라면 좋겠지만 육친의 어머니, 혹은 어떤 촌부의 모습이라도 상관없었다. 아이를 품고 웃는 어머니라면 좋을 것 같았다. 미소 짓는 성모님을 표현하는 일은 그에게 의미가 있었다. 그는 자주 먼 산을 바라보며 생각을 부풀렸다. 누구라도 그 앞에 서면 자연스럽게 곁에 있고 싶어지는 어머니를 상상했다. 울고 싶은 사람은 따스한 위로를 얻고, 삶을 포기하려던 사람은 살 힘을 얻을 수 있는 그런 어머니를, 아직 만들지 않았지만, 언젠가 만들어질 어머니를 향하여 그는 주문처럼 매일 생명을 불어넣었다. 그가 불어넣은 생명으로 성모님은 차츰 몸이 생기고, 얼굴이 드러나며 다양한 표정을 입었다.

2

그가 목수가 된 이유는 나이테에 매혹되었기 때문이었다. 할아버지는 목수의 일은 나무를 드러내는 작업이라고 가르쳤다.

"나무는 언제나 같은 자리에 서서 바람과 비와 태양, 사람들을 견디며 살지. 너라면 한자리에 그대로 서 있을 수 있겠니?"

작업장에 놀러 왔던 어린 그에게 할아버지가 물었다. 온종일 산과 들을 뛰놀던 일곱 살 아이였던 그는 할아버지의 질문을 이해할 수가 없었다. 할아버지는 그의 손을 잡아 나무 위에 올려놓았다.

"자, 눈을 감아보렴. 나이테는 나무의 세월이란다. 이 나무는 일흔 개나 되는 나이테를 만들었지. 얼마나 오래 참고 또 기다렸을까? 꽤 힘들었을 거야."

그의 앞에는 구 척이 넘는 커다란 나무가 서 있었다. 땡볕에 어깨가 터지고 갈라지며 갈증으로 허덕이면서도 나무는 그대로 서 있었다. 이상하게도 어린 그에게 나무가 견딘 강한 태풍과 혹독한 추위, 타는 갈증이 몸으로 전해졌다. 바람이 불면 나뭇잎들이 일제히 비명을 질러댔다. 나뭇잎들이 고개를 저으면 파도 소리가 들렸다. 걷고 싶어, 바다로 가고 싶어. 와 솨 솨솨…… 와 솨 솨솨……. 감당하기에 벅찬 감정이 밀려와서, 어린 그는 그만 울음을 터트렸다. 할아버지가 그를 덥석 안았다.

"잘했구나! 잘했어. 틀림없이 네가 그 소리를 들을 수 있을 줄 알았다. 나는 나무의 나이테가 바다를 그리워하며 견딘 흔적이라고 믿는다. 목수가 어떻게 나무의 그리움을 다루느냐에 따라서,

나이테는 곧은 선을 그리기도 하고 파도를 드러내기도 하지. 내가 매혹된 건 나무가 그리는 파도였다. 나는 그 파도가 나무의 세월이며, 나무가 견딘 흔적으로 보인다. 오늘 네가 보았던 나무를 절대 잊지 말거라.”

할아버지의 주름진 얼굴이 나이테를 그리며 웃었다. 어린 그는 할아버지의 보살핌에도 불구하고 못마땅한 게 많았다. 아버지를 데려오라고 발버둥 치거나 어머니의 얼굴이 기억나지 않는다며 울부짖었다. 기억 속의 어머니는 얼굴보다 손으로 남아있었다. 잠든 그의 등을 가만가만 어루만지던 손가락의 갸웃한 각도와 미세한 떨림이 생생했다. 잠결에 스친 손길이 안타깝게 그리웠다.

어머니가 만졌던 곳은 흉터였다. 그는 왼쪽 어깨에서부터 등판 한가운데를 향하여 심하게 일그러진 흉터가 있었다. 어디서 다쳤는지 기억나지는 않지만, 가끔 흉터를 쓰다듬는 어머니의 손길을 느꼈다. 커가면서 그의 흉터에는 비늘 몇 개가 자라났다. 가려워서 비늘을 떼어내면 다시 그 자리에 비늘이 생겼다. 그는 흉터에 숨은 비늘에 가끔 손을 베었다. 어머니의 손길은 부드럽게 왔다가 순식간에 사라졌다. 손과 함께 언뜻 붉은빛이 스쳤다. 빛 뒤에는 어둠이 있고, 어둠 때문에 붉음은 더 붉고 환했다. 그는 그것이 붉고 고운 꽃이라고 믿었다.

“꿈에서 꽃을 보았다고? 아비와 어미가 그립지? 네가 아직은 모르겠지만 어떤 일은 기억으로 남아서 더 좋은 일도 있어. 기억이란 놈은 떠올릴 때마다 조금씩 색을 칠하지. 나중에는 벼랑 위에 멋지게 핀 붉은 꽃으로 보이기도 한단다."

할아버지는 가끔 무슨 뜻인지 알 수 없는 말을 하면서 슬픈 얼굴을 했다. 한없이 자애로운 할아버지였지만 그는 늘 외로웠다. 외로움은 폭풍 같은 사춘기와 긴 방황으로 그를 내몰았다. 그는 기억에도 없는 어머니를 찾는다는 구실로 집을 나갔다. 그리고 젊은 날의 시간 대부분을 이유도 모른 채 죽고 싶어 하며 소진했다. 휘몰아치는 감정에 휘둘리며 죽고 싶던 그 시간이, 사실은 살고 싶던 간절한 버둥거림이었음을 알게 되었을 때, 그는 할아버지가 생각났다. 그가 돌아왔을 때 할아버지는 없었다. 휑한 작업실에는 할아버지의 편지가 그를 기다리고 있었다. 연필로 꾹꾹 눌러써 쓴 할아버지의 필체를 보며 그는 울컥했다. 편지에는 스스로 나이테를 발견하라고 쓰여 있었다.

'나무에서 우연의 물결을 발견하고 드러내는 목수에겐 그것이 파도가 될 수 있어. 어떤 식으로 나이테를 드러낼지, 어떤 파도를 만들지는 온전히 너의 몫이란다.'

손때 묻은 연장들 사이에서 그는 예전에 들었던 할아버지의 말을 건져 올렸다. 작업실에는 잘 마른 오동나무들이 가지런히 쌓여 있었다. 그는 대패를 들어 나무를 다듬기 시작했다. 대패질을 마치고 사포로 윤을 내자 나무는 아름다운 무늬를 드러내었다. 파도가 출렁이며 물결을 그렸다. 그는 윤이 나는 오동나무 판을 쓰다듬으며, 자신이 목수로 살게 될 것을 알았다.

3

목수 공 씨가 손이 야무지다는 소문이 났고 그는 일감이 늘어났다. 일이 밀렸을 때는 가끔 일당을 주는 보조 목수를 쓰기도 했지만, 대부분 그는 홀로 묵묵히 일하는 쪽을 좋아했다. 언제나 주문받은 일감이 밀려있었고, 그는 맡은 일을 수습하느라 정작 만들려던 성모상은 시작도 하지 못했다. 어느 날 그는 지인에게서 죽은 호두나무를 얻었다. 호두나무는 목질이 단단하고 치밀하여 습기에도 강하고, 대패로 밀면 아지랑이 같은 윤기가 도는 훌륭한 목재였다. 나무를 보자마자 그는 마음이 설렜다. 어머니의 부드러운 살결을 표현하기에 더없이 좋아 보였다. 커다란 호두나무를 자르고 싣는데 꼬박 하루가 걸렸다. 큰 덩치를 옮기면서 용을 써서 몸살까지 얻었는데, 정작 작업을 시작하자 가운데가 몹시 썩어 있는 것을 발견했다. 벌레가 제멋대로 속살을 파먹어서 마음먹은 대로 모양을 낼 수가 없는 상황이었다. 나무를 포기할 수 없어서 그는 썩은 부분을 잘라내고 또 파냈다. 다 파냈다 싶으면 작은 구멍을 타고 썩은 곳이 또 나타났다. 계속 잘라내고 파내다 보니 나중에는 볼품없이 작아졌다. 저녁때가 되자 호두나무는 뜻밖에 얌전한 목침이 되어있었다. 그는 뒤통수를 긁으며 중얼 거렸다.

"어머니도 고단하시면 주무셔야지."

긴 작업에 지쳐버린 그는 호두나무 목침을 베고 누웠다. 아내 가 작업실에 들어왔을 때, 그는 얼굴이며 작업복에 나무 부스러 기를 뒤집어쓴 채로 작업대 위에서 곤히 잠들어 있었다.

"어휴, 이 먼지투성이에서!"

아내가 창문을 열자, 시원한 바람이 작업실로 밀려들었다. 호 두나무 목침을 벤 그는 평화로운 꿈을 꾸는 중이었다. 여름날 느 티나무 정자 아래에서 어머니가 무릎을 내어주고 자장가를 불러 주는 꿈이었다. 어머니가 천천히 부채를 부치며 더위를 밀어내면 바람의 여린 속살이 가만가만 다가와서 그의 뺨을 간질였다.

"목침을 제대로 만들었나, 잠든 채로 웃네!"

바람의 달콤한 희롱에 빠진 그는 아내가 말하는 소리를 듣지 못했다.

다디단 오수에서 빠져나온 그가 길게 기지개를 켜며 일어났 다. 뒷마당에서 아내가 강아지를 나무라는 소리가 들렸다.

"곰탱아, 저리 가!"

하필이면 이름이 곰탱이가 뭐람. 그는 가끔 아내가 부르는 게 강아지가 맞는지 의심하곤 했다. 곰탱이가 앞마당으로 달려오더니 그의 다리에 와서 감겼다. 처음 본 사람에게도 펄쩍 뛰어오르며 무람없이 감겨드는 녀석이었다.

"이놈아, 일을 하려면 네가 줄에 매어져 있어야겠어."

곰탱이를 기둥에 묶어놓고, 그는 뒷마당에 세워두었던 물푸레나무를 골라서 작업대에 얹었다. 사실 등신대의 모자상을 만들겠다는 마음은 욕심인지도 몰랐다. 내 깃털 같은 믿음에 어울리게 탁자 위에 놓을 크기이면 족하지, 그가 나무토막을 붙들고 중얼거리는데 아내가 참견했다.

"고 씨가 주문한 의자를 먼저 만들어줘야 해요."

그는 아내의 말이 밀린 일을 두고 왜 딴짓하냐며 나무라는 것처럼 들렸다.

"왜, 곰탱이라고 부르지 그래?"

그는 공연히 부아가 나서 허청거리는 걸음으로 작업실을 나섰다.

그는 계곡을 따라 산으로 올라갔다. 양옆으로 펼쳐진 숲은 소나무와 산밤나무, 참나무들이 울울창창 들어차 있었다. 정상 가까이에는 커다란 물푸레나무의 군집이 있었다. 큰 나무들 아래로 다른 잡목들이 자라지 못해서 주위가 평평했고, 바람도 조심스럽게 지나갔다. 그래서인지 그곳은 세속과 동떨어진 묘한 고요가 머물고 있었다. 그는 물푸레나무 둥치에 앉아서 풍경에 스며

드는 느낌을 즐겼다. 물푸레나무 고목들은 하늘을 떠받치고 선
듯 위풍당당한 모습이었다. 큰 나무들 아래에서 번거로운 마음이
고요해지면, 기도하는 기분이 들었다. 그때였다. 또록또록 또도
록……. 익숙한 소리가 들려서 그는 주위를 두리번거렸다.

'논병아리가 여기까지 왔나?'

그는 소리가 나기를 다시 기다렸다.

똑 딱따그르르…….

소리가 난 방향으로 은사시나무가 서 있고, 그 줄기에 딱따구
리가 있었다. 조그만 딱따구리가 나무 뚫는 소리가 온 숲에 메아
리쳤다. 산울림을 거느린 목탁 소리 같았다. 기우뚱하게 자란 물
푸레나무를 가지치기하는데 논병아리가 불쑥 나타났다.

"영감님, 익힐 나무를 베나요?"

그는 녀석의 반짝이는 눈을 바라보았다.

"불꽃의 의미는 찾았나요?"

그는 무슨 말이냐고 되묻지 않았다. 어머니를 떠올릴 때면 문
득 스치는 붉은 불꽃. 그것의 의미는 몰라도 기억 저편에는 뭔가
어두운 것이 도사리고 있음을 그는 본능적으로 느꼈다. 다만 기
억 속의 붉음을 자꾸 지우려는, 자신도 모르는 마음이 있음을 어
렴풋이 느꼈다.

"붉은 꽃을 잘 바라보세요."

그는 더 참을 수가 없어서 헛소리 집어치우라고 소리쳤다. 논

병아리는 슬그머니 꽁무니를 뺐다. 콩콩 뛰는 놈의 뒷모습을 바라보면서 그는 지친 기분이 들었다. 물푸레나무 등걸에 기대앉아서 그는 어깨에서 등으로 이어진 긴 흉터에 대해 생각했다. 꿈속에서 어머니의 손길이 닿았던 흉터, 그곳이 가려웠다. 마치 무슨 말을 하고 싶다는 듯 흉터는 자주 간지러웠다.

'흉터에 터를 잡은 비늘을 빼면 좀 나아질까?'

그는 등을 나뭇등걸에 대고 문질렀다. 끈끈한 진물이 흐를 때까지 등을 계속 비볐다. 느닷없이 어머니의 손이 화염에 휩싸이던 기억이 섬광처럼 지나갔다. 자신이 심하게 기침하면서 데굴데굴 굴렀던 장면에서 기억은 멈추었다. 등은 피와 진물로 끈적거렸고 흉터는 계속 가려웠다. 비늘은 다시 흉터 속으로 발톱을 감추었고, 기억의 금고는 육중한 문을 닫아걸었으며, 더 이상의 기억을 내놓지는 않았다.

저녁때가 되어도 집으로 돌아오지 않는 그를 찾아 나섰던 아내가 물푸레나무 숲속에 쓰러져 있는 그를 발견했다. 아내의 어깨에 기대어 산에서 내려오는 그의 손에는 나뭇가지 두어 개가 들려있었다. 수백 년을 견뎌온 물푸레나무를 그는 차마 손을 대지 못했다. 평생을 견뎌온 흉터의 기억에도 더는 접근할 수 없었다. 그날 밤 그는 묵묵히 앉아서 수저 한 벌을 만들었다. 잠든 그의 베게 옆에는 물푸레나무 정원의 고요가 깃든 수저가 조용히 놓여 있었다.

4

앞산 뒷산에 이어 앞마당까지 가을이 저벅저벅 걸어 들어왔
다. 장독대 옆에는 산수유가 쪽빛 하늘을 배경으로 붉은 열매들
을 매달았다. 비지찌개를 앞에 놓고 목수 내외가 막 수저를 들었
을 때, 사립문 근처에서 누군가 얼쩡거렸다. 목수가 숟가락을 놓
고 밖으로 나갔다. 꾀죄죄한 차림의 사내가 머뭇거리며 서 있었
다. 목수가 손짓으로 사내를 불렀고, 눈치 빠른 아내가 수저와 밥
을 더 내왔다. 사내는 밥상에 바투 다가앉지도 못하고 마루 끝에
엉거주춤 앉아 눈만 껌뻑거렸다. 목수의 아내가 밥사발에 비지찌
개와 김치 종지를 쟁반에 담아 따로 내주었다. 사내는 그제야 숟
가락을 잡았다. 이곳저곳 흘러 다니면서 험한 일을 한 사람치곤
먹는 모습이 단정했다. 사내는 밥을 세 공기나 먹고 밥상을 물렸
다. 짧아진 해가 산 뒤로 넘어가며 붉고 긴 노을을 남겼다.

"고맙습니다. 제 평생 제일 맛있는 밥이었어요."

사내가 일어서더니 고개를 꾸벅 숙였다. 사립문에 떨어지는
노을빛이 유난히 깊었다. 목수가 사내를 불러 세우며 날도 어두
워졌는데 자고 가라며 권했다. 아랫방에 요를 깔아주자, 사내는
무릎을 구부린 채 곧바로 곯아떨어졌다. 다음 날 아침 목수가 들
여다보았을 때 사내는 이미 떠나고 없었다.

"물푸레나무 수저가 없어졌어요. 가져갈 게 없으니 그걸 가져

갔네요."

아내가 서운해하며 담장 너머로 이어진 길을 향해 목을 쭉 뺐다. 그는 혀를 끌끌 차며 말했다.

"없어졌으면 그만이지. 그 사람, 아침이라도 먹고 가지!"

"성모님께 봉헌한 수저인데, 나라면 나라님이 와도 안 줬을 텐데, 웃음이 나와요? 뼈 없는 양반 같으니라고."

아내가 볼멘소리로 투덜거렸다.

"나라님이 그런 투박한 나무 수저가 왜 필요하겠어? 그게 그리로 간 건 더 잘된 일이잖아. 돌아다녀야 하니 나무로 만든 가벼운 수저가 제일 좋을 테니까 말이야. 게다가 성모께서 동행하시는 수저이니 밥 굶을 일은 없을 것 아닌가?"

그 말에 답이라도 하듯 울긋불긋한 앞산 저 멀리서 까치가 큰 소리로 울며 날아올랐다. 입가에 늘어진 고사리를 쓸어 넣으면서 목수는 고사리나물 같은 웃음을 지었다.

"그 사람, 참! 그냥 가버리다니. 일이나 가르쳐주면서 함께 지내면 좋을 텐데."

목수는 못내 아쉬워하며 혀를 찼다. 아들이 집을 나가 흘러 다니고 있어, 젊은 사내를 보면 예사로 보이지 않는다는 말은 하지 않았다. 그런 말을 들으면 아내는 또 눈물 바람을 할 게 뻔했다.

늦은 나이에 아들을 본 목수와 그의 아내는 천군만마를 얻은 듯이 행복했다. 아들은 산과 들을 뛰놀며 노루처럼 순하게 자랐다. 혼자 글자를 깨쳤을 때 그들 부부는 총명한 아들이 기특했다. 학교에 들어가자 담임은 아이가 가르치지도 않은 수학을 곧잘 푼다고 칭찬했다. 학원에 다니지 않았는데도 아들은 큰 대회에 나가서 상을 탔다. 상장 하나가 목수와 아내에게 힘이 되고 희망이 되었으며 가야 할 길이 되었다. 중학생이 되자 아내는 아이를 시내에 있는 학교로 보냈다. 등굣길은 버스를 타면 두 시간이 걸렸다. 아내는 나무를 실어 나를 때 쓰는 트럭을 직접 몰아 데려다주고 데려오는 일도 마다하지 않았다. 학원과 학교를 오갈수록 밝았던 아이의 표정은 굳어져 갔다. 그때부터 아들은 무거운 기대를 등에 지고 살았다. 일등을 하지 못했다고, 전국대회 준비를 하지 않는다며 나무라는 아내의 목소리가 점점 높아졌다. 입시를 앞둔 아들이 친구들과 어울려 집을 나갈 때까지 아내는 아들만 바라보며 살았다.

아들을 찾아 한 달을 돌아다니다 온 아내는 말없이 뒤꼍의 땅만 팠다. 아내는 땅에 고추도 심고 깻잎도 심고 열무며 배추도 심었다. 집 울타리를 따라 토마토며 수세미, 오이며 호박들이 주렁주렁 열렸다. 아들을 잊은 듯 땅에 머리를 숙이고 있는 아내를 보며, 목수는 오히려 다행이라고 생각했다. 아들이 집에 오기를 거절했던 것인지, 아예 찾지도 못한 것인지는 묻지 않았다. 입을 다물고 일에 열중하는 모습을 보면, 아내가 말하기 힘들거나 믿기 어려운 일이 생긴 것 같았다. 아내에게도 아들에게도 시간이 필요했다.

목수가 된 후로 그는 기다림에 익숙해졌다. 나무를 찾는 일에서부터 갈무리하고 말려서 쓸 만한 재목으로 만드는 데는 많은 시간이 필요했다. 어떤 작업에는 알맞은 나무가 나타나서 금방 일을 시작하지만, 어떤 때는 나무를 만나고 기다리는 데만 몇 달에서 몇 년이 족히 걸리기도 했다. 오동나무는 몇 년씩 비바람을 맞으며 밖에서 뒹굴어야 적당한 재목이 되었다. 젖은 나무를 그대로 쓰지 않지만, 지나치게 말린 나무는 톱날이 튀고 까뀌도 들어가질 않아 작업하기가 어려웠다. 나무를 얻는 일은 인연을 기다리는 것만큼 인내와 시간이 필요한 일이었다. 아들을 기다리는 일 또한 그렇게 시간이 지나면 해결되리라고 그는 믿었다. 그즈음 그는 자신이 아들을 기다릴 시간이 얼마 남지 않은 몸이라는 걸 알게 되었다. 그 생각을 하면 입이 쓰고 가슴이 답답해졌다. 그는 자신이 아는 지식과 모든 경험을 아들에게 전해주고 싶었다. 나이테의 비밀과 세월의 파도를 아들이 혼자 깨치려면 오랜 시간이 걸릴 텐데, 그런 생각에 묶일 때면 그는 마음이 바빠졌다.

이틀 전에 내린 눈으로 길은 아직 꽝꽝 얼었는데, 목수의 집은 아침부터 기름 냄새가 풍겼다. 며칠 전 아들이 돌아온다는 연락을 받은 후부터 그의 아내는 잠을 이루지 못했다. 일이 손에 잡히지 않기는 그도 마찬가지여서 작은 나무토막 하나를 가지고 씨름하는 중이었다. 썩어서 오래전에 버려두었던 나무였다. 썩었지만 화덕에 넣지 못한 까닭은 공들인 시간 때문이었다. 조각 중한 개는 온전했다. 작게 쪼개졌을망정 나뭇결은 여전히 아름다웠다. 그는 깨어진 형상을 살려서 뭔가를 만들었다. 저녁 무렵이 되자 그의 손에는 한 마리 은어가 펄떡였다. 생생한 비늘이며 또랑또랑한 눈매에, 강물을 거슬러 오르려고 지느러미를 세운 은어였다. 그는 슬그머니 나가서 문을 닫아두었다. 아들이 문을 열고 들어오는 모습을 보고 싶었다.

아내는 아들의 어깨를 끌어안고 울먹였다.

"성모님이 무심치 않으셔서 널 다시 보내주셨구나!"

절을 하는 아들의 넓적한 등판을 한번 보았을 뿐 그는 아무 말도 할 수가 없었다. 아들은 오래 걸어온 사람처럼 입술이 갈라졌고 수염이 길었으며 머리는 흙먼지로 뽀얬다. 입성은 초라해도 눈빛만은 형형해서 그는 안심했다. 그의 아내는 밥상머리에 붙어앉아 삼킬 듯 아들을 들여다보았다. 무엇을 하고 살았으며, 밥은 굶지 않았는지 아픈 곳은 없는지 질문이 끝도 없었다. 그는 공연히 헛기침하며 일어섰다.

그가 작업장을 쓸고 정리하는데 뒤에 아들이 와서 서 있었다.

무슨 말을 해야 할지 미안하다는 마음을 어떻게 표현할지 몰라서, 그는 불쑥 아들에게 나무 은어를 내밀었다. 바다에서도 은어가 그리워하며 찾아오는 고향 물맛에 대한 말을 덧붙이고 싶어서 입이 근질거렸지만, 그는 입을 다물었다.

목수와 아들은 갓밝이에 행장을 차려 집을 나섰다. 그는 아들이 가출한 뒤 이곳저곳을 전전하다가 한뎃잠을 자기도 했다는 것을 알게 되었다. 일 년 가까이 노숙자로 살던 아들이 집으로 돌아오기에는 쉽지 않은 의지가 필요했다는 것도, 아직 마음의 병에서 완쾌되지 못했다는 것을 그는 짐작하고 있었다. 아들은 도편수에게로 가서 집 짓는 일을 배우기로 되어있었다. 친구라서 믿고 맡기지만, 보내는 아비의 마음이 편치만은 않았다.

"나무가 좋아야 장인의 기술도 빛난다. 나무를 알아보는 일은 인연을 맺음과 비슷해. 수많은 사람 중에 마음 통하는 사람 하나 인연 맺어 곁에 두기가 쉽지 않듯이, 나무 또한 그러하단다. 내 친구이지만 고건축에서는 알아주는 명인이라, 아마도 꽤 까다롭게 굴게야. 대모도(보조일꾼)로 시작하니 허드렛일을 맡겠지만, 뚝심으로 잘 견뎌라."

평소에 말수가 적은 그였지만 아들에게는 해주고 싶은 말이 많았다. 나무를 벌목할 때는 겨울에 달이 기울 때를 골라 해야 한다는 것, 벌목한 나무는 우듬지를 아래쪽으로 하여 말려야 한다는 것, 나무를 구할 때는 큰길로 가지 말라는 것, 나무도 사람처럼 외로움을 견디며 천천히 자라야 큰 재목이 된다는 말 같은 것들이었다. 아들은 말없이 고개를 끄덕이며 들었다. 온종일 자신이 해준 말은 아들이 알아야 하거나, 앞으로 배우게 될 것들이었다.

"나무에는 굽이가 있는데, 그에 따라 어디에 쓸지 위치가 정해진단다. 굽이에 따라 기둥을 세우고 보를 올려야 해. 옹이가 미워도 돌려놓아서는 안 돼. 생긴 성질에 따라 그대로 써야 집이 상하지 않는 법이거든. 나무의 성질을 잘 알아봐야 목수란다."

그는 문득 주머니에서 묵주를 꺼내 아들의 손에 쥐어주었다.

"아마 알 하나가 모자랄 거다. 곧 만들어 채워주마."

아들이 서 있는 뒤편으로 먼 산이 어두웠고, 차가운 하늘에는 달이 떠서 둥그렇게 웃었다.

5

이제 목수는 일하는 시간 보다 누워서 쉬는 시간이 더 많아졌다. 아직 성모상을 만들지는 못했지만, 사실 지금까지 그가 만든 모든 가구에는 어머니가 숨어 있었다. 결이 아름다운 느티나무 다탁에는 어머니의 오른손이, 창살 무늬 장식 콘솔에는 어머니의 왼손이 있었다. 속살이 아름다운 오리나무 반닫이 귀퉁이에는 어머니의 온화한 팔꿈치가, 자작나무 탁자에는 어머니의 상냥한 둘째손가락을 조각했다. 어머니의 손바닥을 닮은 목침과 다섯 개의 손가락이 땅을 짚은 앉은뱅이 의자까지. 그에게 가구를 주문했던 사람들은 모두 성모의 일부를 가져갔다.

장마가 끝난 어느 날, 그는 대패가 잘 먹지 않는 박달나무를 손질하고 있었다. 광채가 나는 결을 얻으려고 그는 꼬박 하루 반나절 동안 사포질을 했다. 어깨와 손목이 부서질 듯 아팠고, 손가락은 쥐가 나서 숟가락을 쥐기도 어려웠다.

"좀 쉬엄쉬엄하세요."

아내가 차가운 꿀물을 그에게 건네면서 투박스러운 손으로 그의 어깨와 팔꿈치와 손목을 조곤조곤 주물렀다. 그는 새삼스레 아내를 바라보았다. 머리에는 서리가 내렸고 낡은 스웨터에 김칫국물이 묻은 펑퍼짐한 바지 차림이었다. 그가 가구를 만드는 동안 밭을 갈고 김을 맨 사람은 그의 아내였다. 벼를 수확할 때도 감자를 캐거나 고추를 딸 때도 아내는 혼자서 꾸역꾸역 그 일을 도맡아 했다. 그즈음 그는 자신과 닮은 늙은 나무를 보면 끌어안는 버릇이 있었다. 사람의 인생처럼 나무 또한 얼마나 모진 풍상을 겪었을까를 짐작하면 가슴이 뭉클해졌다. 늙은 나무 같은 아내가 그의 곁을 지키고 있었다.

"자네도 이젠 많이 늙었네."

그가 아내를 보며 목멘 소리를 한 것은 아내의 흰머리 때문만은 아니었다. 그가 가구 여기저기에 숨겨둔 손이 그리운 어머니이거나 성모님이라고 믿었는데, 이제 생각하니 그것이 아내의 손과 매우 닮아있음을 알아차렸기 때문이었다. 그는 등이 다시 간지러웠다. 그는 아내에게 불꽃의 비밀을 털어놓았다. 불꽃이 점점 변하여 벼랑 위에 핀 붉은 꽃이 된, 기억의 음모에 대해서도 담담히 말했다. 과거가 흐르고 흘러 이제는 엉뚱하게도 다른 곳에서 꽃을 건네더라는 이야기를, 아내는 고개를 끄덕이며 말없이 들어주었다. 어린 그가 장난으로 던진 촛불이 집을 태웠고 어머니와 아버지를 잃게 되었다는 말에 이르러서는, 흉터를 가만가만 쓸어주었다.

그는 전날 만든 귀룽나무 의자를 마무리하고 작업실을 쓸고 공구들을 정리했다. 그리고 작업대 위에 올라앉아 맞은편 거울 속의 늙은 남자를 마주 보았다. 부스스한 모습에 모자와 낡은 작업복, 깎지 않은 수염. 저 무덤덤한 표정은 밖으로 달려가는 심사를 부여잡고 삶에 고개를 숙이고 살아온 세월이 만든 것이었다. 어쩐지 늙은 남자는 할아버지와 닮아 보였다. 그는 늙은 남자가 마음에 들었다.

"영감, 잘 살아냈소!"

그는 모자를 벗어 늙은 남자에게 꾸벅 인사를 했다. 귀룽나무 의자는 사포질이 잘 되었고 칠도 잘 먹어서 반짝반짝 빛났다. 나무 밑동을 통째로 깎아냈으니 마르면서 벌어질까 염려되지만, 지금은 소박하고 우직한 저 거울 속의 늙은이를 닮아 보였다. 그때였다. 갑자기 귀룽나무 의자 뒤편에서 논병아리가 나타났다.

"영감님, 이젠 좀 익었나요?"

통통 튀어와서 작업대 바로 앞에 선 녀석은 또 눈알을 굴렸다. 또록또록 또로록…….

"난 익고 안 익고는 관심 없어. 살아냈으니 됐지, 뭐가 더 필요하다는 생각은 안 들어. 그렇지 않냐? 등신대의 성모상은 만들지 못했지만 말이야. 나무의 비밀을 잘 풀어내어 물결을 흘려 넣었고 파도를 철썩이게 했으니 됐지. 뭐가 더 필요하겠어?"

그는 심드렁하게 대답하면서 귀룽나무 의자에 기대앉았다. 또록또록 또로록……. 녀석이 뭐라고 중얼거렸는데 그는 듣지 못했다. 잠 봉사가 슬그머니 그의 눈을 감겼다. 자꾸 감기는 눈꺼풀을 들어 올리며 그는 어깨너머로 팔을 뻗었다. 그리고 흉터에 박힌 비늘을 잡아 뺐다. 납작하고 딱딱하며 위험한 검푸른 빛을 띤 세 개의 비늘이었다. 어디선가 파도치는 소리가 들렸다. 그는 꿈속으로 젖어 드는 몸을 추스르면서 손을 펼쳤다. 다시 파도가 몰려왔을 때, 논병아리가 푸른 비늘을 거둬가는 것을 보았다.

"사실 너희 아버지가 이상하게 군 건 벌써 삼 년쯤 되었어. 자꾸 헛소리를 중얼거렸어. 논병아리가 쥐눈이콩 같은 눈을 깜빡인다면서 말이야. 뭘 하다가 그랬는지 몰라도 산에 쓰러져 있는 걸 내가 세 번이나 데리고 왔거든."

그의 아내는 울 것 같은 얼굴로 그동안의 자초지종을 아들에게 털어놓았다. 읍내에 있는 큰 병원에서 수술을 권했다는 말에 이르자 아들은 버럭 화를 냈다.

"아, 그걸 왜 이제야 말해요? 미리 알았더라면!"

아들이 알았다고 해도 그의 선택을 바꿀 수는 없었다. 그는 평생 볼 수 없었던 것을 자주 보았고 평생 알았던 것들은 오히려 자주 잊었는데, 그편을 더 마음에 들어 했기 때문이었다.

"가끔 어머니가 오셔서 등을 쓸어주는데 어찌나 생시처럼 간절한지 그 손길을 잊을 수가 없다고 하더라. 네 아버지는 그걸 기다리는 눈치였어. 어릴 때 촛불을 던져서 집에 크게 불이 났었대. 할머니는 마지막 순간에 아들의 등을 세게 밀어서 밖으로 던졌고. 고아가 된 너희 아버지를 거둔 사람이 한동네에 살던 목수 할아버지였는데, 그분이 네 아버지를 양자로 입양하고 키우셨어. 그런데 너희 아버지, 혹시 바다로 갔을까? 어제 점심을 먹고 나서 하는 말이, 바다가 가깝다고……."

아들은 어머니의 흐릿해진 눈을 차마 볼 수가 없어서 시선을 피했다.

아들이 의자에 걸쳐진 아버지의 작업복을 들어 올렸다. 바래고 낡은 작업복 밑에는 박달나무를 깎아 만든 작은 구슬 한 알이 놓여 있었다. 가운데가 뚫린 박달나무 구슬은 아들이 가진 묵주와 같은 크기였다. 아들은 언젠가 아버지가 묵주 알 하나를 만들어 채워주겠다던 말이 기억났다. 작지만 동그란 구슬 안에는 나무가 만든 세월의 물결이 흔들리고 있었다. 구슬을 들여다보던 아들이 울부짖었다.

"아버지!"

그의 아내가 구슬을 받아 들어 자세히 살폈다. 작은 구슬이었지만 우연의 물결이 잘 드러나 있었다. 작은 구슬 안에 서 있는 여인의 실루엣이 조그맣게 조각되어 있었다. 그의 아내가 울음을 터트렸다. 박달나무 구슬이 바닥으로 굴러떨어졌다. 여문 박달나무 구슬이 작업실 바닥을 구르는 소리가 제법 낭랑하게 울려 퍼졌다.

또록또록 또로록……

바람벽에 흰 당나귀

아파트 입구로 들어서던 나는 돌아서서 상가로 향했다. 상가 안에는 숯불갈비를 파는 가게가 있었다. 엄마가 좋아하는 음식이었다. 재활용수거함 근처에서 검정 유니폼 차림의 청년들이 어깨를 웅크리고 담배를 피우고 있었다. 그들이 걸친 앞치마는 층층이 밴 기름 얼룩으로 어두운 초록으로 보였다. 청년들은 점심 손님들을 위해 숯불 앞에서 연기를 뒤집어쓰고 몇 시간 동안이나 고기를 굽고 또 구웠을 거였다. 나는 가게로 들어서려다가 그냥 돌아섰다. 저들이 짧은 휴식을 멈추고 다시 고기를 굽게 만들고 싶지는 않았다. 다행히 빵집에 엄마가 좋아하는 크림빵이 남아있었다.

도어록을 열면서 나는 언니가 비밀번호를 알려줄 때 했던 말을 떠올렸다.

"4545, 엄마를 사랑하자는 뜻이야."

"사모사모라며, 3535가 아니고 왜 4545야?"

"사랑할 사에 어미 모야."

언니는 천연덕스럽게 대답했다.

"그런데 어쩌냐? 사랑을 뜻하는 글자에는 사랑 애愛, 사랑할 자慈나, 아들 자子 같은 것이 있지만, 사랑할 사는 없거든. 근데 묘하게도 아들 자子라는 글자에는 사랑한다는 뜻이 있더라."

"아들 자子가 사랑한다는 뜻이라고?"

언니가 눈을 동그랗게 떴다.

"아들이라는 뜻으로 쓰지만, 사랑한다는 뜻도 있어."

"그래서 엄마가 아들들을 그렇게 끔찍이 사랑하셨나? 뜻이 참 묘하네."

엄마의 아들 사랑이 어찌나 지극했는지는, 둘만이 아는 사실이었다. 엄마의 사랑을 받았던 아들들은 그 사랑의 지극함을 알아차리지 못하고 당연하다고 받아들였지만, 차별을 받았던 딸들은 내색하지는 못했지만 오래도록 서운했다. 표출되지 못하고 갇힌 감정은 저절로 사라지지 않았다. 어떤 형태로든 그것은 다른 에너지로 표출되고, 삶의 태도를 결정한다. 엄마는 오직 두 아들에게만 관심이 있었을 뿐, 언니와 내겐 그렇지 못했다. 언젠가 언니는 자신의 어린 시절은 엄마를 향한 모든 형태의 사랑 갈구 시간이었다고 했다.

현관문을 열자, 냄새가 먼저 달려 나왔다. 센서 등도 켜지지 않았다. 캄캄한 현관 안쪽으로 들어서자, 뭔가 발에 걸려 쨍그랑 소리를 냈다. 그릇들이 현관 바닥에 천연덕스레 놓여있었다. 겉절이는 부풀어 붉은 거품을 토했고, 된장은 부풀며 플라스틱 통 뚜껑을 들어 올리는 중이었다. 나는 커튼을 열고 베란다 창문도 모두 열었다. 전등을 모두 켰는데도 곳곳에 웅크렸던 어둠은 사라지지 않았다. 어제 언니는 엄마 집 냉장고를 청소하자고 했다.

"넣어둬야 할 음식들은 모두 밖에 나와 있고, 정작 냉장고엔 먹지 못할 것들로만 채워졌어. 엄마의 냉장고에는 묵고 쉰 기억들이 차곡차곡 썩어가고 있어."

언니가 엄마의 냉장고를 정리한 것은 벌써 육 개월 전 일이었다. 언니는 엄마가 주간 보호센터에 가 있는 시간에 몰래 그 일을 했다. 냉장실에 있던 썩고 곰팡이 피어버린 음식과 상해버린 국물을 꺼내 음식물 쓰레기장에 버리고, 그릇을 씻고 정리하는 데 다섯 시간이나 걸렸다고 했다. 엄마는 냉장고에 뭘 그렇게 채워 넣었던 걸까? 아이가 대학에 들어간 후 늦깎이로 시인이라는 명패를 받아 쥔 언니는, 늘 자신만의 오롯한 시간이 필요하다며 불평했다.

"나한테만 엄마를 맡겨놓고 너희들은 하고 싶은 대로 살잖아. 내가 직장을 다니지 않는다는 이유로 엄마를 홀로 감당할 수는 없어. 나도 직장 다니는 것 이상으로 일을 많이 하거든. 하루의 반은 읽고 쓰는데, 입시를 앞둔 딸에, 살림까지 해야 하잖아. 내 일만으로도 난 지치고 힘들어서 밤이 되기도 전에 녹다운이 된다고. 너희들은 엄마에게 그저 식사만 챙겨드리면 된다고 생각하는지 몰라도, 그렇지가 않아. 세 끼 식사를 챙겨드리는 것도 일이 얼마나 많은 줄 알아? 또, 네 살 어린애처럼 되어버린 어른을 씻기고 건사하고, 혹시 길을 잃지나 않았나 늘 헐레벌떡 찾아다녀. 어떻게 나 혼자 감당하라고 다들 모르는 체하는 거야? 이 나이쯤 되면 나도 이제 내 인생을 살 권리가 있지 않니?"

언니는 또 나이 타령이었다. 그날 언니는 차가운 것을 오래 만져서 손가락 관절염이 도졌는데, 엄마는 그 수고는 모르고 불같이 화를 냈다고 했다.

"썩고 상한 음식을 버린 일이, 마치 큰 재산이라도 없앴다는 듯 몰아세우시더라."

언니가 엄마를 계속 보살피게 하려면, 이 정도의 불평쯤은 들어줘야 했다. 사실 엄마가 이곳으로 이사 온 뒤로 엄마는 냉장고에 계속 쌓아두기만 했는데, 그 시기가 엄마의 발병 시기와 같았다. 엄마의 병은 돈에 대한 의심으로 시작되었다. 십 분 거리에 살아서 늘 드나들며 엄마를 돕던 언니가 제일 먼저 의심의 대상이 되었다. 언니는 하루에도 수십 차례 왜 통장을 훔쳤냐며 묻고 또 분노하는 엄마의 질문과 전화에 시달렸다.

"내 몸도 상달쯤 되는데 언제까지나 엄마를 책임질 수는 없어."

언니는 전화로 울거나 투덜거렸다. 언니도 손상된 감정을 내보낼 출구가 필요하기에 그런 말들을 쏟아내겠지만, 사실 나는 그걸 받을 만한 상태가 되지 못했다.

엄마를 생각하면 나도 무언가 안에서부터 긁어대는 게 있었다. 엄마에게 효도하고 키워준 은혜를 갚아야겠다는 생각은 하지만, 나는 엄마의 상태를 모르고 싶었고, 할 수만 있다면 소식을 들을 수 없는 먼 곳으로 떠나버리고 싶었다. 만약에 내가 조금만 허술한 틈을 보이면, 결혼하지 않아 보살필 사람이 없다는 이유를 들어 엄마를 맡기려고 들 게 뻔했다. 나는 언니의 전화를 받지 않거나, 받았더라도 하루만 엄마를 봐달라는 부탁도 냉정하게 거절했다. 내 주변에는 부모의 병간호를 맡았다가 직장을 그만둔 친구도 있었고, 잠깐 일을 쉬었다가 경력을 잃어버린 선배도 있었다.

"난 절대로 엄마를 도맡지는 않아."

언니가 전화할 때마다 나는 단단한 갑충 안으로 기어들면서 철벽을 쳤다.

언니의 논리에 따르면 냉장고는 그 주인의 내면을 반영하는 물건이었다. 냉장고에 채워놓은 음식 재료를 보면 그가 무엇을 좋아하는지 알고, 그가 열정적으로 삶을 붙들려는 사람인지 무기력한 사람인지도 가늠할 수 있다는 거였다. 냉장고에 무엇을 넣었는지 알 수도 없게 채워 넣은 사람과, 재료가 거의 없이 텅 빈 냉장고의 상태는 그 사람의 욕구와 성격에 대한 단서를 나타낸다고 했다. 나도 냉장고에 음식과 음식에 필요한 재료들만 넣는 것은 아니었다.

"엄마의 냉장고는 엄마의 뇌와 닮았어."

인제 그만 돌아가셨으면 좋겠는데 말이야, 언니는 아무렇지도 않게 내뱉었다. 언니 자신은 항상 부드럽고 친절하다고 믿는 것 같지만, 언니는 자신이 입으로 저지르는 말의 잔인성은 외면하는 이중 잣대를 사용했다. 그 점을 내가 지적하면, 어떤 경우에 시詩는 잔인하더라도 정곡을 찌르는 방편이 되어야 한다며 모를 소리를 지껄이면서 핵심을 피했다.

"오늘 엄마가 안 계실 때 냉동실을 싹 갈아엎자. 두어 시간이면 될 거야. 시간 좀 빼놔. 혼자 가면 뭘 또 훔쳤다고 할 거야. 요즘 또 통장을 훔쳤다고 몰아세워서 며칠째 가보지도 못했어. 병이란 걸 알면서도 이상하게 화가 뻗칠 때가 있어. 내가 하루만 안 가도 엄마 집은 엉망이 되는데. 그동안에는 뭘 드셨는지 모르겠어. 설마 굶지는 않으셨겠지?"

냉장실 문을 여는데 반찬통 몇 개가 우당탕 떨어졌다. 유리그릇 모퉁이가 내성 발톱으로 아픈 오른쪽 엄지발가락을 찍었다.

발가락을 붙들고 쩔쩔매는데 주머니의 핸드폰이 떨었다. 장문이었다. 나는 한 손으로는 발을 붙들고 다른 손으로는 전화기를 잡은 채 통증으로 몸을 비틀었다. 어느 쪽 통증이 더 아픈지 알 수가 없었다.

"우리, 그 얘기 다시 하자!"

장문의 질문에 나는 답하지 못했다. 발가락이 아파서 비명이 나올 지경인데, 대답에 혹시 비명이 섞일까 봐 숨을 참았다. 숨을 끌어안고 나는 간신히 듣기만 했다.

"네가 했던 그 얘기를 대본으로 옮겨 봐. 무대는 내가 제공한다니까."

"갑자기 대본은 어떻게 쓰니? 말이 되는 소리를 해라, 글 쓰는 언니라면 몰라도 내가 왜 그런 걸 써야 하는데?"

묻다가 통증이 급해서 그냥 폰을 닫았다.

방안에는 검은 비닐봉지들이 여기저기 뭉쳐져 있었다. 언니는 엄마의 기억이 검정비닐 속에 매장되는 중이라고 했다. 여러 번 옭아맨 검은 봉지 속에는 오래된 영수증과 빛바랜 손자들의 생일카드, 낡은 형겊 등이 두서없이 들어있었다. 기억이란 그것을 보관하는 사람에게만 유효할 뿐, 드러나는 순간 누추한 몰골을 드러낸다.

냉장고로 가려고 돌아서다가 나는 깜짝 놀랐다. 현관 입구 쪽

방에 검은 실루엣이 있었다. 벽 쪽으로 붙은 침대 위에서 등을 보인 채 우두커니 앉은 엄마의 모습은 푸르스름한 그림자로 보였다. 나는 푸른색의 커튼을 휙 젖혔다.

"엄마, 뭐 하세요? 오늘 주간 보호센터에 안 가셨어요?"

나는 귀가 어두운 엄마에게 목소리를 높였다. 엄마는 얼룩진 벽을 가리키며 알아들을 수 없는 소리를 중얼거렸다. 아버지가 뭘 하신다는 것 같기도 하고 당나귀가 어떻다는 소리로도 들렸다. 아버지와 당나귀 사이에 어떤 연관이 있는지 나는 알 수가 없었다. 그렇게 들렸다면 뭔가 연결점이 있지 않을까? 얼룩진 벽에 물기는 없었다. 몇 달 전 윗집 보일러가 터졌을 때 물이 흘러내렸던 자국 같았다.

"수리할 때 벽지도 바꿀 걸 그랬네."

내가 뭐라고 해봐야 소용없었다. 엄마는 잘 듣지 못했고 혹시 들었더래도 엄마만의 해석을 거쳐 엉뚱한 대답을 했다.

"점심은 드셨어요?"

역시 대답은 없었다. 엄마와는 벌써 몇 년 전부터 묻고 답하는 단순한 대화마저 쉽지 않았다. 대부분은 들리지 않았고 일부는 들린 내용이 제대로 해석되지 않았다. 냄비 안에는 언니가 놓고 간 듯한 닭곰탕이 있었다.

오늘도 냉장고를 청소하기는 어렵겠네, 가스레인지에 불을 켜면서 나는 혼자 중얼거렸다. 몇 년 전부터 엄마는 냉장고 정리는 물론 세탁기 사용법이나 요리하는 법도 잊어버렸다. 젊은 시절 엄마의 살림은 언제나 깔끔하고 윤이 났었다. 닦고 또 닦아 반들반들하던 마루며 광이 나게 닦은 부엌의 솥과 냄비들. 언니는 살림을 해보니 엄마처럼 살림하기는 거의 불가능하다고 말한 적도 있었다.

"엄마는 몸을 혹사하면서 마음을 단속했나 봐. 집안을 뱅뱅 돌며 닦고 문지르며 보냈으니 말이야. 혹시 살림으로 닦는 도道도 있을까?"

가난했지만 쉬지 않고 움직이며 부지런하고 깔끔했던, 도를 닦듯 맹렬히 살았던 엄마의 살림은 이젠 사라지고 없었다. 엄마는 음식 솜씨도 훌륭했다. 화려하거나 대단하지는 않아도 밥상에는 언제나 맛깔스러운 반찬이 올라왔다. 평범하지만 엄마만의 손맛으로 풍성했던 그것들은 이젠 어디서도 찾을 수 없었다. 이제는 요리법을 몽땅 잊어, 재료를 몽땅 넣고 꿀꿀이죽처럼 끓일 수 있을 뿐이었다. 발병 이후로 엄마의 식사는 언니가 책임졌다. 성가시고 귀찮아, 툴툴거리면서도 언니는 매일 엄마의 끼니를 챙겼다. 하루에 두세 번 엄마의 식사를 날랐고, 병원이나 미용실에 함께 갔다.

"엄마는 딸들은 홍 씨 집안사람이 아니라고 했잖아. 계집애들은 남의 집안에 시집가서 살게 될 남이고, 아들들이 진짜 홍씨 집

안 사람이라고 했어. 교육을 받을 권리에서부터 입에 들어가는 음식까지도 아들이 우선이었던 엄마의 노후 뒷설거지를 딸인 내가 하게 될 줄 누가 알았니? 인생에 아이러니가 있다면 바로 이런 게 아니겠니? 엄마 자신도 홍 씨가 아니었으면서 왜 그런 말로 딸들 기를 죽였는지, 왜 딸들은 입에 들어가는 음식도 아까워했는지, 나는 아직도 그 의문이 풀리질 않아."

언니도 나처럼 엄마를 떠올리면 마음에 거스러미가 있는 거였다.

나는 냄비에 있던 탕과 몇 가지 반찬으로 밥상을 차려 엄마 앞에 놓았다. 숟가락은 반사적으로 입으로 들어가는데, 엄마는 아직도 뭔가에 홀린 얼굴을 하고 있었다.

"오늘은 왜 센터에 안 가셨어요?"

"아버지가 오셨더랬어. 양복을 차려입었는데 젊었을 때처럼 허여멀쑥하고 신수가 훤하더라. 그 양반, 키도 크고 인물이 좋아서 양복 입으면 멀쩡했지."

돌아가신 아버지가 보였다면 엄마도 고향으로 돌아가실 때가 되었다는 뜻일까? 나는 어쩌면 우리가 알지 못하는 영혼들의 일이 있어, 아버지가 엄마를 데리러 마중 나오는 그런 일이 있을지 모른다는 추측을 부풀렸다. 엄마는 밥 한 공기를 말아서 국물을 훌훌 들이켰고, 닭 다리도 남김없이 발라먹더니, 크림빵까지 뜯었다. 틀니를 끼었어도 엄마는 나보다 식욕이 좋았다. 언니의 보고에 따르면 잘 드시기는 하지만, 소화작용이 제대로 이뤄지지 못해, 곧장 설사로 쏟거나 변비에 시달린다고 했다.

"그래서 뭐라고 하셨어요, 아버지가?"

"아무런 말도 없더라. 그냥 멀뚱멀뚱 날 쳐다보더라. 그 양반이 원체 말수가 적잖냐. 나는 그 속을 알지. 의정부에서 사람이 올 테니까 기다리래. 아버지가 흰 당나귀를 보낸대. 그래서 센터에 안 가겠다고 했어."

또 당나귀다. 요즘 엄마는 환상을 사실처럼 말했다. 독성 단백질이 쌓이며 뇌가 위축되는 병인 알츠하이머는 시기에 따라 그 증상이 다르고, 점차 진행된다. 요즘은 환상을 보거나 기억을 재조립하여 원하는 그림을 만들고, 그걸 사실로 믿었다. 돌아가신 아버지가 의정부에서 공장을 했던 건 사실이지만 누굴 보낸다는 건 무슨 말이며, 흰 당나귀는 또 뭔지 나는 도무지 알 수 없었다.

서울에 잠깐 다녀오겠다던 언니는 아직 오지 않았다. 지난번에 언니 손이 가지 못했던 냉동실부터 열었다. 버리는 일을 끔찍이 싫어하는 엄마가 걱정이었지만, 저렇게 얼룩진 벽만 바라보고 있으니 일하기에는 다행이었다. 언니의 말대로 냉동실도 뭔가로 꽉꽉 들어차 있었다. 색이 바랜 플라스틱 통과 검정비닐로 둘둘 말린 음식들을 꺼냈다. 오 분 전의 일도 잊는 엄마는 냉장고에 넣었던 음식을 전혀 기억하지 못했다. 음식들은 언 채로 마르고 상하며 썩었다. 엄마의 기억도 그랬다. 가슴이 오그라들 만큼 아팠던 상처도, 한때 행복했던 기억도 모두 얼거나 썩으면서 사라졌다. 지워졌다. 엄마의 뇌는 없어진 기억의 크기만큼 위축되고 과거로 퇴행했다.

냉동실에서는 검은 비닐로 묶인 해묵은 음식들이 끝도 없이 나왔다. 검붉은 고춧가루, 말라버린 고등어, 부위를 짐작할 수 없는 고깃덩어리, 떡과 부침개, 냉동식품과 찬밥, 땅콩이며 호두 등이 계속 나왔다. 그것들을 버리려고 밖으로 나가는데 핸드폰이 주머니에서 또 진저리를 쳤다. 전화를 금방 받지 않은 이유는 손에 음식물이 묻어 더러운데, 핸드폰은 뒷주머니에 있었기 때문이다.

올 때까지 기다리겠다는 장문의 문자에 답을 하지 않은 것은, 냉동실에 아직도 버려야 할 쓰레기가 많아서였다. 네 번째로 쓰레기를 버리러 나갔을 때 울린 핸드폰을 열지 않은 이유는 변명할 말이 생각나지 않았기 때문이었다.

"뭐라고 말이라도 좀 해 봐라!"

고함을 치는 듯한 느낌표가 여러 개 달린 문자를 외면한 건 변명하기에는 시간이 너무 지나서였다.

감성적인 언니는 수많은 연애를 거쳐 형부와 결혼했다. 결혼

후에도 둘은 알콩달콩 사는 것처럼 보였다. 부모님도 큰 문제 없이 사는 모습을 보아왔으니, 나도 결혼에 대한 나쁜 편견은 없는 줄로 알았다. 퍼렇게 멍든 외로움에 젖어서도 나의 만남은 연애로 진전되지 못했다.

"언니, 나는 왜 연애 감정을 물려받지 못했을까? 이만하면 괜찮다 싶어도 이상하게 사랑으로 연결되지는 않아. 좀 진전되면 내 쪽에서 도망치고 마는데, 그 이유를 모르겠어. 나는 왜 연애를 못 할까?"

나는 언젠가 언니에게 그렇게 고백했지만, 그 이유를 모르지는 않았다. 나는 사랑이 두려웠다. 사실 사랑이라고 이름을 붙일 것도 없었다. 사람이, 사람과의 관계가 두려웠다. 언니는 사랑의 이름으로 묶이게 될 의무가 부담스러워서 회피하는 것 같냐고 물었지만, 그렇게 간단한 일이 아니었다. 입술이 닿고 눈을 감는 순간이면, 느닷없이 검은 짐승 한 마리가 끼어들었다. 짐승의 짓거리에 나는 비명을 지르며 상대를 밀쳐냈고, 그것으로 연애는 끝나버렸다. 정성을 들여서 쌓은 시간을 짓밟는 놈은 늘 그 짐승이었다. 어떤 때는 그 짐승이 이불 속까지 기어들었다. 짐승의 기척에 놀라 잠이 깨면 나는 온 밤을 뒤척였다. 내가 밀쳐낸 사람 중에 다시 연락해 온 사람은 장문이 유일했다.

나는 한때 기억을 선택적으로 지울 수 있는 약이 있다면 세상 끝까지 찾아가서 구하고 싶었다. 나를 사로잡고 있는 기억은 썩거나 쉬지도 않았으며, 지치거나 방향을 잃지도 않고 짓눌렀다. 나는 엄마에게 묻고 싶었다. 엄마이면서 왜 그랬는지. 왜 나를 큰집에 버려두었는지 따지고 싶었다.

오래된 내 고통은 모른 채, 엄마는 저렇게 벽을 향해 고요히 앉아 있었다. 어쩌면 엄마는 저렇게 돌아앉아 세상과 단절되고, 의식을 분리하여 공空이 되고, 무無가 되려는 걸까? 기억이 차곡차곡 지워지면 자신에 대한 자각도 없어질 테고, 그러면 존재는 의식과 분리되어 전혀 다른 무엇이 되는 걸까? 엄마의 기억은 지금쯤 어디에 머물러 있을까? 방학이 되면 억지로 나를 큰집으로 보냈던 일은 기억할까? 나는 큰집에 가기 싫었지만, 엄마가 원한다는 걸 본능적으로 알아서 스스로 가겠다고 나섰다. 그리고 큰집에서의 생활을 묵묵히 받아들였다. 어린 나이였지만 나는 이상하게도 엄마의 마음에 들어야 한다고 강박적으로 집착했다. 엄마가 집을 나가지 않게 하려면 내가 무슨 짓이라도 해야만 한다고 믿었다. 그때 어떤 사정이 있었는지, 어린 나이에 왜 그런 생각을 했는지 알 수가 없었으며, 실제로 엄마에게 그럴만한 일이 있었는지도 몰랐다. 내가 큰집에 가겠다고 나서면 엄마가 눈에 띄게 다행스럽다는 표정을 지었던 건 기억났다. 굴비 한 두름과 과일 한 봉지와 함께 나를 큰집에 두고 떠나면서 홀가분해 보였던 엄마의 표정을 나는 여전히 기억하고 있었다.

나는 갑자기 마음이 급해졌다. 엄마가 그때의 일을 조금이라도 기억하고 있을 때 물어야 했다. 엄마가 그 일을 모두 잊는다면 나는 누구에게 짐승의 짓거리를 말할 것이며, 누구에게 책임을 돌리고 마음의 짐을 덜 수 있단 말인가. 엄마는 여전히 벽을 향해 앉은 채, 팔을 뻗어 얼룩진 부분을 쓰다듬는 동작을 반복하고 있었다. 의사의 말에 의하면 의미 없는 반복적 행동도 병의 증상이라고 했다. 나는 엄마에게 소리치고 싶었다. 엄마, 왜 어린 나를 자꾸 큰집에 보냈어? 아들만 다섯인 큰집에 어린 계집애를 보내놓고, 다리 뻗고 편히 잠잤어? 말은 쏟아지지 않고 입에서만 뱅뱅 돌았다. 지금 말해 봐야 무얼 하나. 이젠 알아듣지도 못하는데. 엄마는 여전히 벽을 향해 돌아앉아 당나귀만 기다리는 중이었다.

언니가 우당탕 소리를 내면서 현관을 들어섰다. 현관에 놓인 음식 그릇들을 밟은 거였다. 깨지는 소리가 들렸고 언니가 주저앉아 있었다.

"아픈 덴 자꾸 다친다니까."

언니는 발목을 부여잡은 채 말했다.

"옆집 할아버지 있잖아, 좀 이상하시더라. 팬티만 입고 밖에 나와 계시는데, 인사를 해도 나를 알아보지도 못해. 근데, 이건 또 뭐라니! 내가 며칠 전에 다 치워놨는데, 엄마가 또 현관에 반찬통을 늘어놓았네."

나가보니 옆집 할아버지는 집 앞에 나와 있었다. 러닝셔츠와 팬티만 걸친 차림으로 고개를 빼고 아래층을 내려다보고 있었다.

"할아버지, 누구를 기다리세요?"

시장에 간 할머니를 기다린다는 대답이 돌아왔다. 이런! 언니가 신음처럼 탄식을 내뱉고, 나는 민망스러워서 집으로 들어왔다. 언젠가 적어두었던 할아버지의 딸 전화번호를 찾았다. 신호만 갈 뿐 전화를 받지는 않았다.

엄마가 이사 왔을 때 나는 과일 봉지를 들고 옆집에 갔다. 고무풍선처럼 부푼 할머니가 침대 위에 누워 있는데, 왼쪽 팔을 반복적으로 흔들면서 모를 소리를 중얼거렸다. 할아버지는 치매에 걸린 할머니를 16년 동안이나 보살폈다고 했다. 할머니는 나날이 상태가 나빠져서 대소변도 혼자 해결할 수 없었고 씻기와 먹기도 할아버지의 손이 가야만 했다. 그것만이 아니었다. 성격이 포악해진 할머니는 자주 할아버지를 때렸고, 고집을 피우거나 고함을 쳤으며, 아무것이나 집어 던졌다. 식사 준비와 청소에 간호까지 책임진 할아버지는 만날 때마다 야위어 보였고 낯빛도 검게 변해갔다.

할머니의 상태는 아마도 그때보다 더 심해졌을 텐데, 이젠 할아버지까지 아픈 것처럼 보였다. 연구에 의하면 치매 노인을 보살피던 노인은 전염되듯 치매에 걸리게 될 가능성이 크다고 했다. 나날이 어둠이 스며들 듯 그 정도가 심해지는 어머니의 병증을 보면서 언니와 나도 불안했다.

"엄마가 옆집 할머니처럼 난폭해지면 어떻게 하지? 16년 동안이나 엄마를 보살펴야 한다면? 대소변까지 받아내야 한다면?"

그 모든 의문부호는 난감하고 대책 없다는 표식이었다. 입으로는 당장 모셔갈 것처럼 굴던 큰오빠도 뒷걸음질이었고, 제 가족이 우선인 둘째 오빠도 엄마를 모실 마음은 없어 보였다. 사실 자식들도 힘든 일을 며느리들에게 맡기긴 어려웠다. 오빠들이 나서려고 하지도 않지만, 언니는 혹시 그런 일로 인해 가정에 불화가 생길까 걱정된다며 대부분의 일을 혼자 해결했다. 언니가 엄마를 보살핀다지만 함께 사는 것도 아니니 불안했고, 언제까지나 언니에게만 의지할 수도 없었다.

"할아버지에게 할머니는 어떤 존재였을까? 첫 신행 때 만난 고왔던 신부를 기억할까? 건드리면 뺨의 솜털이 파르르 떨리던 어린 신부도, 첫 아이를 얻었을 때 의기양양한 기쁨도, 그 아이가 자라 손주를 낳아서 품에 안겨주던 기억도, 두 분이 건너온 긴 강과 짙은 세월을 떠올리며 버텼을까? 기억이야말로 한 사람의 세계이고 생애이며 전부라지만, 이미 할아버지가 되어 스스로의 몸도 버거울 텐데, 할머니를 보살피며 버텨야만 했던 16년의 세월이라니! 만약에 16년이나 혼자 어머니를 보살피게 된다면 나는 지구를 떠나버릴 거야."

언니는 지친 표정으로 엄마 집에만 오면 냄새 때문에 머리가 아프다고 했다.

"백세시대가 지옥이 될 거라더니, 그게 사실이 될 줄 누가 알았냐!"

"엄마가 저렇게 계시는데 자식이 할 소리야?"

내가 눈을 흘기자, 언니는 앞집 할머니의 시간이 빨리 흘러갔더라면 할아버지가 덜 고생했을 테고, 고생 때문에 생긴 우울함이 할아버지의 치매로 이어지는 비극은 생기지 않았을지도 모른다며 발을 뺐다.

언니와 나는 자주 엄마를 잊고 얘기하는 실수를 저질렀다. 어쩌면 엄마가 치매약을 거절하는 이유도 언니와 나의 태도 때문인지도 모른다. 장문이 준 책에는 '사람의 생각과 말, 행동에는 그 사람의 사인Sign이 들어 있다(-틱낫한)'고 적혀 있었다. 아무리 병들었어도 예민한 엄마가 우리의 태도, 그 사인을 알아차리지 못했을 리 없었다. 자식들이 자신을 어떻게 생각하며, 그 병을 얼마나 더럽고 귀찮은 괴물로 여기는지, 몸과 마음으로 짐작했을 테고 그러니 두려웠을 것이다. 그것이 엄마가 치매를 인정하지 못하는 이유인 것 같았다. 엄마는 언니에게, 당신은 절대로 치매 환자가 아니며, 약 따위는 개나 줘버리라고, 그렇게 좋다면 너나 처먹으라며 소리쳤다. 병의 진행 속도를 늦춰주는 유일한 해결책이었던 약 먹기를 거부하였기에, 엄마는 나날이, 보통의 환자보다 더 빠르게 나빠졌다.

"이건 아버지가 말기 암으로 돌아가실 때 냄새랑 너무 비슷해."

언니는 냉장고에서 빼낸 음식들 앞에서 기어코 코를 막았다.

"그때 엄마가 아버지를 돌볼 때 얼마나 기막힌 일이 있었는지 아니?"

그 일이라면 서로 말하지 않았을 뿐, 나도 알고 있었다. 당시에 병원에서는 아버지에게 더는 해줄 치료가 없으니 퇴원하라고 했다. 집으로 돌아온 아버지는 한 달쯤을 더 버티셨다. 그동안 집에서는 이상한 썩은 냄새가 진동했고, 엄마는 돌봄에 지쳐서 병이 날 지경이었다. 아버지가 돌아가시기 전날 친정에 들렀던 나는 보지 말았어야 할 광경을 목격했다. 엄마는 아버지 곁에 앉아서 뭐라고 중얼거렸다. 경을 외는 줄 알았는데, 놀랍게도 엄마는 인제 그만 죽으라며 사정하는 중이었다.

"당신이 병원비로 돈을 다 써버리면 난 어떻게 살아요. 어차피 하루하루가 고통인데, 더 살면 뭐 하겠소? 이제 다 놓고 그만 가시우."

그것은 눈물도 감정도, 걱정도 실려 있지 않았다. 이제 가소. 가소. 그만 가소. 〈금강경〉 사구계를 욀 때처럼 엄마는 자꾸 중얼거렸다. 병원에서 억지로 생명을 연장하며 임종하는 방식이 아닌, 집에서 돌아가시게 되었으니, 아버지의 죽음은 좀 더 존엄한 방식이 되리라 믿었던 나는 충격을 받았다. 언니도 엄마의 그런 꼴을 봤다면, 아내라는 존재가 어떻게 그런 말까지 할까 싶었을 테고, 부부의 인연이란, 하는 생각에 이르렀을 거였다.

"엄마가 엄마임을 잊어도, 저렇게 인격이 자꾸 사라져도 여전히 엄마일까?"

나는 오래된 질문을 던졌다. 꼭 언니에게 묻는 것만은 아니었다. 나 자신에게 묻고 싶었던 질문이었다. 엄마는 암기력이 좋고, 똑똑했다. 원하는 것을 얻어내기 위해서는 자식을 조종할 줄도 알았던 영리하고 활달했던 엄마는 이제 없고, 늙고 우둔한 사람이 되어버렸다. 은행 앞에서 소매치기당했으면서, 다음 날에는 자식이 그 돈을 훔쳤다며 따지고 캐묻고 의심했다.

"엄마가 기억을 잃어도 우리 기억에 엄마는 계시니, 엄마가 아닐 수는 없지. 그러니 나는 아무리 힘들어도 버티는 거야. 문을 열고 들어올 때마다 마음을 졸여. 혹시 엄마가 나를 알아보지 못하고, 누구냐고 물을까 봐."

언니의 목소리가 무거웠다. 나는 바람벽 앞에 고요히 앉아 있는 엄마를 바라보았다. 자신이 풍화되어 스르르 새어나가고 있다는 사실도 알아차리지 못하는 한 존재를 보고 있었다. 살아온 세상과 기억을 모두 잊고 자식마저 알아보지 못해도, 엄마는 여전히 나의, 우리의 엄마일까? 언니의 말처럼 우리가 엄마를 기억하는 한 엄마는 당연히 엄마이겠지만, 그래도 자꾸 그런 질문을 하게 되었다. 한 인간이 '어떤 존재'라는 그 지점은 기억이 없어져도, 변형되거나 뒤틀려도, 인간으로의 기준에서 미끄러져도, 여전히 그 인간은 존재하는 것일까?

　따지고 보면 사실 '엄마'라는 단어도 옳다고 할 수 없다. 엄마에게는 '김옥분'이라는 고유한 이름이 있다. 엄마란 단어는 '김옥분'이라는 존재가 세상에서 짊어졌던 한 역할일 뿐이다. 인간은 누구나 자신이 맡은 역할만으로 존재 이유를 찾을 수는 없다. 자신만의 자유로운 의지로 삶을 살아갈 때만 자신이 어떤 존재라고 느낀다. '김옥분'은 엄마의 역할을 다하느라 '김옥분'으로 살아볼 기회가 없는 환경에서 살았다. 이 세상에서 '김옥분'을 알아주는 것은 '김옥분'의 엄마 역할로 덕을 입어 생을 얻고 삶의 기회를 건진 '김옥분'의 자식들뿐이었다. 비록 그 존재가 치매로 인하여 '김옥분'이라는 이름마저 잊었다고 해도 '김옥분'은 여전히 '김옥분'이고 또 '김옥분'이어야만 하는 것이다.
　여자가 공부하면 집안이 망한다고 믿었던 할아버지 밑에서 평생 학교 문 앞에도 가보지 못했다는 '김옥분'이었지만, 그는 자신의 몫을 감내하며 끝까지 버티며 '김옥분'으로 살아왔다. 그러니 '김옥분'의 인생은 멋진 삶은 아니었더라도 좋은 삶이라 할 수 있지 않을까? 나는 문득 〈금강경〉에서 읽었던 글귀를 떠올렸다. '존재란 있고 없음의 문제가 아니라 우리가 존재를 인식하는가 못하는가의 문제이다. 인식이 존재의 있고 없음의 분별을 할 뿐, 존재의 실상은 생멸이 없다.' 존재의 유무, 생멸의 유무, 생멸에 대한 분별이 일어나기 때문에 존재의 유한성이 나타난다는 거였다. 나는 '내 몸과 내 생각이 나라고 믿는 자체가 착각'이라는 글을 들여다보며, 내가 글을 보는 것인지 글이 나를 끌어당긴 것인지 알 수 없는 그 중간 지점에 버티고 있었다.

이제 엄마는 '김옥분'으로의 역할을 접고 '김옥분'이의 기억을 덜어내며 존재 '김옥분'으로, 아니 이름 지어지지 않은 원형의 존재로 돌아가는 중이었다. 이름을 가진 존재와 이름을 덜어낸 존재 사이에는 어떤 간극, 어떤 연결점이 있을까? 생각은 자꾸만 돌고 돌며 도돌이표를 찍으며, 야무지지 못한 원을 그렸다가 또 지웠다.

냉동실을 거의 다 비워갈 때쯤 언니가 갑자기 훌쩍거리더니 말을 꺼냈다.

"일요일에 반찬을 가져왔는데, 엄마가 또 저렇게 벽을 보고 계시더라. 그래서 '전국노래자랑'을 틀어드렸어. 엄마는 늘 그 프로를 기다렸는데, 이젠 방송 시간을 잊었을 뿐만 아니라, 그런 프로가 있다는 사실마저 잊으셨더라. 냉장고에 반찬을 넣고 방에 걸레질하는데, TV에서 이런 노래가 흘러나왔어. '난 꿈이 있어요,

버려지고 찢겨 남루하여도, 내 가슴속 깊이 간직했던 꿈', 왜 그런 노래 있잖아. 그래 거위의 꿈. 그 노래를 듣던 엄마가 그러시더라고. 꿈이 있어서 슬펐겠다고 말이야. 너도 알잖아. 엄마가 치매 저편에 있다가도 갑자기 다시 엄마로 돌아오는 순간 말이야. 그날도 그러려니 했는데, 엄마가 나를 보며 그러시는 거야. 시를 쓰고 싶었는데 살림하고 애 키우느라 너도 슬펐겠다. 대학에 가고 싶었는데 동생들 건사하느라 은행을 다녀야 했으니, 너도 슬펐겠다. 나도 슬펐어. 학교에 다니며 공부하고 싶었는데, 그걸 못했다면서."

언니는 눈물을 닦고 코를 팽 풀더니 긴 이야기를 풀어놓았다. 그것은 오빠도 나도 모르는 엄마의 옛날이야기였다.

"우리 엄니는 왜 나를 버리셨을꼬. 이제 여덟 살 아이가 뭘 안다고 남의 집에 보냈을꼬. 이유라도 설명해 주지, 왜 그러셨을까? 하시며 다리를 뻗고 엉엉 우시는 거야. 처음 듣는 얘기라서 엄마가 환상을 보는 건지 과거에 대한 말인지 알 수가 없었어."

언니는 엄마를 염두에 두지도 않고 이야기를 이어갔다. 귀가 좋지 않아 우리의 얘기를 알아듣기는 어렵겠지만, 나는 엄마가 우리의 사인을 알아차릴 것만 같아서 계속 마음에 걸렸다. 외증조부께서 독립군에게 군자금을 댔다는 이유로, 할아버지는 물론 삼촌 셋이 모두 일본군의 죽창에 찔려 죽었다는 사건에 대해서는 나도 들어 알았다. 그 일로 전 재산을 빼앗기고 자식들을 모두 잃은 할아버지는 실성했고, 집안은 풍비박산이 났으며, 할머니 홀로 어렵게 생계를 꾸려갔다는 사정은 들은 기억이 있지만, 할머니가 엄마를 남의 집에 팔았다는 얘기는 처음 듣는 얘기였다.

"큰엄마를 따라서 집을 나설 때, 할아버지가 흰 당나귀를 타고 데리러 올 거라고 했었대. 죽창 사건이 벌어지기 전에는 유복해서 일하는 사람들도 많이 두고 살았다는데. 아기씨로 살았던 어린 여덟 살의 아이가 그날 이후로 얼마나 고생했겠니? 그래서 엄마는 저렇게 앉아서 하염없이 할아버지를 기다리시는 거야. 저 얼룩진 벽이 옛날 남의집살이할 때의 바람벽과 닮았다고. 엄마는 어쩜 이제야 그 무거운 과거를 털어놓으신다니!"

언니가 코맹맹이 소리를 그치고 코를 푸는데, 밖에서 사람들이 웅성대는 소리와 덜컹거리는 소리가 들렸다. 옆집의 문이 열려 있고, 경찰과 119까지 출동해 있었다. 몰려든 사람들 사이로 옆집 할머니가 이동 침대에 실려 나왔다. 그런데 흰 시트를 머리까지 덮어썼다.

"드디어 가셨네. 할아버지의 고생도 끝났구나!"

그새 언니는 씽긋 웃으면서, 내 귀에 조그맣게 속삭였다. 뒤이어 할아버지가 두 명의 경찰과 함께 손에 수갑이 찬 채로 나왔다. 사정이 어찌 된 것인지 짐작할 수 있는 상황이었다. 항상 강한 체하던 언니가 놀라며 내 등 뒤에 숨었다. 언니가 내 팔을 어찌나 세게 잡는지 꼬집는 줄 알았다.

사람들이 자꾸 몰려들어 복도는 점점 시끄러워졌다. 갈 사람은 갈 때가 되면 가야지 하는 사람도 있고, 아무렇게나 옷을 걸친 채 넋이 나간 듯 보이는 할아버지의 검푸른 얼굴을 향해 괜찮냐고 묻는 이도 있었다. 그중 누구도 수갑을 찬 할아버지에게 욕하거나 손가락질하지는 않았다. 할아버지의 16년 세월을 아는 동네 사람들이기 때문이었다.

밖이 그토록 시끄러운데도 벽을 향해 앉은 엄마는 여전히 고요했다.

"나는 부모님 살아계실 때 잘하라고 간섭하는 사람이 제일 싫어. 나는 미치도록 노력하는데 웬 참견이라니? 당신들이나 잘하고 내 삶에 끼어들라지. 내가 할 수 있는 최대치로 엄마를 보살피는데, 왜 직접 모시고 살지 않냐, 아들들은 뭐하냐며 내 인생에 쳐들어오는 거야. 나는 몸을 쪼개 바치는 심정으로, 내 시간을 박살 내면서 헌신하는데, 이렇게 기를 쓰는데 말이야. 근데 엄마가 어린 시절 이야기를 하면서 우는 모습을 보는 순간, 뭔가가 스르르 무너지더라."

언니는 울먹이며 하던 말을 끝내곤 아이처럼 배시시 웃었다.

"요즘 엄마는 꽤 귀여워지셨어. 전에는 보살펴 드려도 늘 나를 조종하려 들어서 화가 났는데, 이젠 그런 의도 같은 건 싹 잊어버리셨어. 자식들이 전화도 안 한다며 항상 불만이었는데, 이젠 그런 것도 신경 쓰지도 않아. 사실 누가 언제 전화했는지 기억도 하지 못하니까. 지금 당장 즐거우면 그것으로 충분한 어린아이가 되셨어."

"와! 그렇게 얽매인 게 없으니 엄마는 도통한 사람이 되었겠다."

내 농담에 언니는 어설프게 웃고는 저녁 모임이 있다면서 나갔다. 언니가 나간 현관문 앞에는 무거운 침묵이 고였다. 나는 알고 있었다. 언니가 말을 쏟아냈지만 정작 하고 싶은 말은 꺼내지도 못했다는 것을. 언니도 해결되지 못한 자신의 문제는 바로 바라보지 못하고 있었다. 가까스로 알아낸 부분만 간신히 말할 뿐이었다. 언니가 하지 못한 말은 언니의 능력 밖이었고, 해결할 수 없는 부분이기도 했다.

형부는 시집간 여자가 친정엄마를 모시는 일은 옳지 않으며, 그 일은 아들들이 해야 한다고 주장하는 사람이었다. 언니는 엄마를 모시고 집에 가거나 보살필 때마다 형부의 눈치가 보인다고 했다. 내가 요즘 세상에 그런 게 어디 있냐고 형부에게 따지겠다고 했더니, 언니는 우물거릴 뿐이었다. 누구보다 자유로운 의식을 추구하려는 언니가, 아직도 시퍼렇게 존재하는 가부장제의 단단한 틀 앞에서는 무릎을 꿇고 회피하고 있는 거였다. 그렇게 마음 속살이 여린 언니였으니 대학 가지 말고, 동생들을 책임지라는 엄마의 말이 평생 무거운 족쇄가 되었겠지.

괴물에 의해 내 보드랍고 내밀한 부분이 손상되었듯이, 언니도 그랬다는 것을, 나는 알 것 같았다. 언니가 엄마로 인해 가족이라는 족쇄를 찼던 그 나이가 여덟 살이었다는 사실을 어떻게 받아들여야 할까? 그 나이는 할머니가 엄마를 남의집살이하게 만든 나이였다. 엄마는 자신이 버려졌던 그 나이에, 나를 큰집에 보냈고, 언니의 미래는 가족을 책임지는 것이라는 무거운 짐을 얹어주었다. 부모는 자신도 모르는 사이에 자식에게 족쇄를 채운다. 자신이 지고 살았던 삶의 족쇄를 자식에게 얹어준다. 무의식은 그런 식으로 내림차순을 밟는다.

언니는 늘 내가 속마음을 털어놓지 않는다며 불만이지만, 나도 언니처럼 훌훌 털어버리고 싶었다. 엄마가 저렇게 되기 전에 물어볼 수 있었다면, 어쩌면 그 매듭을 풀 수 있었을지도 모르는데. 나는 모든 게 너무 늦어버렸다는 생각에 멈춰 있었다.

집으로 가려던 나는 엄마가 걱정되어 미적거렸다. 엄마는 너무 오래 바람벽 앞에 있고, 장문은 너무 오래 문자를 보내고 있었다. 핸드폰에는 '너의 행동만이 네가 택한 자리야. 넌 지금 어디에 있니?' 라고 떠 있었다. 정말 나는 어디에 있나? 엄마처럼 나 또한 과거에 자리를 펴고 주저앉아 있었다. 〈금강경〉이었던가?

과거의 마음은 없다고 적혀 있던 책이. 그에 따르면 밤마다 내 이불 속에 찾아와 어린 나를 더듬고 만져대는 괴물이 나를 괴롭히는 것이 아니었다. 내가 아직도 그 괴물을 불러들여 고통스럽고 치욕스러웠던 밤을 벗지 못하는 거였다. 나는 고통이 싫으면서도 늘 그 고통의 기억을 불러들였다. 뜨거우면 얼른 손을 놓으면 되는데 그걸 붙들고 있는 게 집착이라고 했던가.

내가 큰집에 갈 무렵, 아버지가 친구의 보증을 서 준 서류가 잘못되어서 집의 모든 물건에는 노란색 압류 딱지가 붙었다. 엄마는 시장으로 뛰어다니면서 이런 일 저런 일을 집으로 가져와서 끝도 없이 했고, 자주 고구마나 감자로 끼니를 때워야 했다. 그런 사정을 알았기에 나는 선선히, 자발적으로 큰집으로 갔다. 괴물의 잘못일 뿐, 엄마의 잘못이 아님을 알면서도 오랫동안 나는 엄마를 원망했다. 그 일은 초등학교에도 들어가지 않은 아이에게 그런 짓을 저지른, 지금은 유명한 교수가 되어 있는 괴물에게 직접 따져야 할 일이었다. 어른이 되어서도 괴물을 찾아갈 용기를 내지 못했을 뿐, 사실 그 일은 내 잘못도 아니었다. 장문의 말대로 대본으로 쓰면, 이 고통이 줄어들까? 장문은 자신도 이야기를 대본으로 만드는 과정에서 신기하게도 고통이 줄어드는 체험을 했다면서, 계속 나를 설득했다. 나는 아직 글을 쓸 준비가 되지 않았다.

해결의 지점이 되어야 뭔가 나오는 게 아니니? 글이든 노래든 말이야. 시간이 좀 더 필요해. 문자를 썼다가 지웠다.

엄마도 그러한 것일까? 이미 지나간 일이고 지금은 아닌데도, 그때의 상황을 끊임없이 소환하며 상처받고 있을까? 남자들이 모두 죽창에 찔려 죽고 생계는 막연했으며, 할머니의 등에는 갓난아이까지 업혀 있었던 걸 엄마도 알았을 텐데. 어린 나이였지만 여자들이 이쪽저쪽 군대에 유린당하던 시절이었다는 것을 모르진 않았을 텐데. 언니처럼 엄마도 그때 아프고 서러운 여덟 살 아이를 달래주지 못했겠지. 지금까지도 엄마는 여전히, 참을성 있게, 묵묵히, 끝도 없이 기다리고 있었다. 잘 참고 기다리고 있어라. 그러면 할아버지가 흰 당나귀를 몰고 널 데리러 갈 거야, 엄마의 큰엄마는 엄마에게 그렇게 말했을 거였다. 나는 엄마 곁으로 다가갔다. 참고 또 참았던 어린아이에게로 다가갔다. 그리고 나란히 앉아서 누런 얼룩을 바라보았다. 그곳에는 여덟 살의 엄마가 고통을 참는 법을 배우며 견디고 있었다. 여덟 살의 내가 괴물을 참고 있었다. 여덟 살의 내가 여덟 살 엄마의 어깨를 안았다. 여덟 살의 소녀가 여덟 살의 소녀를 토닥거렸다. 멀리서 달그락달그락 발굽 소리가 들리고, 소녀들은 동시에 손을 뻗었다. 바람벽이 쑥 물러나고 흰 길이 앞에 늘어섰다. 소녀들은 손을 붙들고 발걸음을 옮겼다. 멀리서 딩동! 딩동! 문자를 알리는 소리가 연속으로 들렸다. 소녀들은 흰 길로 들어섰다. 길 건너편에서 흰 당나귀가 오는 소리가 들렸다.

모성 담론을 통해서 본 딸의 서사

– 이덕화(평택대 명예교수)

안영실의 이번 창작집에 실린 작품들의 대부분은 남성 서사와 구분되는 '여성 서사'로서 에피소드를 구성하고 있다. 여성 서사는 협소한 의미의 여성의 이야기, 혹은 여성들에 관한 이야기로 국한되지 않는다. 안영실의 작품에서는 여성, 무수한 다중의 소외된 자들이 권력과 폭력에 의한 영토 바깥으로 밀려난 근대 메커니즘을 성찰하는 특징을 보여준다. 이번 창작집은 이런 소외된 자들의 잃어버린 영토를 찾는 모성 담론이다.

여성의 자기 정체성 형성은 제한적이고 한정적으로 가능할 뿐 결국은 가부장제적 질서로 회귀하게 된다. 결국, 변형된 플롯이 나타난다고 해도 결혼이 여성 이야기의 끝을 야기한다는 점에서 여성의 플롯은 근본적으로 동일하다. 소설 속에서 상상력은 어머니와의 결합을 체험하고자 하는 동일시에 대한 갈망과 동시에 갈망에 저항하는 이중적 모순 심리를 드러낸다. 그러나 어머니와 딸 간의 거리화의 과정이 아니라 오히려 강력하고 고통스러운 그런 모순적인 투쟁으로 그려지기도 한다. 이것은 이상화된 여성성에 대한 소망과 현존하는 강력한 여성의 모성성에 대한 신화적 신뢰의 투쟁에서 아직도 이상화된 여성성보다는 현존 질서에 더 큰 매력을 느끼기 때문이다. 안영실의 작품들에 딸의 서사는 엄마와의 투쟁을 통한 모성 담론으로 회귀하되, 몇몇 작품에서는 원천적인 삶의 시원이라 할 수 있는 노스탈쟈의 회귀로 나타난다.

「별의 왈츠」, 「늑대가 운다」, 「바람벽에 흰 당나귀」가 전반의 모성담론에서 오는 갈등을 그렸다면, 「여자가 짓는 집」, 「바람벽에 흰 당나귀」, 「갈릴레오갈릴레이」, 「매미」에서는 아버지의 부재라는 위기 앞에서 벗어날 수 없는 현실과 가부장 질서를 벗어버리고, 인간 본연의 시원의 삶을 탐구하는 세계로 진입하는 가능성을 보여주는 서사이다.

「뼈의 춤」, 「벼랑 위 붉은 꽃」에서는 위의 모성담론과는 다른, 보이지 않는 삶의 질서, 우연에 의해서 촉발되는 삶이 한 인간을 전혀 생각지도 않은 방향으로 끌기도 하지만, 한 인간을 해석하는 다양한 코드가 형성됨을 보여준다. 그러나 「벼랑 위 붉은 꽃」은 다시 모성 담론으로 회귀한다.

1. 어머니와 딸의 서사, 그리고 그 너머 세계

안영실의 작품의 주인공은 대부분이 여성 화자인데 이들에겐 집이라는 공간은 자신의 성장을 방해하는 억압적 공간으로 나타난다. 억압적 공간에서 현실적 뿌리를 내릴 수 있는 길은 자신을 구기고 왜곡시켜서라도 가족 속에 뿌리를 내려야 한다. 「별의 왈츠」에서 초점 인물이 한 때 동거남이었다, 가출과 귀가를 반복하는 그가 7년 만의 귀가를 아무렇지 않게 받아들임은 본인의 의식에 의한 것이라기보다는, 너와 나의 관계를 떠나서, 그의 아픔이 자신의 따뜻한 본성에 의해서 그를 친밀하게 품은 것이다. 이것은 자신의 슬픔을 고집하는 것이 아니라 자신의 본성에 의해서 자신을 개방하는 것이다.

첫 번째 작품 「별의 왈츠」에서 그와의 관계는 아버지가 물려준 화원에서의 분재처럼 나뭇가지를 철사로 감아 묶어 조금씩 비틀어 성장 속도, 방향과 크기를 왜곡되게 변형시키듯이 본연의 자신의 본성을 비틀어 그에게 맞추는 타자 지향적인 모습을 보여준다. 나무가 가진 본래의 성질과는 다르게 작고 기괴한 모습으로 키워진 분재일수록 비싸게 팔려나갔다. 그녀 역시 그가 디자인한 수형樹形으로, 엎드려 자신이 아닌 타자로 살기를 바랐다. 남녀 사이를 권력 관계로 이해하는 그의 요구를 들어주기 위해 그녀는 본성을 죽였고 하려던 말을 참는 인물이다. 그가 가출을 할 때도, 7년의 세월 동안 소식 한번 없다가 그녀가 만든 된장찌개가 먹고 싶다고 나타난 그를 내치지 않고, 받아 준 것은 그에게 사로잡혀 자신을 타자에게 스스로를 맡겨 과거의 시간, 현재, 미래의 통합된 시간을 통해서 새로운 주체로 거듭난다.

이처럼 세계를 경험하면서 거치게 되는 통과의례는 꼭꼭 숨긴 무의식까지도 불필요한 껍데기를 벗어던지고, 새로운 세계를 진입하는 출구를 마련한다. 구심력과 원심력이 방향만 다를 뿐 같은 것이며, 떠나고 머무르는 것이 하나이고 단지 그것들의 시간에 의해 겹치는 주름일 뿐, 각자가 자신의 삶의 궤를 따라 춤을 추는 별의 왈츠라는 인식에 도달한다.

사랑은 언제나 늦게야 알아차리게 된다던가. 그녀는 처녀가 되어 활짝 웃었다. 어금니 안쪽으로 달크무레 침이 고였다. 골목길에서 찌그러지며 만들어진 이 동그라미도 언젠가 꽃이었으면, 별처럼 반짝이며 꽃 피우는 순간이 오면 좋겠다 싶었다. 그녀는 툭 터져 활짝 벙그는 꽃, 별이 왈츠를 추는 그런 시를 짓고 싶었다.
'순간이 멈추어라, 너는 너무 아름답구나!' -괴테의 「파우스트」
— 「별의 왈츠」

위의 인용문처럼 사랑이란 순간적인 시간을 꽃피우는 별처럼, 순간순간 터지는 별의 왈츠만이 아름다움으로 인식된다. 이 작품에서 초점 화자는 딸의 서사를 통하여 전통적인 가치, 통시성을 전복하면서 '툭 터져 활짝 벙그는 꽃', 새로운 가치, 순간의 진실성을 추구하려는 작가의 전략을 볼수있다.

「늑대가 운다」의 초점 인물 역시 몽고에서 온 불법체류자로 갖은 착취를 당하는 인물이다. 불법체류자를 벗어나는 길은 결혼하는 것이 가장 안전하다는 아버지뻘 되는 현재의 남편에 속아 결혼, 가족이라는 미명하에 고용인보다 더 착취를 당하는 인물이다. 여성이 현실에 도전하기 위해서는 아주 현실의 가부장적 질서를 받아들일 수밖에 없다. 여성의 임무는 가족 구성원을 돌보고 그들에게 정서적 안정을 제공해야 한다는 사회적 통념에 의해서 헌신과 희생을 당연한 것으로 여기는 남편이다. 헌신과 희생 뒤에 오는 화자의 자아 상실은 결국 인간의 존엄성을 잃고 자신을, 줄에 매달려 주위를 맴도는 이웃집 개 숙희와 동일시 한다. 그것은 결국 인물의 심장병을 유발하고 늑대처럼 하울링을 통해 세상을 향해 소리치고 싶은 심정이 된다.

숙희가 갑자기 하늘을 우러르며 늑대처럼 울어대기 시작했다. 개들이 지루할 때 늑대처럼 짖는 하울링은 자주 목격된다는데, 숙희는 조금 달랐다. 거룩한 하늘을 향하여 외로운 경배를 드리는 듯 단정하고 엄숙한 무엇이 느껴졌다.

그뿐만이 아니었다. 숙희는 집집이 묶여 있는 동네 개들의 잠재한 늑대를 건드렸다. 숙희가 외로움을 길게 토해내면 동네의 다른 개들도 차례로 그 노래를 따라 했다. 그것은 고통스러운 침묵이 터지는 울음이었다. 개들은 조상의 조상을 무수히 거슬러 올라가 보니 늑대의 피가 흐르고 있다는 사실을 새삼 알았다는 듯 진지하게 울어댔다. 사실 숙희의 이름은 숙희가 아닐지도 몰랐다. 네가 숙희라고 이름 지었을 뿐. 숙희의 주인이 숙희를 어떻게 부르든 네게 속한 숙희는 항상 숙희였다. 네가 주민등록증에 새겨진 '황인자'라는 이름으로 불려도, 네 이름은 이녜드, 항상 이녜드, 웃음인 것처럼.

— 「늑대가 운다」

위의 인용문은 강제로 사슬에 묶인 숙희라는 개의 상징을 통하여, 가정체계에 적응하며 사는 이름 없이 희생과 헌신으로 살아온 무수한 여성 조상들의 고통스런 침묵이 하울링, 무의식 속에 숨어 있는 야성으로 터져 나오는 상징으로 그려내고 있다. 여성의 모성성의 하나인 희생과 헌신이라는 여성의 사회적 통념이 자발적인 것이 아닌 억압 메커니즘을 통하여 계승되는 삶의 구조라는 것이다. 억압은 언제나 분출구를 필요로 한다. 억압이 새로운 뚜렷한 욕망과 만날 때 그때는 분출구가 솟아오르는 것이다.

이 작품에서는 아직 뚜렷한 욕망의 분출구를 향해 있지는 않다.

「바람 벽에 흰 당나귀」는 어릴 때 남자 형제들과의 차별에 의해, 결핍을 경험한 딸들이 어머니와의 분리를 하려는 의지와는 달리 어머니에게 사로잡혀 있다. 이것은 딸들은 어머니와 같은 성별을 지닌 존재로 어머니와 나르시즘적 관계를 가지기 때문이다. 어머니 역시 딸들에게 나르시즘적 관계에 있기 때문에 훨씬 고착적이고 지속적일 수밖에 없다.

"엄마는 딸들은 홍 씨 집안사람이 아니라고 했잖아. 계집애들은 남의 집안에 시집가서 살게 될 남이고, 아들들이 진짜 홍씨 집안 사람이라고 했어. 교육을 받을 권리에서부터 입에 들어가는 음식까지도 아들이 우선이었던 엄마의 노후 뒷설거지를 딸인 내가 하게 될 줄 누가 알았니? 인생에 아이러니가 있다면 바로 이런 게 아니겠니? 엄마 자신도 홍 씨가 아니었으면서 왜 그런 말로 딸들 기를 죽였는지, 왜 딸들은 입에 들어가는 음식도 아까워했는지, 나는 아직도 그 의문이 풀리질 않아."

언니도 나처럼 엄마를 떠올리면 마음에 거스러미가 있는 거였다.

— 「바람벽에 흰 당나귀」

위의 인용문에서 보여주는 것처럼 엄마의 가부장 이데올로기는 딸들을 자신과 동일시함으로써 더 고착화된다. 두 딸은 홍 씨 집안사람이 아니라고 아들들이 우선이었다. 그러나 딸들은 엄마와의 절교는커녕, 차례대로 엄마를 방문하여 냉장고 음식을 버리고 정리하는 일을 반복한다. 어머니와 관계에서 유대적인 관계를 지속하고자 한다. 이런 과정을 통해 여성의 관계성이라는 것의 속성은 대를 이어 끊임없이 지속된다. 결핍이라는 심리적 트라우마는 오히려 본능에 가까운 강박증까지 보인다. 가부장적 이데올로기는 가정이라는 사회적 메카니즘을 통해 개인을 통제하고 억압한다. 희생과 모성성은 특히 여성들에게 빠져나올 수 없는 블랙홀처럼 어머니와 딸의 관계성을 통하여 세습되고 고착된다. 여기의 딸들은 엄마를 원망하면서 엄마의 강력한 가부장적 의식에 사로잡혀 있다. 딸들은 억압적인 모성의 모습에 익숙, 어머니에 집착한다.

2. 아버지의 부재

한국의 대표 작품이라고 할 수 있는 박경리의 『토지』, 최명희의 『혼불』, 박완서의 『미망』에서부터 김주영의 『홍어』, 오정희의 『유년의 뜰』 등에까지 아버지의 부재가 작품의 주조를 이루고 있다. 아버지 부재 현상은 작가들의 실제 경험이 투영된 것이다. 이 작품들은 아버지의 부재는 가부장적 가치 체계, 전통이나 권위 등이 상실되어야 함에도 대부분의 작품에서는 오히려 대리자인 어머니 혹은 오빠로부터 가부장적 질서가 더 강화되는 현상으로 나타난다.

「바람 벽에 흰 당나귀」, 「여자가 지는 집」, 「갈릴레오 갈릴레이」, 「매미」에서는 가부장적 질서가 여성뿐만 아니라 남성들에게도 심리적 부담을 줄 뿐만 아니라 가부장적 질서로부터 도망, 자유로운 세계 속에서 자신의 새로운 영토를 찾으려는 욕망으로 드러나기도 한다.

「바람 벽에 흰 당나귀」는 아버지가 없는 가정을 지키는 것은 어머니 혹은 오빠, 할머니이다. 아버지가 사회적 책임과 더불어 가정의 모든 질서를 유지하지 못하기 때문에 아버지를 잇는 권위자는 아버지 대신 책임임과 더불어 강박감으로 무의식을 작동, 가부장적 이데올로기를 강화하는 방향으로 나아간다. 아버지가 없는 가정에서 어머니가 가족을 지키는 길은 밥 먹는 식구를 줄이는 일이다. 다섯 명의 남자가 우글거리는 큰집에 딸을 내보내면서도 어떤 위험한 일이 도사리고 있는지 살필 여유조차 없다. 화자가 큰집에서 지낸 어린 시기, 이불 속으로 손을 내밀고 쳐들어온 괴물은 평생을 따라다니는 트라우마로, 제대로 연애를 할 수 없는 인물이 된다. 남자 형제를 우선시하는 상대적인 결핍감과 검은 괴물에 대한 트라우마가 치유되지 않은 상태에서, 죽음 앞에 선 어머니의 돌봄은 복잡한 심리과정을 노출한다.

그러나 어머니에게 딸은 한때 그렇게 강한 어머니였던 분이, 연약하고 늙어 병약한 타자로 인식된다. 즉 어머니에게 대한 연민으로 볼모로 잡혀있는 상태이다. 딸이 어머니와의 친밀함을 유지하는 것은, 딸의 존재 방식이다. 어머니에 대한 친밀함은 생명의 힘과 같아서 화자에게 생명을 주는 것이다.

「여자가 짓는 집」에서 '여자가 짓는 집'을 여자가 만들어가는 삶이라 할 수 있다. '나'는 남편과 함께 사촌 결혼식에 가기 위해 지하철 속에서, 자신의 눈과 귀에 유독 신경쓰이는 자들을 관찰한다. 주위 사람에게 들리는 큰 소리의 전화 통화, 킬힐을 신고, 쩍벌리고 앉은 트랜스젠더인 여성. 향내를 풍기며 교양 있어 보이는 여자의 어처구니없는 억지, 남편이 옆에서 정신없이 게임을 하고 있는 동안 다양한 인간들을 만난다. 지하철 속에서 당한 남편이나 자신이 경험한, 비합리가 합리를 지배하는 사회에서, 남편이나 '나'는 참고 살아가는 방법밖에 없다.

아름다운 아리아가 간지럽게 스며들었다. 눈을 감았다. 이 아리아를 들을 때면 나는 페르시아의 왕처럼 어깨를 펴고 등을 꼿꼿하게 하여 자세를 바로잡았다. 마치 내가 '옴 브라 마이 푸' 이렇게 노래하는 듯이. 그럴 때면 나는 어제 입주 청소를 하며 시달렸던 피곤한 몸뚱이가 아니었다. 덜컹거리는 전철에서 남들을 훔쳐보며 지루함을 달래는 여자가 아니었다. 어깨를 당당히 펴고 카리스마가 느껴지는 눈빛에, 정수리에서 뽑아낸 목소리로 혼신으로 연기하는 프리마돈나였다. 두 팔을 벌렸다가 가슴에 팔을 모으며 소리를 정제하는 프리마돈나를 떠올리며, 나는 노래하듯 입술도 둥그렇게 여는 시늉을 해보았다. 유령이 지배하는 순간만큼은 그 어떤 왕관이라도 내 마음대로 쓸

수가 있는 것이다.

- 「여자가 짓는 집」

이 작품에서도 신입사원 시절 지하철에서 당한 구타로 정신적으로 일상을 감당할 수 없는 남편은 부재하는 것과 마찬가지이다. 그녀는 자신의 꿈을 접고 남편 대신 가정을 꾸려야 하는 피폐함 속에서 북을 둥둥거리며, 그녀가 놓쳐버린 꿈을 부추기는 노래를 듣고 환상 속에서 프리마돈나를 꿈꾸며 하루하루를 버텨나간다. '나'의 자유에 대한 열망은 가족도 생계도 붙들지 않고 들과 산으로 춤추는 것이지만 남편을 팽개치지 않고, 인내와 헌신으로 가족의 생계를 책임지며, 언젠가 이루어질지 모르는 프리마돈나의 꿈을 환상으로만 즐긴다. 지하철에서처럼 당하는 '나'나 남편이 당하는 것처럼 불합리가 합리를 억압하는 사회에서 참는 것만이 자신을 지키는 것이다.

그 속에서 살아남기 위해서는 인내와 희생밖에 없다. 그럴 때 가정은 유토피아가 된다. 여기서 '나'는 타자 즉 가족과의 실제적인 관계를 떠나서 초월적인 존재로 인식한다. '나'는 내가 좋아하는 노래를 접고, 사는 일이 노래이고 노래가 또 사는 일, 꼭 노래로만 꽃을 피우는 건 아니니까 하고 스스로를 위로하는 마음속에는 '나' 주체의 욕망은 다른 가족과의 관계 속에서만 실현하려고 한다. 정신 장애가 된 남편을 바라보고 슬픔에 젖어있느니, 자녀들과 가정을 행복하게 가꾸는데 자신을 투자, 밤낮은 가리지 않고 일을 하므로 그들의 생활을 안정시키는 구도자의 역할을 하는 것이다.

「갈릴레오갈릴레이」는 남편 J가 빨리 박사학위를 받고, 전임이 되어 현실적으로 안정되기를 바라는 '그녀'의 소망과 달리, 자신이 쓸 논문은 제쳐두고 별을 따라다니는 J로 인해 불안하고 초조하다. J의 입장에서는 불안과 초조를 보이며 안달하는 아내와 결혼 4년째 아이가 없다고 채근하는 부모들의 성화에 현실을 도피하고 싶다.

비가 많이 오게 되고, 여자들이 아이를 낳는 출산율이 매우 높아진다고 하면서, 다른 일보다 우선 아이를 먼저 낳자고 말했다.

세상에 태어나서 고리 하나쯤은 만들어 놓고 싶어. 우리 나이도 있고.

뜻밖의 제안에 그는 말을 잊었다. J는 한 일 년 더 쉬고 싶었다고 덧붙였다. 그는 이 사회의 분위기가 견딜 수 없다고 했다. 빨리빨리. 되도록 빨리 성공하고 출세해야 한다며 몰아치는 압박감에 참을 수 없었고, 나중에는 사방에서 벽들이 조여 오는 느낌이었으며, 거리에 나가서 사람들을 마주칠 때마다 숨을 쉬기 힘들었다고 했다. 이상하게도 매일 죽고 싶은 마음이었는데, 이유 없이 얽혀버린 생각의 족쇄에서 벗어나려고 먼 것들에게 관심을 돌리게 되었다고 말했다.

― 「갈릴레오갈릴레이」

위의 인용문에서 '그녀'가 두 사람 사이에 고리 하나쯤 만들고 싶다는 제안에, J는 '빨리 성공하고 출세해야 한다고 몰아치는 압박감에 참을 수 없었음'을 토로한다. 여성들은 가정에 희생과 헌신을 치른다면, 남성들은 가정 경제를 책임지고 가정생활이 잘 운영될 수 있는 모든 업무를 책임져야 할 의무감이 있다. 그것은 가족들과 부딪치는 것만으로 해결될 수 없는 사회적 질서와 경제적 메카니즘과 연관, 어려운 과제다. 그 어려운 책무에서 많은 남성들이 스스로를, 혹은 가족을 방기하면서까지 회피하거나 도망가게 된다.

이 작품에서 J가 박사 논문을 완성하고, 전임이 되는 것은 스스로의 뜻이기도 하지만 가족을 위해 꼭 성취해야만 하는 책무이다. 가족을 위해서 성공과 출세의 가도를 달리는 일에 회의가 생기고 그것이 자신의 목을 죄는 듯 답답, 도피의 수단으로 별을 관측하고, 그 변화를 추적하는 일에 열정을 쏟으므로 오히려 자신의 삶이 생생하게 살아있음을 느낀다. 자신의 생명력을 생생히 느끼는 순간과 의무를 수행해야 하는 순간이 동일할 때는 문제가 없다. 그러나 그것이 불일치할 때는 가족의 안녕을 위해서 스스로 한쪽을 포기해야 한다. 그렇지 못할 때 일상이 흔들린다.

그녀와 J는 가족의 안녕을 위해서 제자리로 돌아가느냐, 아니면 순간순간 생명력을 주는 삶을 사느냐 택일해야 한다. 논문만 완성하면 전임 자리를 생각해보자는 지도 교수의 말을 들은 아내는, 거기에 아랑곳하지 않는 남편이 답답할 수밖에 없다. 결국, 그녀가 경제적인 안정이나 가족의 안녕보다 J의 세계에 동화된다는 것은 세속적인 욕망을 내려놓고 남편 J의 세계에 동화됨을 말한다. 남편의 세계에 사로잡힘으로 남편과의 새로운 관계로 진입함을 말한다. 「매미」는 남편이 부재함으로 겪는 모든 풍파를 치르며 살아온 초점 인물 넌네의 100살 넘은 죽음에 넌네의 삶을 회상하는 이웃 동네 여자의 넋두리 타령으로 일관된다. 하소연하듯 넋두리로 일관된 서사구조를 보여준다. 화자의 한을 넌네의 삶에 감정이입, 동일시를 통하여 더 상승구조를 보여준다. 초반부터 마지막까지 일관된 넋두리 타령으로 이어지는 것은 넌네뿐만 아니라, 넌네의 죽음을 사후 조사하러 온 사회복지사 부인까지도 불합리한 사회 구조로 젊은 나이에 죽은 여성까지 모든 여성들의 삶 자체가 한의 구조를 가지고 있음을 보여준다. 또 할 짓 못 할 짓 다 하며, 평생 몸 파는 여자로 살아온 소외된 '넌네'의 죽음을 통하여 여성들 삶의 애닲음에 대한 한탄이라고 할 수 있다.

넌네라면 이자 갈 자격이 충분하니께, 넌네가 을매나 열심히 살었소, 을매나 처참한 것들을 삼켰소. 교도소 앞에서 술을 치고 국밥을 팔문서 혼자 아덜 딸을 모다 잘 키웠잖었소. 매미(죄수들의 은어로 술집 작부나 몸 파는 여자)라는 손가락질을 받으면서도 말이제. 갈 때가 되면 가는 게 옳고, 올 때가 되면 오는 게 이치잉께.

- 「매미」

넌네는 남편이 없음에도 가족을 돌보기 위해서 몸까지 팔며 뭇 남자의 노리갯감으로 살아왔지만, 자녀들에 사로잡힌 자 되어 평생을 열심히 살았다. 가부장적 억압이 가족에 대한 의무를 강화시키고 그에 따른 헌신은 넌내의 자식 교육을 충실히 시켜 사회적 일원으로 떳떳하게 키웠다는 것은 가부장제의 선 작용이다. 넌내가 비록 몸을 팔고 천하게 살아도 여기 화자가 저승에서 편히 쉴 자격이 있다는 것은 자녀에의 헌신을 거룩하게 보았기 때문이다. 넌내가 남편을 여윈 슬픔은 내려놓고 자식 지향적인 삶을 살았다는 것은 타자 지향적인 삶으로 본성에 의지하지 않았다는 것이다.

안영실 작가의 여성 서사의 특징은 다른 여성 작가들보다 가부장적 질서에 순응하고자 하는 딸의 서사를 중심으로 그리고 있다. 박경리의 『시장과 전장』, 『토지』에서나 박완서의 『서 있는 여자』 등에서는 가부장적 질서를 벗어나 남성과 평등한 삶을 살려는 의지와 투쟁을 보여주는 서사들이 많다. 물론 그 이후 작가들의 경우는 예를 들 수 없을 만큼 많다. 안영실 작가의 작품에서 보여주는 자신의 목소리를 내려는 노력에 그치는 것이 아니라 과

감히 집을 뛰쳐나오거나 가부장적 가족과의 투쟁을 벌이는 쪽보다 늙고 병든 엄마와 정신적인 연약함을 지닌 존재들에게 좀 더 친밀하게 자신을 개방함으로써 초월적인 관계로 확장된다. 이것은 가부장제 벽이 워낙 공고하기 때문에 스스로의 몸을 내던짐으로써 오히려 현실을 극복하고자 하는 더 적극적인 몸가짐이다.

3. 우연의 궤적

이 작품집에는 대체로 딸의 서사를 중심으로 이루어져 있으나, 「뼈의 춤」과 「벼랑 위 붉은 꽃」은 한 인간을 해석하는 데 있어 우연에 의해서 얼마나 다양한 코드를 형성할 수 있는지 보여준다.

「뼈의 춤」은 상당히 치밀한 논리적 추적을 통해 생텍쥐베리의 삶과 죽음을 추적하는 글이다. 이 작품은 소설의 형식을 띄기보다 생텍쥐베리의 삶을 추적하는 르뽀 형식의 글이다. 『어린 왕자』로 전 세계적인 작가 생텍쥐베리의 삶과 죽음을 추리 수법으로 추적하는 작품이다. 류라는 소설가가 몇 개의 갈림길을 통해 생텍쥐베리의 죽음을 추적한 작품을 〈르 파리〉지에 연재하다 〈르 파리〉지의 상징인 사무실 문고리가 떨어져 나가자, 〈르 파리〉지의 신문 부수가 시대적 변화와 함께 추락함에도, 사장은 류에 의한 것으로 오해, 연재를 중단, 류의 소설인 『뼈의 춤』 원고가 공중 분해될 위기에 있었다. 『뼈의 춤』의 출판과 그 운명의 궤적, 그리고 생텍쥐베르에 지속적인 관심은 그의 죽음을 추적하는 평론과 여러 설이 다양하게 논의되었다.

지금도 끝없이 펼쳐지고 있는 루의 정원에서는 우연의 길과 바람의 물결에 몸을 맡긴 사람들이 아직도 그 길 위에 남아서 자신의 길을 걷고 있다. 『뼈의 춤』에는 자신의 저서와 운명을 함께한 생텍쥐페리에 대한 의문과 추리의 길이 펼쳐져 있지만, 사실 루의 글은 조금 더 교묘하다고 할 수 있다. 그가 만든 여러 갈래의 길에서 지금도 돌아오지 못하고 끝없이 길을 열고 또 닫는 자들에 의해서 이제 『뼈의 춤』은 전설이 되어버렸기 때문이다.

– 「뼈의 춤」

　류가 쓴 소설 『뼈의 춤』이라는 소설을 중심으로 논의되는 다양한 생텍쥐베리의 삶과 죽음에 추적은 '우연의 바람과 물결에 의해' 맡긴 사람들이 자신의 길을 가듯이 정치적, 사회적 스펙트럼과 인간들의 이해관계에 의해 제 갈 길을 가고 있을 뿐이다. 그것은 '끝없이 길을 열고 닫으며 제 갈 길을 갈 뿐이다'며 결론을 맺는다.

　「벼랑 위 붉은 꽃」은 이 작품 역시 아내의 출타 시 혼자 점심을 먹다 우연한 사건, 맥반석으로 구운 달걀에서 뛰쳐나온 병아리로 인해 삶의 방향이 전환되는 서사이다. 이것은 꿈일 수도 환상적 에피소드일 수 있다. 이 작품은 환상과 인물의 무의식이 합쳐 서사를 이끌어 나간다. 병아리라는 환상의 매개체가 자주 나타날 때마다 그의 무의식 속에서 어둠 속에 묻혀 있던 의식은 전면화되고 그로 인해 그 의식은 삶을 이끄는 동력이 된다.

'그'가 목수가 된 것은 나무 나이테 안에 물결치는 파도가 좋았기 때문이다. 이 우연의 사건으로 인해 자신 속에 숨겨진 '기억의 비밀'을 찾고 싶은 것이다. 가끔씩 논병아리는 기억의 비밀을 찾았냐고 채근까지 한다.

"영감님, 익힐 나무를 베나요?"
그는 녀석의 반짝이는 눈을 바라보았다.
"불꽃의 의미는 찾았나요?"
그는 무슨 말이냐고 되묻지 않았다. 어머니를 떠올릴 때면 문득 스치는 붉은 불꽃. 그것의 의미는 몰라도 기억 저편에는 뭔가 어두운 것이 도사리고 있음을 그는 본능적으로 느꼈다. 다만 기억 속의 붉음을 자꾸 지우려는, 자신도 모르는 마음이 있음을 어렴풋이 느꼈다.
— 「벼랑 위 붉은 꽃」

위의 인용문에서 보는 것같이 어렴풋한 의식은 어머니에 대한 기억을 복원해야겠다는 것, 생계 수단으로 만들어 왔던 자신의

260

목수로서 직분을 자신이 정말 원하는 일을 해보겠다는 소망과 합쳐져 성모상을 만들려는 욕망으로 변한다. 그런 욕망이 생길 때 의식은 그쪽 방향으로 흐르고 삶의 모든 방향도 그쪽으로 규정지어진다.

앞의 딸과 어머니의 서사를 미루어볼 때 작가는 어머니에 대한 트라우마로 어머니를 미워하고 원만하면서도 어머니를 닮고자 하는 딸의 서사를 보여주듯, 어머니 혹은 아내들의 희생과 헌신을 성스러운 것, 아름다운 것으로 미화하는 심리를 보여준다. 결국, 이 작품에서는 나무를 깍아 어머니를 닮은 성모상 만들기로 드러난다.

아들이 의자에 걸쳐진 아버지의 작업복을 들어 올렸다. 바래고 낡은 작업복 밑에는 박달나무를 깎아 만든 작은 구슬 한 알이 놓여 있었다. 가운데가 뚫린 박달나무 구슬은 아들이 가진 묵주와 같은 크기였다. 아들은 언젠가 아버지가 묵주 알 하나를 만들어 채워주겠다던 말이 기억났다. 작지만 동그란 구슬 안에는 나무가 만든 세월의 물결이 흔들리고 있었다. 구슬을 들여다보던 아들이 울부짖었다.

"아버지!"

그의 아내가 구슬을 받아 들어 자세히 살폈다. 작은 구슬이었지만 우연의 물결이 잘 드러나 있었다. 작은 구슬 안에 서 있는 여인의 실루엣이 조그맣게 조각되어 있었다. 그의 아내가 울음을 터트렸다. 박달나무 구슬이 바닥으로 굴러떨어졌다. 여문 박달나무 구슬이 작업실 바닥을 구르는 소리가 제법 낭랑하게 울려 퍼졌다.

또록또록 또로록…….

-「벼랑 위 붉은 꽃」

위의 인용문 여인의 실루엣은 가정에서 이름 없이 희생하는 뭇 여성의 성모상이다. '그'가 나이테의 물결무늬를 찾아다니는 것과 물건 만드는 데만 열중해 온 대신 아내는 농사뿐 아니라 집안 살림까지도 도맡아 해 온 아내와 어머니를 동일시함으로써, 작가는 여성들의 가정에서의 희생과 봉사가 성모의 것과 마찬가지로 거룩함으로 인식한다는 것을 보여준다. 어머니와 딸이 나르시시즘적 관계에 있기 때문에 서로가 서로에게 사로잡혀 친밀한 관계를 형성, 서로 보완적인 관계로 상호 발전하기도, 혹은 인간 본연의 삶을 새롭게 추구하기도 한다.

안영실 작가는 많은 장점을 가지고 있는 소설가이다. 풍부한 서사성과 그에 걸맞는 문체, 그리고 논리력까지 갖추고 있다. 많은 작가들이 자신이 쓰고 싶은 서사에 집중하게 된다. 이번 안영실 작가가 소재로 선택한 '어머니와 딸의 서사'는 1960~70년대 작가들로부터 1990년대까지 많은 소재로 차용되어 왔다. 그래서 식상할 소재라고 할 수 있지만, 인류가 사라지지 않는 한 가부장

의식의 소재는 다양하게 변주되어 작품 속에 등장할 것이다. 그러나 안영실 작가는 어머니와 딸의 서사를 초월한, 현실의 벽을 뚫기 어려운 가부장제 안에서 포용의 시선으로 더 큰 사랑, 자신의 꿈을 가지고 있음에도 가족을 위해 더 큰 사랑을 품은 거룩한 성모상을 통하여 사회와 가정의 화합을 보여준다. 그러할 때 철없는 아버지, 집 나간 아버지, 어떠한 불행 속에도 가정은 유토피아가 될 것이다.

늑대가 운다

초판 1쇄 인쇄일 • 2024년 12월 5일
초판 1쇄 발행일 • 2024년 12월 10일

지은이 • 안영실
펴낸이 • 임성규
펴낸곳 • 문이당

등록 • 1988. 11. 5. 제 1−832호
주소 • 서울특별시 강북구 미아동 126−1
전화 • 928−8741~3(영) 927−4990~2(편)
팩스 • 925−5406

전자우편 munidang88@naver.com

ISBN 978−89−7456−590−9 03810

값은 뒤표지에 표시되어 있습니다.